침실로
  올라오세요,
창문을 통해

Sube a la alcoba por la ventana

Resinas para Aurelia ⓒ 2002 Mayra Santos Febres
Amor, a la distancia ⓒ 1996 Edmundo Paz-Soldán
A Troya, Helena ⓒ 1993 Fernando Iwasaki
Northern Ladies ⓒ 2000 Silvana Paternostro
La despedida ⓒ 2006 Ángel Santiesteban Prats
La historia del Aleph ⓒ 2004 Sylvia Aguilar Zéleny
Ladrón de niños ⓒ 2008 Ricardo Chávez Castañeda
Las antípodas y el siglo ⓒ 2001 Ignacio Padilla
El último signo ⓒ 2008 Cristina Rivera Garza
La frontera tenue ⓒ 2006 Héctor de Mauleón
Cartas al medio día(a la manera de Cortázar) ⓒ 2002 Araceli Otamendi
Oxford ⓒ 2004 Pilar Adón
La epidemia de Traiguén ⓒ 2005 Alejandra Costamagna
Apólogo con elefante ⓒ 1991 Pedro Ángel Palou
El silencio del patinador ⓒ 1995 Juan Manuel de Prada
All Rights Reserved.

Korean Translation Copyright ⓒ 2008 MUNHAKDONGNE Publishing Corp.

이 책의 한국어판 저작권은 저자와 독점 계약한 (주)문학동네에 있습니다.
저작권법에 의해 한국 내에서 보호를 받는 저작물이므로
무단 전재 및 무단 복제를 금합니다.

이 도서의 국립중앙도서관 출판시도서목록(CIP)은
e-CIP 홈페이지(http://www.nl.go.kr/cip.php)에서 이용하실 수 있습니다.
(CIP제어번호: CIP2008003046)

(라틴아메리카 단편선)

침실로
올라오세요,
창문을 통해

마이라 산토스 페브레스 외 지음
클라우디아 마시아스 엮음
우석균 외 옮김

문학동네

아우렐리아를 위한 묘약 _007
원격 사랑 _031
트로이로, 엘레나여 _043
미국의 숙녀들 _053
짧은 작별 _075
알렙 이야기 _097
아이들 도둑 _115
고비사막의 에든버러 _151
마지막 기호 _163
희미한 경계 _195
정오의 편지들 — 코르타사르 식으로 _209
옥스퍼드 _219
일본판 닭 괴사 사건 _241
코끼리에 관한 우화 _263
스케이트 타는 남자의 침묵 _271

엮은이의 말 | 금기를 깨뜨리는 대담함과 용기 _295
옮긴이의 말 _309
작가 소개 _313
옮긴이 소개 _330

아우렐리아를 위한 묘약

Resinas para Aurelia

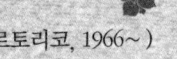

마이라 산토스 페브레스 Mayra Santos Febres (푸에르토리코, 1966~)
우석균 옮김

> 아우렐리아, 아우렐리아
> 백작에게 올라오시라고 그래
> 백작에게 올라오시라고 그래
> 올라오시라고, 올라오시라고
> 창문을 통해서
> —봄바*의 가사

 그런 방식이 어떻게 도입된 건지는 아무도 모른다. 하지만 석 달이 채 안 되어 파타고니아**의 모든 창녀가 발찌 사슬을 차게 되었다. 쉬는 날이면 창녀들이 딸기 아이스크림이나 호두 아이스크림을 먹으며 마을 광장이나 강으로 통하는 길을 산책하는 모습이 눈에 띄었다. 무지막지한 태양 아래 반짝이는 그 작은 발찌를 차고 메르카도 광장에서 일용품을 사는 모습도 볼 수 있었다. 멀리서도 반짝거리는 발찌는 그녀들의 직업이 뭔지 고발하는 비밀스런 표지였다. 아래쪽 발목의 반짝거림, 발찌에서 두드

---

* 푸에르토리코 해안 지방에서 널리 사랑받는 음악의 한 형식으로 아프리카에 기원을 두고 있다.
** 남미 남단의 파타고니아가 아니라 푸에르토리코 우마카오 시의 한 동네 이름.

러져 보이는 창녀들의 이름은 우마카오 시 전 주민의 눈을 부라리게 만들고 눈살을 찌푸리게 했다. 발찌를 찬 창녀들의 발은 강으로 향했고, 동네 모든 남녀의 눈은 작은 발찌를 향했다. 모든 남녀의 눈, 그중에 루카스도 챙이 넓은 밀짚모자를 쓰고 전지가위를 손에 쥔 채 음지나무에 거름 주는 걸 멈추고 굶주린 눈길로 그 여인들이 지나가는 것을 보았다.

　루카스의 할머니인 나나 포우바르트가 그에게 꽃 가꾸는 일을 가르쳤다. 그녀는 어린 손자를 데리고 네비스 섬에서, 광장의 나무들까지 집어삼키는 강이 있는 그 회색빛 동네로 왔다. 루카스는 고향에 대한 기억이 전혀 없다. 오직 그의 할머니 가슴 속에만 간직되어 있을 뿐이다. 루카스의 할머니는 마을 사람들보다 더 날이 선 억양으로 말을 했다. 'r(에레)'와 't(테)'를 더 날카롭게, 파타고니아의 공기 중에 떠다니는 수많은 소리들 중에서도 가장 알아듣기 힘들게 말했다. 강물이 불어나면 파타고니아의 공기는 보통 눅눅한 매트리스와 오줌 냄새를 고약하게 풍겼지만 풀과 꽃을 달여 만든 할머니의 탕 냄새가 시작되는 곳에서는 힘을 잃었다. 그들의 집은 비록 볼품없고 양옆으로는 창녀들의 오두막에 포위되어 있었지만, 음지나무의 수지 냄새가 누추한 삶의 냄새를 누그러뜨려주었다. 나무 바닥은 밀랍과 재스민 에센스를 섞은 호박색 카파나무 왁스로 닦아 윤이 났다. 나나는 바(bar) '붉은 백작' 바로 앞에 레몬나무와 구아바나무의 접목 한 그루를 심었다. 나나는 그 나무가 묘목이었을 때부터 가꾸어왔으며, 별 탈 없이 무성하게 자라도록 맞춤 거름을 주었다. 그것은 젊은 창녀들의 월경 피가 섞인 똥이었다. 나나가 루카스더러 마담들에게 부탁해 그들이 거느린 창녀들의 요강을 받아오라고 붉은 백작 뒷문으로 보낼 때면 그는 죽을 맛이었다. 발을 구르고 가슴을 치며 항의를 하곤 했지만, 할머니는 남들이 수군거린다는 이야기도, 루카스가 내숭 떠느라 툴툴거리는 것도 못 들은 척했다. 그녀의 말에 따르면 음지나무나 보통 키의 카리브해 과수들의 거름으로 그보다 좋은 것은 없었다.

이렇게 해서 루카스는 어릴 때부터 창녀들과 그들의 냄새, 살결, 엉큼한 눈길에 익숙해졌다. 사춘기 이전부터, 더 정확히 말하자면 열두 살 때부터 루카스는 그들과 잠자리를 했다. 마담들과 퇴물 창녀들은 변기를 준다는 구실로 루카스를 붉은 백작 안에 세워두고, 옷을 갈아입거나 탱탱하든 처진 젖통이든 간에 그 위에 분첩과 뽀송한 솜이 달린 색색가지 브러시를 동원해 분을 발라댔다. 가끔은 가터벨트를 채워달라거나 브래지어 후크를 풀어달라고도 했다. 그렇게 은근슬쩍 신체 접촉을 하고 난 뒤에는 엄마처럼 루카스를 쓰다듬으며 딥 키스를 해주었다. 그러고는 그가 보는 앞에서 사랑스러운 모습으로 변기에다 똥을 누고 그를 다시 입구로 데리고 나갔다.

그러는 동안 나나는 집 발코니에서 마호가니로 틀을 짠 밀짚 의자에 앉아 루카스를 기다렸다. 입구의 구아바나무 가지는 그녀가 부자들의 옷을 다림질하고 강에서 빨래하던 손으로 직접 꼰 것이다. 나나는 루카스에게 부드러운 가지를 엮어서 나무에 모양을 내는 방법을 가르쳤다. 나나가 고무액과 꿀을 첨가한 창녀들 똥을 그의 손가락에 발라주며 말했다.

"어디에 얼마만큼의 힘을 줘야 연약한 나뭇가지를 부러뜨리지 않고 구부릴 수 있는지 깨닫는 것이 중요해."

해가 지나면서 나나는 손자의 손가락을 대단히 예민하게 만들었다. 루카스는 음지식물, 과일나무, 꽃나무 등등 나무의 맥박을 재는 법을 배웠다. 체온과 수압을 섬세하게 재어 나무가 건강한지 살피고, 나무가 물이나 가지치기를 필요로 하는지도 살폈다. 과다한 수액을 조절하기 위해 수액을 뽑을 필요가 있는지도 이 작업을 통해 알 수 있었다.

루카스가 끝내 익숙해지지 못한 것은 코끝을 찌르는 듯한 창녀들의 똥 냄새였다. 나나가 시킬 때마다 변기를 수거하러 갔고 계속해서 잠자리를 같이했지만, 고약한 냄새를 풍기는 그 배설물에 손가락을 기꺼이 쑤셔넣지는 못했다. 루카스는 다른 거름을 쓰자고 할머니를 설득했다. 그러고는 낫과 깡통 몇 개를 들고 강가를 돌아다니며 모든 나무에서 수지를 채취했다.

나나는 식물에서 신통한 힘을 얻는 방법도 알고 있었다. 상사병, 토사곽란, 성병, 파타고니아 여인들을 자주 괴롭히는 자질구레한 병에 효험이 있는 약초를 산에서 얻으려면 누구에게 제물을 바쳐야 하는지도 알고 있었다. 옆구리 통증에 좋은 아나무풀, 오열(五噎)과 경기를 달래는 오렌지즙, 가스 찬 데 효과가 있는 가시여지나무 잎사귀, 몸에 온기를 되돌려주는 호보나무 수지 습포에 대해서도 알고 있었다. 수많은 비전(秘傳)을 알고 있었던 것이다. 나무 몸통과 뿌리와 잎을 손보듯, 사람들의 부러진 뼈와 척추, 문에 부딪힌 여인의 눈에 생긴 피멍*, 응혈, 발목 염좌, 인대 손상, 열상 등을 치료할 수 있었다. 나나는 사람들을 치료해 자신과 손자의 생계에 힘을 보탰다. 하지만 루카스는 할머니가 약초와 약손으로 사람들을 돕는 게 그리 마뜩지 않았다. 고약한 냄새를 풍기는 사람들 앞에서도 억지로 즐거운 척해야 했고, 그들이 마지막 숨을 내쉬고 나면 쓸쓸하고 슬프며 황망해했다. 나무는 그렇지 않았다. 나무는 자신만의 풍요로움을 지니고 있었다. 서인도제도의 반짝이는 커피나무 잎의 촉촉한 푸르름, 까끌까끌한 야생 박하풀 잎사귀의 따끔따끔한 열기, 유창목

---

* 남편에게 맞아 눈에 멍이 들었을 때 흔히 문에 부딪혔다고 변명을 한다.

나무껍질, 등대풀 포자는 루카스의 피부에 경쾌한 땀방울을 맺히게 했다. 그의 피부를 평온하고 맑게 만들어주었다. 가장 즐거운 일은 나무에서 수지를 채취하는 일, 즉 진하고 끈끈한 호박색 수지가 흐르게 만드는 일이었다. 루카스는 수지로 오만 것을 다 손볼 수 있다고 확신했다. 나나가 접골하는 뼈, 꽃이 핀 구아바나무의 몸통, 산후 복통, 목재 방수처리, 지붕 방수처리, 습기 방지, 탁자 다리 광택 내기, 심지어 피부에 숨구멍 내기 등이었다. 수지로 이 모든 것을 다 할 수 있었다.

나나가 은퇴했거나 몸을 상한 젊은 창녀들을 치료하는 일에 점점 더 집중하게 되었을 무렵, 성인이 된 루카스는 구청 정원사로 취직을 했다. 사람의 손길로 식물이 그렇게 아름답게 자랄 수 있다는 것을 사람들은 처음 알았다. 세인트키츠네비스 군도의 세탁부 아들인 루카스는 초석(草石) 동네의 헐벗은 광장을 신의 정원으로 변모시켰다. 작열하는 태양에 봉선화가 빛났고, 유실수 아래 엉겅퀴와 코이트레가 시들지 않고 공생했으며, 발그레하고 샛노란 참나무는 하늘을 향해 쭉 뻗어 있었다. 비록 하늘은 늘 잿빛이었지만, 루카스가 가꾼 식물들로 장식된 동네는 이제 윤기 가득한 낙원이 되었다. 부유한 부인들은 루카스에게 저택의 안뜰과 진입로를 아름답게 꾸미는 임무를 부여했고, 루카스는 대왕야자나무와 코코야자나무를 심고 관리했다. 치자나무와 다채로운 색깔의 장미와 양귀비를 철쭉과 어우러지게 했다. 부겐빌레아 가시덩굴은 땅에서 수지를 바른 테라스와 지붕 위에 긴 머릿결처럼 늘어뜨려놓았다. 마호가니 탁자와 경사진 지붕에는 응고액을 발라 집 안에 향기가 감돌게 했다. 여러 나무에서 추출해 파타고니아의 자그마한 자기 집 뒷방에서 정제한 수지 왁스로는 바닥에 광택을 냈다. 루카스가 방문한 집은 윤기가 흐르고, 반들반들해지고, 집안 사람들 피부가 상큼해졌다. 루카스는 고정되어 있는 연기처럼 마을을 뒤덮고 있는 회색빛 초석 대지를 보호하기도 했다. 그는 그의 손가락이 선사하는 선물을 받아들이는 모든 나무 몸통에 은밀한 박동을 되돌려주면서 세월의 주름을 펴주기도 했다. 몇몇 정숙한 부인은 루카스의 손가락 꿈을 꾸는 자기 자신에 흠칫 놀랐다. 꿈속에서 그는 부인들의 내면에서 조신하게 유지되어온 그 모든 무미건조함을 끄집어내서는 그것을 자양분이 풍부한 호박색 강으로, 그윽하고 은밀한 향기를 풍기는 짙은 사향으로 변화시켰다. 부인들이 자신의 고고함을 의심받지 않도록 스스로 멀리해오던 향기였다.

사람들이 루카스를 대하는 태도는 묘했다. 나나와 파타고니아 목조 건물들의 젊은 창녀들 외에는 그 누구도 루카스의 얼굴이나 신체의 다른 부분에 눈길을 주지 않았다. 거의 아무도 시선을 똑바로 맞추지 못해 그가 어떻게 생겼는지도 몰랐다. 눈동자가 감미로운 짙은 편도(扁桃) 색깔이라는 것도 몰랐고, 그의 미소는 환하고 깊다는 것도 몰랐다. 발라타 고무나무 같은 근육질의 넓은 등, 허벅지 위로 봉긋 솟은 완벽하게 둥근 언덕, 늘 촉촉하고 그윽한 마호가니색 피부를 창녀들 외에는 그 누구도 응시하지 않았던 것이다. 바짓가랑이 사이로 실하게 존재를 과시하는 기둥뿌리, 푹신한 털 사이로 갯포도나무 냄새를 풍기면서 거무칙칙하고 우람한 살 기둥을 약속하는 커다란 똬리를 감히 흘끔거리는 이조차 없었다. 루카스 역시 자신의 외모가 얼마나 수려한지 몰랐다. 다른 모든 사람들과 마찬가지로 자신의 정확한 손놀림만 주시했기 때문이다. 새 발톱처럼 긴 그의 손톱은 끝이 구부러지고 날카로웠으며 속손톱은 희멀겠다. 손톱에는 늘 흙이나 나무껍질이 끼어 있었고, 가끔은 미세한 각질들이 손톱마다 천차만별로 절묘한 홈을 새겨놓았다. 손바닥은 넓고 투실투실했고 마디마디에 굳은살이 박여 있었다. 깊은 손금과 가느다랗게 베인 자국들이 손 안팎으로 고랑을 파놓아 잘 익은 산사나무 열매 색의 손에 운명선 지도를 만들어놓았다. 루카스의 손은 강인하고 정교하면서도 놀라울 정도로 부드러웠다. 유년기처럼 수줍고 부드러운 그 손은 사물을 억세게 틀어잡으면서도 변기를 수줍고 부드럽게, 그리고 슬그머니 날랐다. 루카스와 마주치는 모든 눈이 그의 손만 응시했다. 사람들이 파타고니아 창녀들의 발목에서 짤그랑거리는 발찌만 주목하는 것과 같은 이치였다.

강물이 루카스가 가꾼 동네 광장의 정원을 처음 덮치던 날, 그의 미의 제국은 송두리째 파괴되었다. 그가 그 제국을 건설하는 데는 거의 사 년이 걸렸다. 삼나무와 고무나무를 다듬고, 기생충을 비롯해 그 나무들을 괴롭히던 여타 열대병을 막 치유하던 찰나 그 일이 벌어졌다. 수액을 뽑아내던 구멍은 진흙으로 메워지고, 강풍에 휘어진 나무를 바로 세우기 위한 지지대는 물살에 망가졌다. 루카스는 이런 일이 언제고 일어날 줄 알고 있었다. 수지를 찾아 강변을 돌아다니면서 동네를 넓히기 위해 물길을 의도적으로 돌려놓았다는 사실을 알게 된 것이다.

"세상 만물에게는 자기 삶과 죽음이 있고, 지상에서 각자의 여정이 있어. 그 누구의 손으로도 그 여정을 바꿀 수는 없는 거란다."

루카스가 자신이 본 것을 할머니에게 이야기했을 때 돌아온 말이었다. 노치료사의 말은 신의 섭리나 다름없었다. 몇 주 후, 강물이 원래의 여정을 회복하고자 동네를 덮쳐버린 것이다. 가장 큰 손실을 입은 건 구청 정원이 아니었다. 우마카오 강이 일으킨 변덕스런 재난에 이백 명 이상의 사람이 죽었다. 거의 모두가 파타고니아 사람이었고 그중에는 나나도 포함되어 있었다.

운명이라고밖에 할 수 없었다. 루카스는 일을 마치고 집 뒷방에서 타보누코나무 수지 2갤런을 증류시킨 후 오두막으로 창녀들 똥을 얻으러 갔다. 나무의 심장부에서 막 뽑아낸 수액 같은 노란 벌꿀색 소녀가 루카스에게 문과 눈과 마음을 열어주었다. 소녀는 처음 보는 신참이었다. 하지만 그날 오후 이십 페소에 그에게 몸을 주었다. 루카스는 새벽녘까지 사랑을 나눈 다음 침대 옆 작은 소나무판자 화장대 위에 삼십 페소를 놓았다. 멀리서 빗소리가 세차게 들리는 가운데 루카스는 첫번째 사랑을 나누었다. 루카스는 소녀의 몸을 부드럽게 파고들었고, 그녀는 사타구니 사이에 그 경이로운 남근을 받아들이면서 조용히 문을 열어주었다. 루카스는 소녀 위에서 묘지의 버드나무처럼 살랑거렸다. 그가 자신을 직업적으로만 대하는 것을 느꼈지만, 소녀의 다리 사이 경첩이 조금씩 젖기 시작하면서 그곳에서 방금 베어놓은 삼나무 냄새가 났다. 그러자 루카스는 더 간절하게 움직였다. 소녀의 음부가 그를 안에 품고 요동치는 동안, 그녀는 개똥지빠귀 같은 등을 활처럼 구부리고 뼈가 으스러져라 그의 가슴에 달라붙은 채, 힘겹고 처절한 숨을 몰아쉬었다. 소녀는 세 번, 네 번을 까무러쳤다. 그녀의 몸이 녹초가 되고 정신도 아득해졌을 때, 그리고 폭우가 붉은 백작의 양철 지붕을 날려버릴 듯 위협하고 강물이 포효하며 파타고니아 주민 절반을 휩쓸어갈 때, 루카스는 다섯번째로 소녀의 몸을 파고들었다. 최초의 진격에서 루카스는 지상에서 존재한 세월 동안 그의 육신이 생산한 수액이 한꺼번에 기둥을 타고 솟구치는 것을 느꼈다. 그는 수액을 그 노란 소녀에게 다 쏟아 부었고, 소녀는 재난과도 같은 격정 속에서 완전히 사색이 된 얼굴을 들키지 않으려고 머리카락으로 얼굴을 가렸다.

우연이 두 사람을 구했다. 매음굴이 가장 높은 지대에 있어 홍수를 피할 수 있었던 것이다. 그러나 파타고니아의 나머지 지역은 폐허 그 자체였다. 동네는 산비탈 아래 강 근처에 위치해 있었다. 우마카오 강은 광장까지 범람했고, 불행히도 침실에 있던 나나를 덮쳤다. 이웃 사람들이 숨이 완전히 끊긴 그녀를 끄집어냈다. 집에 돌아왔을 때 루카스는 이웃 사람들이 침대 기둥에 돌돌 말려 있는 시트를 헤치고 나나의 시신을 수습하는 것을 발견했다. 루카스는 할머니 시신을 부둥켜안고 가슴 깊은 곳에서 우러난 외마디 비명을 지르며 눈물을 쏟았다.

루카스가 넋을 놓고 있다가 정신을 차린 것은 정오가 다 되어서였다. 루카스는 부엌의 아일랜드 식탁 위에 할머니의 시신을 모셔놓고, 불행에 빠진 다른 사람들을 도우러 거리로 나섰다. 물이 허리까지 찼다. 루카스는 각종 잔해와 나무판자와 나뭇가지 그리고 강물에 파괴된 주택의 침대 사이에 억류되어 있는 사람들과 맞닥뜨렸다. 그는 할머니를 생각하고 할머니에게서 배운 것을 떠올리며 시신 수습을 도왔다. 그리고 아직 목숨이 붙어 있는 이들을 살려내기 위해 콧구멍에서 진흙을 빼내고, 물이 찬 허파 부분을 문지르고, 인공호흡을 하고, 사지를 덥혀주었다. 고아와 과부들을 안전한 높은 곳으로 데려다주기도 했다. 해 질 무렵 루카스는 구청이 이재민들을 위해 개방한 은행 대피소 중 한 곳에서 탈진해 쓰러져 밤새 미동도 하지 않고 잠을 잤다.

  루카스가 잠에서 깨어났을 때 강물은 원래 수위로 내려와 있었다. 그는 할머니 장례 절차를 매듭짓기 위해 집으로 돌아왔다. 장의사를 부르지 않고 직접 일을 처리했다. 수지 제조실로 가서 작업대를 치우고 이미 경직된 할머니의 시신을 옮겼다. 루카스는 엉망진창이 된 작업장에서 기적적으로 강물에 휩쓸려가지 않은 깡통 하나를 찾아냈다. 깡통 안에는 묵직한 응고액이 들어 있었고, 눈물이 날 정도로 고약한 냄새가 났다. 루카스는 깡통을 열었다. 시신의 옷을 벗겨내고 손에 응고액을 바른 뒤 퉁퉁 부은 할머니의 잿빛 몸을 마사지했다. 얼굴, 턱, 목, 귀, 머리카락을 거쳐 아래로 내려가, 자신을 어릴 때부터 키워준 그 여인의 어깨와 억센 팔을 주무르는 데 몇 시간을 보냈다. 루카스는 자신의 손가락과 판박이인 할머니 손가락에 증류된 수지를 잔뜩 발랐다. 조용히 흐르던 눈물이 할머니 손가락을 적셨다. 가슴에도 응고액을 발랐는데 거무스름한 젖꼭지 부분은 특별히 신경을 써서 조금만 발랐다. 더 아래로 내려가면서 할머니의 복부와 양다리를 힘주어 주물렀다. 양다리를 반쯤 열어 희끗희끗한 국부를 어루만지고, 갈라진 틈은 정을 담아 응고액으로 메웠다. 그는 노련하고 겸허하게 할머니의 시신에 윤기와 촉촉함을 되돌려주었다. 그는 시신을 선선한 그늘에 두고 세 시간을 기다렸다. 그런 다음 일전에 할머니를 위해 구입한 옷을 입혀드리고 뜰로 나가 잘 다듬어진 마호가니 목재로 관을 짰다. 연한 고동색 빛깔이 도는 관은 할머니 피부와 완벽하게 조화를 이루었다.

루카스는 파타고니아에서 최고로 아름다운 장례를 마치고, 나흘 뒤 창녀들의 오두막에 그가 남겨둔 것을 찾으러 노란 소녀를 찾아갔다. 하지만 그녀는 없었다. 아무도 그녀가 어디로 갔는지 정확하게 알지 못했다. 이 지역에서 최고참 매춘부인 루바 부인이 노란 소녀의 아버지가 그녀를 데려가려고 야부코아에서 내려왔다는 소문을 전해주었다.

"그놈이 그 아이를 처음으로 범한 작자야. 아우렐리아가 여기에 막 왔을 때 그 이야기를 해줬어. 아우렐리아는 그치가 자신이 어디 있는지 알아냈다는 걸 알고 물난리를 틈타 도망쳤어. 강변 어디엔가 숨어 다닐 거야. 아우렐리아를 보게 되면 붉은 백작은 그만두고 나랑 일하자고 전해줘. 내가 먼저 보게 되면 네가 찾아다닌다고 말해줄게."

아우렐리아의 소식을 기다리는 동안 루카스는 광장 정원을 복구하는 데 집중했다. 어느 날 구청에서 그를 불렀다. 루카스의 도움이 필요하다고 했다. 그런데 정원 복구가 아니라 다른 일 때문이었다. 아직 강물에 떠다니는 시신들이 남아 있었다. 수마가 동네 바깥으로 휩쓸고 가버린 시신들이었는데, 아무도 수습하려 들지 않아 악취를 풍기고 있었다.

"창녀들의 시신이야. 아무도 건드리고 싶어하지 않아. 우리는 전염병, 페스트, 수질오염 같은 최악의 상황을 걱정하고 있고. 시신들이 강물을 따라 인근 지역으로 흘러들어가서는 절대 안 돼. 그런 사태가 일어나면 구청장의 명성에 먹칠을 할 테니까."

루카스는 시신을 찾아 강변을 돌아다니는 데 필요한 교통수단 제공과 월급 인상, 동네 광장에 심을 나무와 식물 선택에 전적인 자유를 준다는 조건하에 그 제안을 수용했다.

이렇게 해서 루카스는 구청 정원사에서 익사한 창녀들의 시신 수거자가 되었다. 놀랍게도 홍수로 익사했을 모든 창녀의 시신들을 다 거두어들인 지 한참이 지난 뒤에도 창녀들의 시체가 강물에 계속 나타났다. 가끔 구청에서 그를 불러 주인 없는 시신을 거두러 가라고 지시했다. 일을 맡기려고 부른 경찰들이 웃으면서 '홍수'로 익사한 또다른 창녀라고 말하곤 했다. 루카스는 처음 몇 달이 지난 뒤에는 알아서 강변을 순찰했다. 자신을 호출

하는 경찰들의 수고를 덜어주기 위해서이자, 호출 때문에 정원사 업무를 중단하지 않기 위해서였다.

시신 수습과 관련해서는 늘 똑같은 일이 반복되었다. 루카스는 먼저 강물에 뛰어들어 헤엄을 쳤다. 그리고 익사한 창녀들을 옭아맨 덤불을 헤치고 시신을 끄집어냈다. 먼저 신원 확인을 위해 머리카락을 치웠다. 시신을 자세히 들여다보면, 어떤 것은 벌써 물고기들이 입술을 물어뜯었고 어떤 것은 눈 속에 갑각류가 살고 있었다. 내장 속에 작은 새우나 물벼룩이 살고 있는 것도 있었다. 직업을 알려주는 왼쪽 발목의 작은 발찌가 아니었다면 신원 확인은 쉽지 않았을 것이다. 루카스는 엉망이 된 시신을 마치 잠자는 사람 다루듯 조심스럽게 메고 곧장 시체공시소로 운반했다. 죽은 지 얼마 안 된 몇몇 여인들에게는 어쩐지 정이 갔다. 그래서 이들의 시신은 집으로 운반했다. 그리고 준비해둔 향유로 익사할 때 얼굴에 생긴 공포의 경련, 즉 살갗과 근육에 남은 소스라치는 악몽의 흔적을 제거했다. 루카스는 능숙한 손길로 살결을 어루만지고 안면을 이완시켰다. 그러면서 생각했다. 어쩜 그렇게 아무도 그들을 찾지 않는지, 어쩜 그렇게 작별의 어루만짐 한 번 없이 화장(火葬)해서 하수도에 버릴 수 있는지. 온 도시의 남자들이 주물럭거리던 육체이건만 이제는 모두 다 나 몰라라 하다니. 루카스는 여인들에게 나지막이 말했다.

"아무도 너를 건드리고 싶어하지 않아. 너를 어찌 다루어야 할지 아는 사람은 이제 나밖에 없어."

루카스가 여인들을 위해 하는 일은 대단한 일이 못 되었다. 그도 알고 있었다. 하지만 정이 간 시신들의 새로운 육신을 시체공시소에 넘겨줄 때면, 윤기 나게 오일을 바른 피부와 싱싱한 박하풀 향기와 편안한 얼굴을 한 시신들의 아름다움에 자부심을 느꼈다. 루카스는 여인들을 구청 픽업트럭에 싣기 전에 모욕적인 금발찌를 발목에서 떼어 바지 주머니에 넣었다. 그러면 시신들이 아마도 더 나은 대접을 받겠지.

어느 날 루카스는 이런저런 생각을 하며 우마카오 강을 따라 걷고 있었다. 수지도 찾으러 다니지 않고 시체도 수습하지 않은 지 이미 오래였다. 정원을 가꾸고 부잣집 지붕과 탁자와 의자에 수지를 바르는 일만 했다. 루카스는 카이미토나무 앞에 멈춰 서서 몸통을 부드럽게 어루만지고 나뭇결을 살펴보았다. 별안간 강 건너편 높이 자란 수풀에서 옷 더미가 뚜렷하게 보였다. 루카스는 날카롭게 쳐다보았다. 시체 같았다. 루카스는 거의 즐거움을 느끼다시피 하며 셔츠를 벗고 물에 뛰어들었다. 그리 깊지 않은 곳이라 열심히 헤엄칠 필요도 없이 느긋하게 강을 건넜다. 옷 더미에 가까이 다가가자 아이 손처럼 자그마한 손이 보였다. 주름진 회색빛 살결에 호박색 색조가 흘렀다. 금방 죽음을 맞은 사람이었다. 새벽녘까지 단 하룻밤만을 물에서 보낸, 죽은 지 몇 시간 되지 않은 사람이었다. 발톱을 붉게 물들인 맨발은 대단히 편안해 보였고 왼쪽 발목에는 불명예스런 작은 발찌가 빛나고 있었다. 젖은 블라우스를 통해 속살이 비쳤는데 어쩐지 눈에 익은 다갈색 유두가 보였다. 시신을 등에 지고 건너편 강변으로 건너간 루카스는 죽은 이의 얼굴을 보기 위해 머리카락을 들추는 자신만의 의식을 시작했다. 그러나 그녀를 강물에서 끄집어내 햇볕에 눕히고 머리카락에 큼지막한 손을 대자마자 루카스는 갑자기 소름이 돋았다. 그 소녀였다, 드디어 그 소녀였다. 아우렐리아, 마침내 소녀를 찾아낸 것이다.

하지만 아우렐리아는 죽어 있었다. 루카스는 울고 싶었지만 눈물이 나지 않았다. 그 참혹한 홍수가 난 지 여덟 달이 지난 뒤였다. 그 소녀와는 해가 뜰 무렵까지 격렬하게 몸을 섞은 기억만 남아 있을 뿐이었다. 숱한 살결을 애무해보고 손가락과 혀와 살기둥으로 수많은 창녀를 후벼본 루카스에게도 그 소녀는 새로웠다. 피부에 착 감겨서 오직 그녀만을 갈구하게 만들어버린 그 매끄러움의 환영에서 벗어났다는 안도감이 들었다. 루카스는 이제 예전의 자신으로 되돌아가리라고 생각했다. 비 오는 날 밤 할머니를 홀로 내버려두지 않을 예전의 자신으로, 다시 접붙이기를 하러 갈 수 있는 자신으로, 파타고니아 뭇 창녀들의 갈망의 대상이었던 자신으로. 좋은 여자를 구해 집 안에 들이고 할머니가 키워준 그런 사람으로 되돌아가, 허망하게 죽음을 당한 할머니에게 보상을 해드리고 싶었다. 루카스는 아우렐리아를 픽업트럭 짐칸에 싣고 파타고니아로 향했다.

 루카스는 아우렐리아를 집으로 데려가 옷을 벗기기 시작했다. 면 블라우스 조각과 붉은 팬티와 찢어진 치마를 벗겨냈다. 금발찌를 벗겨 다른 발찌들을 담아놓은 백랍*컵에 던져넣었다. 원래 그런 용도로 산 컵이었다. 루카스는 빗을 꺼내 엉망으로 헝클어진 머리를 단정하게 고르기 시작했다. 재난이 일어난 날 밤새 어루만지던 머리카락이었다. 빗을 머리카락 속으로 집어넣자 소녀의 살결에 파고들어가 있던 강 거미, 벼룩, 구더기 등 잡벌레가 기어나오기 시작했다. 루카스는 손가락 끝으로 그 벌레들을 차례차례 죽였다. 그는 미소를 지으며 소녀의 머리카락을 부드럽게 빗질해주었다. 머리가 완전히 정돈될 때까지 그 일을 계속했다. 그러고는 비누로 머리를 감기고 장미 화장수를 뿌렸다. 루카스는 노란 소녀의 신선하고 촉촉한 시신 옆에 있는 소파에 앉아 소녀의 머리카락이 마르기를 기다렸다. 그는 계속 미소를 지은 채 수지를 만드는 작업실로 발걸음을 옮겼다. 거의 일 년

---

* 주석과 납의 합금.

전에 할머니 장례를 위해 사용했던 깡통을 꺼냈다. 아직 응고액이 충분히 들어 있었다. 탁자에 누워 있는 작은 새의 육신에 다 바르고도 남을 만큼. 다른 시신에는 한 번도 사용한 적이 없었다. 남은 것을 본능적으로 보관하고 있었는데 아마도 아우렐리아를 위해서였던 것 같다.

재앙에 익숙해진 영혼, 루카스는 양손에 응고액을 덕지덕지 바르고 의식을 거행하기 시작했다. 아우렐리아의 발부터 시작하여 발가락 하나하나, 발찌에서 자유로워진 발목, 굳어버린 종아리 등 온몸에 수지를 발랐다. 수지는 너무 오래되어, 온갖 나무 냄새와 갖가지 농축된 꽃 냄새가 원래 성분을 전혀 알 수 없을 정도로 한데 어우러져 연하게 발산되었다. 루카스는 죽은 소녀를 세심하게 주무르며 근육을 풀어주었다. 마사지 때문인지 몰라도 어느 순간 소녀의 피부에 다시 온기가 도는 것이 느껴졌다. 루카스는 손가락 사이로 기묘한 온기를 느끼면서 더 위쪽으로 길을 잡아갔다. 작업실 불빛을 무색케 할 정도로 해맑은 솜털이 나 있는 캐러멜색의 경직된 허벅지를 사십오 분 동안 주물렀다. 그리고 그곳에서 또다시, 소녀의 내부에서 피부로 전이되는 기묘한 온기를 느꼈다. 소녀의 허벅지에서 작은 물방울이 흘러나오는 것이 보였다. 인간의 땀방울 냄새 대신 여울 냄새가 났다. 잠시 이런 생각을 했을 뿐 루카스는 마사지를 계속해나갔다. 손을 종아리 밑에 집어넣었고, 궁둥이도 주물렀다. 궁둥이 또한 수지를 묻힌 루카스의 손가락에 달아올랐다. 루카스는 자신의 사타구니에 더운 피가 요동치는 것을 느꼈다. 발기된 성기를 작업실 탁자 위의 소녀에게 마구 문대고 싶은 충동을 느끼자 몹시 고통스러웠다. 루카스는 머리를 좌우로 흔들며 작업을 멈추고 소녀를 바라보았다. 익사한 그의 창녀가 하반신 쪽으로는 피부색을 얼마간 회복하고 물기를 뿜어내는 땀구멍으로 수풀 냄새를 발산하고 있었다. 루카스는 다시 수지를 손에 바르고 이번에는 죽은 소녀의 얼굴에 갖다댔다. 손가락으로 원을 그리며 그녀의 이마와 광대뼈를 주물렀다. 감겼다 떠졌다 하는 눈꺼풀도 주물러서 소녀가 다시 눈을 감고 쉴 수 있게 해주었다. 입술, 턱, 목뼈는 가지런히 제자리에 돌려놓았다. 어깨와 쇄골도 정원사의 지압 덕분에 이완되었다. 그는 소녀를 옆으로 눕히고 등에 수지를 발랐다. 이미 달아올라서, 작업용 탁자에, 루카스의 손바닥과 손금에, 다른 곳에 집중을 하는데도 계속 커져가는 루카스의 갈망에 열기를 내뿜는 둔부에도 수지를 발랐다. 도발적이고 보들보들한 작은 유방에 수지를 바르려고 시신을 다시 똑바로 눕혔다. 수지의 열기가 도는 동안 소녀의 가슴이 흡수한 강물을 뱉어냈다. 딱딱하고 거무스름하던 젖꼭지가 마법의 빛깔을 띠게 된 순간 루카스는 더이상 어쩔 수 없었다. 그는 옷을 다 벗고 소녀의 골반과 국부와 자기 음경에 수지를 조금 발랐다. 익사한 여자의 다리를 벌리는 동안 루카스는 끈끈한 수지의 화끈거리는 열기로 음경에 화상을 입은 것만 같았다. 루카스는 손가락으로 사랑하는 소녀의 빗장을 열었다. 그리고 접붙이기를 하고 목재를 만지던 작업실 탁자 위 바로 그곳에서 달콤한 아우렐리아, 호박(琥珀)과 수지의 아우렐리아, 사랑하는 창녀 아우렐리아의 몸속으로 들어가 마침내, 마침내 열기를 채워주었다. 죽음은 단지 운명의 장난일 뿐이었다. 루카스의 손이 죽음을 쫓아버릴 수는 없었다. 하지만 그의 성기와 수지, 식물의 응고액에 휩싸여 되살아난 그 온기만은 분명 존재했다. 루카스의 양손과 기다림, 그의 손가락과 살결에 억세게 배어 있는 끈질긴 기억의 산물이었다.

루카스는 등 근육 전체를 수축시키면서 소녀의 몸 안을 파고들고, 사타구니 사이에 한 주머니는 됨 직한 우유를 쏟아 붓고, 소녀의 귀에다 사랑한다고 소리를 질렀다. 이 상태 이대로 영원히 사랑한다고 말했다. 루카스는 시체 위에서 잠이 들었고, 노란 소녀가 그를 안아주면서 사랑의 키스를 연이어 해주는 꿈을 꾸었다.

잠에서 깨어났을 때 루카스는 금발찌를 넣어둔 컵에서 소녀의 것을 집어 다시 발목에 채웠다. 시신을 선선한 그늘에 두고 동네로 나가 커다란 얼음 덩이 두 개, 수렵용 칼, 수지 채취용 놋

쇠 그릇을 가지고 돌아왔다. 나간 김에 구청에 들러 익사한 창녀들을 수거할 다른 사람을 알아보라고 했다. 루카스는 자신의 정원으로 돌아왔고, 다시 수지를 찾아 쏘다니기 시작했다. 빈도가 점점 줄어들기는 했지만 예전처럼 파타고니아의 사창가 오두막으로 샐 때도 있었다. 루카스는 일주일에 세 번 수지가 가득 든 깡통과 화장수 한 병을 들고 할머니 집 작업실에 틀어박혔다. 그리고 새벽녘에야 찐득찐득한 땀으로 온몸이 범벅이 된 채 싱글벙글거리며 작업실에서 나왔다.

원격사랑

Amor, a la distancia

에드문도 파스 솔단 Edmundo Paz-Soldán(볼리비아, 1967~)
우석균 옮김

어제 적포도주 두 병을 양손에 들고 아파트에서 나오는데 네 생각이 났어, 비비아나. 내가 입을 다물려고만 한다면 네가 그런 자질구레한 일에 대해 알게 될 일은 전혀 없겠지. 적포도주 병, 입가에 머금은 미소, 끝내줄 것 같은 그리고 실제로 끝내주는 파티가 임박해 기대에 찬 기색. 아마 너는 결코 알지 못할 자질구레한 일들이야. 나도 너의 수많은 자질구레한 일들을 모르듯이. 남녀 관계란 바로 그런 자질구레한 일들이라고 말들 하지. 중요한 일을 논하거나 몸소 행하는 와중에도 일어나는 자질구레한 일들 말이야. 우리에게는 그게 모자라. 어떤 일들에 대해서는 이야기를 나누기도 하지만 충분하진 않아. 그것이 원격 관계의 속성이야. 서너 달 동안 일주일에 한두 번쯤 보통 십오 분가량의 통화. 가끔씩 운 좋게 대화가 술술 이어지고, 전화 통화에서 생기는 필연적인 오해나 맺지 못한 말, 혹은 가끔씩 한쪽은 아주 반갑게 느끼는데 또 한쪽은 그렇지 않은 데 따른 말투의 차이(전화는 말투가 정말 중요해, 내용보다 형식이 중요한 거야)가 없다면 끽해야 삼십 분. 그렇게 서너 달을 전화만 하다 만나게 되면 한동안은 자질구레한 일들이 복원되지만 다시 떨어져 있으면 또 마찬가지야.

파티에서 크리스티나라는 스페인 여자애를 알게 됐어. 자기 언니를 방문하려고 이 주 일정으로 버클리에 왔지. 사소한 대화, 두어 번의 야릇한 미소, 적포도주와 맥주, 후안 루이스 게라의 전염성 강한 메렝게.* 그런데 말이야, 비비아나, 갑자기 어느 순간 내가 기분이 들떠서 춤을 추고 있는 거야. 그 파티에서 너무 즐기다보니 그곳과 미래, 즉 원격 관계의 사람이 거주하는 영토와 시간대의 다양성을 망각하고 이곳과 지금에 집중해버리고 만 거야. 이윽고 죄책감이 들었어. 너 없이 잘 지낼 때마다, 세상사에 몸을 맡기고 너 없이도 행복할 수 있다는 것을 발견할 때마다 늘 느끼는 죄책감이지. 대대로 전해내려오는 사랑의 신화들을 전혀 의심하지 않았던 사람에게 그 진실은 고뇌와 쓸쓸함을 불

---

* 후안 루이스 게라는 도미니카의 가수이며, 메렝게는 도미니카에서 기원한 춤.

러일으키는 법이야. 신화를 곧이곧대로 믿는 상황에서 사랑을 발견하게 되면 신화가 옳다고 생각하지. 사랑하는 사람 없이는 살 수 없고, 그 사람이 곁에 없으면 (베개가 감수해야 할 일이지만) 내내 잠도 이루지 못하고, 또 가슴이 찢어지는 적막한 절망감을 맛보게 되지(이따금 그리 적막하지만은 않은 것도 사실이지만). 그런데, 사랑하는 이 없이도 살 수 있고, 그런 무자비한 삶이 계속되어도 살아야만 하고, 사랑하는 사람이 있으나 마나 하거나 아니면 없으면 안 되는데 없어도 되는 그러한 세계를 어떤 식으로든 스스로 설계해야 한다는 사실을 깨닫고 나면 고뇌와 씁쓸함을 느끼게 되는 거야. 그리고 그토록 위대했던 우리의 사랑은 그저 흔한 일개 사랑이 되어버리고 말아, 비비아나. 우리야 운명이 우리 두 사람을 점지했다고 믿지. 하지만 우리의 사랑은 시작되지 않았을 수도 있는 사랑이고, 무수한 타인들의 사랑처럼 유약함과 망각과 배신으로 점철된 사랑이고, 어쨌든 우리에게 주어진 유일한 사랑이면서 또한 유일하게 우리를 유약함과 망각과 배신으로 점철된 인생에서 구원해줄 그런 사랑일지도 모르지.

일요일에 네게 전화하면 너는 이번주에 한 일을 늘어놓기 시작하겠지. 월요일에는 친구들과 살타 식 엠파나다*를 먹으러 프라도 거리에 갔고, 수요일에는 동생과 토레스 소퍼**에 쇼핑을 하러 갔고, 목요일에는 아버지를 도와드리러 병원에 갔어. 판에 박은 일뿐이야, 자기야. 여기는 새로운 일이 없어. 코차밤바가 얼마나 지겨운지 알잖아. 그다음에 너는 내가 많이 그립다고 말할 거고, 이번주에 무엇을 했냐고 묻겠지. 나도 네가 아주 그립다고 말하고, 이번주에 있었던 일을 이야기해줄 거고. 성의 없는 말투로 건성으로 지껄이겠지. 지난 일요일과 다른 이야기를 하더라도 내용은 매일반일 거야. 이곳은 아무 일 없어, 너 없이는 색다른 일이 전혀 없어, 엄청 지겨워, 외로워, 언제 다시 너를 보게 될까. 우리가 묶여 있는 관계가 아니라면 다를 거야. 뭘 하는지, 누구랑 데이트하는지 등등 어쩌고저쩌고하면서 대화를 나누겠지. 그런데 문제는 둘 중 그 누구도 이런 자유로운 관계를 받아들일 수 없다는 거야. 우리는 스스로 현대인이라고 생각하지만 실은 별로 그렇지도 않아. 우리는 아주 작정을 했어. 진정한 사랑이라면 정조와 신뢰가 있어야 한다고. 우리는 이런 말을 하면서 상대방을 배신하지 않는 사랑, 억수로 정조를 높이 평가하고 억수로 상대방을 신뢰하는 사랑을 만들어냈어. 우리의 현실과는 동떨어진 커플을 창조해놓고는 아무도 그 이미지를 먼저

---

* 볼리비아와 가까운 거리에 있는 아르헨티나 북부의 한 주인 살타 주에서 만드는 군만두 비슷하게 생긴 음식.
** 코차밤바 시내의 고층 빌딩.

깨뜨리지 않으려고 해. 너무 외롭다는 말, 언제 다시 너를 만날 수 있을까 하는 말은 사실이야. 하지만 아무 일 없다는 건 사실이 아니야(늘 무슨 일인가 생기는 법이잖아). 너한테 말할 거야. 금요일에 파티에 갔고, 새벽까지 있으면서 네 생각을 많이 했고, 많은 커플이 행복하게 같이 있는 광경을 보고 외로움이 극에 달했다고. 네게 말할 거야. 자기야, 원격 관계를 증오하지만 이는 오로지 너를 위해서이고, 너를 위해서라면 그 어떤 희생도 할 수 있어. 사실 너는 그만 한 가치가 있어. 너를 잃기는 싫다고. 하지만 그 이상 더 많은 이야기는 못 하겠어. 비밀 없는 관계는 지속될 수 없으니까. 진실만을 말하면 어떻게 용서가 되겠어. 가령 말이지, 자정이 지나 발코니에서 오래전부터 못 느껴본 야릇한 기분으로 크리스티나에게 키스를 했다는 이야기를 네게 어떻게 하겠어. 두어 시간 뒤에 정원에서 어둠의 비호를 받으며 크리스티나가 원하는 물건을 찾아낼 때까지 오른손으로 내 옷을 헤집어놓았다는 이야기를, 그 물건을 발견하자 내가 '제발' 하고 애원할 때까지 놓지 않았다는 이야기를, 내가 뽕 가서 나중에는 고통마저 느꼈다는 이야기를, 비비아나, 크리스티나와 내가 술이 떡이 되어 다른 사람들은 아랑곳하지 않고 내 아파트로 가서 그 밤이 다하도록 한 배를 타고 헐떡거리며 짜릿함을 느꼈다는 이야기를 도대체 어떻게 하겠냐고.

완전한 사랑이라는 게 존재한 적이나 있을까? 원격 관계에 뛰어난 자질을 갖춘 사람들도 있겠지. 예를 들면 상황을 감내하고 처신하는 이들, 사랑 때문이든 스스로를 배신하기 싫어서이든 이런저런 이유로 상대방을 배신하는 것이 불가능하다고 생각하는 이들 말이야. 원격 관계는 결국은 성격 테스트이고, 도덕성 테스트야. 하지만 우리들 대부분은 도덕성이 부족해서 상황을 견뎌내지 못해. 상대방은 옆에 없는데 자유로운 시간이 아주 많으면 끊임없이 유혹이 찾아들고, 한 가지 유혹은 다른 유혹을 낳거든. 육체는 너무너무 약해. 물론 첫걸음은 아주 어렵겠지. 기억이 아직 너무나 생생하니까. 파티에 가도 그 자리에 없는 상대방의 얼굴과 살결과 말이 아직 함께하고 있는 법이니까. 절대 배신하지 않는다고 약속해줘, 너를 너무너무, 너무너무 사랑해. 그리고 비비아나, 정조를 지키는 것, 받은 신뢰에 보답할 줄 안다는 것을 나는 대단히 자랑스럽게 여기겠지. 틀림없이 너도 언젠가 나처럼 똑같이 느낀 적이 있을 거야. 하지만 나중에는 그런 것도 지겨워지고, 자유로운 시간이 너무 많아져서 차츰차츰 마음이 약해지고 말아. 우연히 알게 된(우연은 사소한 로맨스이든 위대한 사랑이든 모든 것에 책임이 있어) 아름다운 미소의 그 갈색 피부 여인에게 전화를 하게 되지. 버스를 기다리면서 가벼운 대화를 나눈 솔레닷*이라는 시적인 이름의 여인에게. 가벼운 대화는 차츰 잊어버리게 되지만 아름다운 미소와 시적인 이름은 기억에 남지. 그리고 어느 날 밤 공부를 하다가 지겨워질 즈음 수화기가 꼬드기는 거야. 안 될 건 뭐 있어, 무슨 일이야 있겠어, 이야기만 하는 게 죄야? 이렇게 거의 의식하지 못하는 사이에 작은 배신들이 줄줄이 이어지는 거야. 갈색 피부의 여인과는 아무 일 없을 거야. 그저 커피 한잔(가벼운 대화), 두어 차례의 은근한 암시, 그 암시를 진지하게 받아들일까봐 기겁하는 정도지 별일이야 있겠어. 하지만 다음번 여자에게는 더 솔깃해서 아주 재미있는 여자였으면 하고 바랄 거야. 그다음 차례는 소피아의 은근한 매력이 될 것이고. 그러다가 자신이 어디에 이르렀는지 깨달았을 때는 이미 늦은 거야, 한참 늦은 거지.

친구들은 내가 너를 진짜로 사랑하는 게 아니라고, 그러니까 지금 이 짓을 하는 거라고들 말해. 하지만 비비아나, 내가 세상을 이분법적으로 나누던 시절은 이미 지났다고 생각해. 너를 많이 사랑하지만, 심지어 예전보다 훨씬 더 사랑하지만 그와 동시에 이곳에서 일어난 일도 충분히 있을 수 있는 일이라고 생각해. 하나만 하는 게 나한테야 훨씬 더 쉽겠지. 하지만 어디 그래? 사랑은 사랑이고 필요는 필요지. 우리 인간의 타고난 유약함, 유혹

---

* '고독'이라는 의미.

의 아름다운 가시, 홀로 남는 두려움, 몇 시간 동안의 애정과 쾌락 때문에 기꺼이 원칙을 저버릴 용의, 순간의 동반. 사랑은 사랑이고 떨어져 있는 건 떨어져 있는 거야. 적어도 지금은 그렇게 믿고 있고 또 믿고 싶어. 아마 우리가 마침내 영원히 함께 있게 될 때에도 이럴 거야. 가끔씩 유혹을 느끼고, 가끔씩 약해지겠지. 떨어져 있는 것과 곁에 있는 것은 별개가 아닐 거야. 이 두 상황에서 모두 사소한 배신이 일어날 수 있고, 그럼에도 불구하고 사랑은 계속될 수 있어.

나는 순진하지 않아. 다 알고 있다고. 너 역시 나처럼 그럴 수 있다는 걸. 지난 주말 친구들끼리 디스코텍에 갔다가 마지막에는 산페드로 봉우리 기슭의 어두운 골목길, 화합의 그리스도 상*의 그림자가 드리워진 골목길에 있었을지도 모르지. 검은 눈동자를 가진 미지의 인물의 차 라디오에서 흐르는 감미로운 음악을 배경으로. 그 모든 일이 이렇게 시작되었겠지. 나는 순진하지 않아, 그리고 아마 너도 그럴 거고. 하지만 확실한 건 우리는 우리가 만든 이미지, 되고자 하나 될 수 없는 이미지의 덫에 걸려 있다는 점이야. 그래서 어떤 일은 말 못 하고, 어떤 의혹은 인정하지 못하고, 의심은 가도 듣고는 싶지 않은 그 모든 일을 서로

---

* 산페드로 봉우리 정상에 있는 거대한 동상.

크게 떠벌리지 않는 한(작게 이야기하는 것만으로도 야단날지 모르지만) 우리 둘 사이는 좋아. 계속 관계를 유지하려면, 기를 쓰고 각자의 비밀을 지켜야만 해. 누군가 입을 열면 마법은 깨지고 말 테니.

  그래서 나는 결코 이 편지를 네게 보내지 않으려고 해. 차라리 신문의 문학 지면에다가 허구를 빙자해 출판하고 말지. 그 단편을 읽은 네 친구 중 누군가가 내가 공개적으로 죄를 인정하는데도 어쩜 그렇게 계속 사귈 수 있냐고 물으면, 너는 나를 옹호할 거야. 현실과 상상을 혼동하지 말라고, 그게 작가를 사랑하는 대가라고 말하면서. 하지만 어느 순간 의심이 들어, 그 단편에 자전적인 요소가 있는지 아주 솔직하게 말해달라고 대놓고 요구할지도 몰라. 그러면 나는 그 단편을 쓰던 순간을 떠올릴 거야. 내 침대에서 세상모르고 새근새근 자고 있는 크리스티나, 완벽한 나신, 향기로운 계피색 피부가 보이는 아침 열한시 내 방에서의 이 순간을. 그리고 단편을 마무리하기 전에 아름다운 나신을 감상하려고 잠시 글쓰기를 멈추었던 것을 떠올리면서 주저 없이 네게 말할 거야. 없다고, 그 단편에는 자전적인 요소가 전혀 없다고, 그 단편은 그저 허구라고, 나와 관련된 모든 부분이 어찌 나오든 다 허구라고 말이야.

트로이로, 엘레나여

A Troya, Helena

페르난도 이와사키 Fernando Iwasaki(페루, 1961~)
우석균 옮김

아가멤논이 사람들 사이를 헤치며
신의 모습을 한 알렉산드로스를 찾고 있는 동안
두 사람은 장식 침대에서 동침했다.
— 호메로스, 『일리아스』

    나는 세 블록 떨어진 곳에 주차했다. 마치 그 전략을 골백번 훈련해본 사람처럼. 엘레나*는 내가 집을 나서도 모르는데 이렇게 몰래 들어가는 것이 무슨 의미가 있을까? 나는 엘레나나 아이들을 돌보는 것보다는 학생들과 학교에 더 신경 썼기 때문에 집에서는 일종의 낯선 방문자였다. 아마 내가 너무 허겁지겁 살다보니, 어언 서른이 다 되도록 인생에 자극이 될 만한 정말로 흥미진진한 일이 생기지 않아 그런 것 같다. 나는 엄청 빨리 사랑과 죽음을 알아버렸다. 이러한 경험의 속도와 강도를 완화시키는 데 십 년 이상 걸렸을 정도다. 교수직에 있으면서 갑자기

---

* 『일리아스』에서 트로이 전쟁의 원인이 된, 스파르타의 왕비 헬레네의 스페인식 이름.

빨리 늙어버린 내 모습을 발견했다. 이 나이까지 퍼마신 술과 춤도 감당 못할 지경인데, 게다가 내게는 역시 나이 서른 가까이 된 욕구와 호기심이 한창인 집사람, 내가 단 한 번도 완전히 만족시키지 못한 그런 관능적 격정을 지닌 집사람까지 있었다.

나는 집사람에게 들리지 않도록 살금살금 집에 들어갔지만, 그녀가 벌이는 전투의 굉음 때문에 어차피 소리는 들리지 않았을 것이다. 엘레나는 매력적인데다 특히 착하고 부지런했다. 아이들을 학교에 보내기도 전에 이미 점심을 준비하고, 바닥을 쓸고, 옷을 다리고, 오래된 내 돌 수집품의 먼지까지 털어놓았다. 돌 수집품은 처음으로 캠프에 참가한 초등학교 3학년 때 산타에 울랄리아 언덕에서 모은 것이었다. 엘레나는 내 감상적인 고고학을 어리석다 불평하지 않았다. 세례받을 때 쓴 모자, 오대륙의 음료수 병뚜껑, 심지어 길이 기억될 세 방을 날려 산골 촌놈 알레호스에게서 획득한 구리팽이도 있었다. 정리정돈 잘하고 세심한 엘레나 덕분에 그 모든 잡동사니가 때마다 공평하게 걸레질을 받았다. 바로 그렇기 때문에 나는 양탄자 위의 위스키잔들과 가구들 위에 급하게 내던져진 옷을 보았을 때, 엘레나가 우리집의 서글픈 일상, 즉 사랑을 나누기 전에 셔츠와 바지를 개어놓는 내 빌어먹을 습관을 내쫓는 의식을 거행하는 중임을 깨달았다.

사실 엘레나는 참을 만큼 참았다. 직업은 있지만 벌이가 시원치 않은 얼뜨기와 나이 스물에 결혼한 처녀에게 요구할 수 있는 것 이상으로. 처음에는 낡은 셋집을 가꿔나가야 했고("두고 봐, 바랑코*가 유망 지역이 될걸" 하고 말하곤 했다), 얼마 후 마르타를 임신하고 나서는 일 년간 휴학할 수밖에 없었다. 그다음에는 젖병과 시험, 과제물과 기저귀가 겹치는 절망이 찾아왔다. 마침내 대학 과정을 마치게 되었구나 생각하는 순간 산부인과 의사가 양성반응이 나왔네, 축하합네, 호들갑을 떨었다. 처음이자 마지막으로 엘레나가 우는 것을 보았다. 그녀는 어린 자식을 교육시킨답시고 심리학을 전공하는 젖퉁이 아낙네들 꼴이 되어버렸다며 신세한탄을 했다. 그러나 적어도 지금 이 순간에는 엘레나의 웃는 소리, 심지어 이성을 잃은 듯 고양이처럼 울부짖는 소리가 연신 들렸다.

그녀는 대학에 집착했다. 비록 우리가 같이 입학했지만 엘레나는 원망에 찬 비교는 결코 하지 않았다. 그러나 내 연구실에서 새내기 때부터 크는 것을 보아온 여학생들이 자기보다 먼저 졸업하고, 게다가 내가 논문 지도를 하게 될까봐 전전긍긍하고 있다는 생각이 늘 들었다. 그 여학생들은 어리고, 애도 안 딸리고, 꾸밀 시간도 있고, 학위까지 있었다. (엘레나는 "걔들은 마음에

---

* 리마의 구(區) 이름.

드는 사람이라면 누구든 정복할 수 있을 거야, 안 그래?" 하고 수시로 물었는데, 여기에는 아마도 이중의 목적이 있었을 것이다.) 혹시 그중 어떤 것들은 이제 영영 자신의 것이 될 수 없다고 판단을 내려버린 것일까? 좋든 나쁘든 이는 엘레나에게 끊임없이 자극이 되었을 것이다. 마르타와 쌍둥이 아이들이 성장하자, 엘레나는 헬스클럽에 다니고 학위도 땄다. 그리고 어떠한 마초라도 녹여버릴 발목을 지닌 자신의 아프로디테적 매력을 발견해냈다.

나는 복도에서 반쯤 열린 문을 향해 다가갔는데 옷장 거울이 계속 접근해야 하는 수고를 덜어주었다. 정부의 배 위에 걸터앉은 엘레나의 등이 보였다. 정부는 있는 대로 달아올라 엘레나를 위아래로 움직이게 했다. 이상하게 생각할지 모르겠지만, 가장 강렬하게 내 주의를 끈 것은 집사람의 낯선 차림이었다. 그러나 곧 어느 날 엘레나가 그 검은 속옷, 스타킹과 가터벨트를 비롯한 속옷 세트가 훤히 비치는 투명한 가운을 입고 침실에 나타난 적이 있었다는 것이 떠올랐다. 그녀는 과일을 깎듯 내 옷을 벗기더니, 왁스칠을 한 바닥과 흰색 팬티에 대한 나의 불평은 아랑곳하지 않고 음탕하고 난폭하게 나를 침대 위로 넘어뜨렸다. 나는 너무나 서툴게 그녀의 레이스 속옷을 벗겨내고 그녀의 급습이 요구하는 절차를 오 분 만에 후다닥 해치웠다. 시들시들해진 물렁

뼈를 되살리려고 그녀가 결사적으로 엉덩이질을 했지만, 이미 성이 찬 고놈은 깊이 잠든 상태로 그렇게 짓이겨졌을 뿐이다. 집사람이 욕구를 다 채우지 못한 채 브래지어만 반쯤 벗겨졌던 게 도대체 몇 번일까? 반면 그 사내는 영롱하게 빛나는 검은 속옷 세트를 벗겨내지 않고도 엘레나가 즐기게 만들 줄 알았다. 그물과 구멍의 미로 속에서도 그녀의 성기와 돌기들이 어디 있는지 외우고 있는 듯했다.

갑자기 그들은 새로운 유희와 체위를 시험하기 시작했다. 서로의 다리 사이에 얼굴을 처박고 애무하면서 자지러지게 몸을 뒤틀며 뒹굴었다. 손가락으로는 음모 밑을 헤집고, 노련한 혀로는 그곳을 공략했다. 거의 어둠이 내린 가운데에서도 눈이 번득였다. 쾌락에 일그러진 턱을 파르르 떨며 도발적인 입술을 헤 벌리고 있는 엘레나의 얼굴을 본 것도 실로 오랜만이었다. 우리의 부부 관계는 천편일률적이고 관료적이라 할 만큼 가끔은 정말 실망스러웠다. 그런데 지금 저 방 안에는 대담함, 일탈, 자발성, 그 모든 것이 다 있었다.

갑자기 몽둥이를 휘두르며 나의 침대와 나의 삶에 끼어든 저 작자는 누구일까? 이웃 사람일까? 유명 헬스클럽 강사? 거울에 비친 그의 곱상한 용모, 양성적 용모가 낯이 익었다. 나는 그가 지난 학기에 내 수업을 들은 학생이라는 것을 깨달았다. 파네

통* 집 아들인 알레한드로 파리시**라는 학생으로 세계사 1에서 세 번 낙제해 퇴학당한 놈이었다. 이탈리아 식 복수극일까 아니면 그저 엘레나가 벌이는 관능적인 앙갚음의 도구일까? 이런 놈에게 밀려나다니 자존심이 상했다. 그러나 파리시가 나와는 정반대로 격정적인 열여덟 살이고 열 살 연상인 엘레나가 필요로 하는 모든 것을 지니고 있음을 깨달았다.

결국 그 자식은 잘못이 없었다. 용서하고 자시고 할 나이가 아니기 때문이다. 나도 그 자식과 똑같이 아버지 여비서와, 또는 스위스 식 카페 '라 티엔데시타 블랑카'나 '스웨덴 제과점'의 돈 많은 호색녀들과 그 짓을 하지 않았던가? 그 시절, 나는 그 짓을 욕정을 주체할 길 없는 청춘의 프리즘을 통해 바라보았다. 차례로 상대하는 삼십대 여인들이 무슨 생각을 하는지는 안중에도 없었다. 그 여인들은 한창 뜨거울 나이에 외롭고, 무시당하고, 만족을 느끼지 못했을 것이고, 어벙한 남편들 몰래 끝내주게 서방질을 해댔다. 여인들은 여인들대로 즐겼고 나는 나대로 즐겼다. 엘레나의 마지막 오르가슴을 악착같이 연장시키려고 기를 쓰고 있는 파리시처럼.

절정의 순간이 지나고 두 사람은 축 늘어졌다. 하지만 몽롱한

---

* 페루에서 크리스마스 때 먹는 케이크 모양의 빵.
** 이탈리아의 성씨로 트로이의 왕자 파리스를 연상시킴.

손들은 부드럽고 축축하고 떨리는 부위를 찾아 계속 헤맸다. 이윽고 엘레나는 간드러진 펠라티오로 그를 다시 흥분시키려 했다. 그녀는 입술로 천천히 다리를 타고 내려갔다. 파리시의 발에 다다르자 최후의 정력을 간직하고 있는 그 예민한 발가락에 빳빳한 유두를 비벼대기 시작했다. 미묘하고 짜릿한 전류에 몸을 부르르 떤 파리시는 몸을 일으켜, 착 감겨오는 야시시한 허리를 덥석 낚아채며 걸쭉하고 떨리는 목소리로 명령했다. "트로이로, 엘레나여. 이제 트로이로 갑시다."

나는 엘레나의 궁둥이, 그 깊고 깊은 영토에 삽입하려고 몇 번이나 헛된 시도를 했는지를 떠올리며, 거울 맞은편에 서서 살인 충동이 이는 것을 억눌렀다. 내가 알게 되었던 물오른 여인네들의 굶주린 색욕을 핑계 삼아 한 달에 두 번, 일주일에 세 번, 하루에 네 번 치르는 일을 정당화시키던 것이 머리를 스쳤다. 그 당시 엘레나는 구름 위를 노니는 싱그러운 애인의 전형이었건만 지금은 호색녀, 굶주린 멜뤼진*으로 변해 있었다. 그녀를 죽이자니 아이들과 그들이 겪을 외로움이 떠올랐다. 엄마가 없어 악몽에 시달리다 처절한 비명을 지르게 될 거라는 생각이 들었다. 상기된 얼굴에 미소를 머금고 네 발로 발광하며 비명을 지르는 지금

---

* 중세 프랑스의 전설 속 여인으로 토요일마다 하반신이 뱀의 몸으로 변했다고 한다. 여성을 뱀에 비유하는 기독교적 상상력의 산물.

의 엘레나처럼. 그래서 속으로 생각했다. 죽일 가치가 없다고, 나를 맥 빠지게 만드는 저 모습은 사실은 예전의 내 음탕한 행각이 거울에 비춰진 것이라고. 또한 생각했다. 그 모습은 언젠가 내가 파리스 왕자였고, 나만의 헬레네와 그녀의 백옥 같은 팔과 나만의 트로이의 목마를 납치하는 불가능한 욕망이 자아낸 상(像)이라고.

나는 계단을 내려가 학교로 돌아가서 강의를 했다. 입에 담기 힘든 옷장 거울과 또다시 마주치지 않기 위해 지긋지긋한 일상을 감히 깨뜨리지 않았다. 엘레나는 여전히 아름다웠고, 특히 착하고 부지런했다. 매일 아침의 다정한 키스, 평소와 같은 짧은 마주침, 가끔 하는 공평한 걸레질까지 똑같았다. 시간이 흐르면서 옷장 거울에 비친 천벌받을 장면을 잊어버렸다. 그러나 사랑을 나누는 두 육체가 자아내던 추잡하기 그지없는 소리는 가끔씩 귓가를 맴돈다.

미국의 숙녀들
Northern Ladies

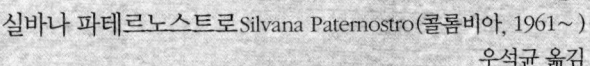

실바나 파테르노스트로 Silvana Paternostro (콜롬비아, 1961~)
우석균 옮김

> 여성으로서 나는 조국이 없다.
> 여성으로서 나는 조국을 원하지 않는다.
> —버지니아 울프, 『3기니』

 나는 뉴욕에서 발간되는 스페인어 신문 〈엘 디아리오〉에서 오려놓은 광고를 몇 주 동안이나 택시 영수증, 분홍색 은행 서류, 관람하지 않은 〈미스 사이공〉 입장권, 로어 이스트 사이드*에서 열리는 대외 정책이나 독서 관련 강연회를 알리는 전단 등과 함께, 책상 위에 둔 비망록에 끼워두었다. 신문 광고란에서 성형외과를 발견했던 것이다. '가족계획' 난에 단돈 백 달러짜리 중절 수술 광고들과 함께 스페인어로 된 작은 박스 광고가 안면 주름 제거, 유방 보정, 지방 제거, 영구 메이크업, 전기분해 요법 제모, 처녀막 재생 등등을 통해 광고를 보는 여성 독자를 완벽한

---

* 맨해튼의 한 지역.

라틴아메리카 여성으로 변신시켜주겠다고 아우성치고 있었다. 두 개의 전화번호가 있었는데 하나는 퀸스, 또하나는 브루클린 번호였다.

광고를 처음 보았을 때 나는 웃었다. 하지만 금세 얼굴이 굳어졌다.

광고 오른쪽 구석에는 무료 상담과 이십사 시간 전화 응답이 가능하다고 적혀 있었다. 나는 일요일 오후 느지막이 아파트에서 전화를 걸었다.

전화벨이 세 번 울리고 나서 여자가 전화를 받았다. 그녀의 어조 때문에 전화번호를 잘못 눌렀다고 생각했다. 마치 집에서 편하게 있는 듯한 목소리였다. 아마 그럴지도 몰랐다. 새로운 전화 연결 서비스가 있으니 잠재적 고객을 놓칠 이유가 없었다. 성형외과와 통화하고 싶다고 말하자 그녀가 대답했다.

"무엇을 도와드릴까요, 고객님?"

나는 찾아가는 방법을 알려달라고 했다. 퀸스에 있는 병원을 가려면 맨해튼 그랜드 센트럴 역에서 7번 노선을 타고 플러싱 지구의 간선도로까지 가야 했고, 브루클린의 병원을 원하면 커낼 스트리트에서 M노선— 전화를 받은 여자가 마마(Mama)할 때의 '에메*'라고 덧붙였다— 을 타고 포리스트 가까지 가야 했다. 그녀는 질문이 더 있으면 대답해주겠다고 말했다. 병원에서 십 년 넘게 일하고 있다는 것이다.

"어떤 것에 관심이 있으신가요, 고객님?"

나는 용건에 적합한 목소리를 냈다. 처녀막을 복구하여 다시 처녀가 될 필요가 있는 위기의 라티노** 아가씨로 변신한 것이다. 그녀만 속인 것이 아니라 나 자신까지 속였다. 나는 내게서 그런 목소리가 자연스럽게 나올 수 있다는 것이 항상 놀라웠다. 국경 북쪽***에서 수십 년 홀로 산 세월도 그런 목소리를 완전히 지워버리는 데는 충분하지 않은 것 같았다. 좋아하던 낡은 구두 한 켤레를 옷장 안쪽에서 꺼내듯, 늘 그 목소리를 복구할 수 있었다. 전화 상대방에게 머리를 볶고 싶다고 말해야 했어도 나는 그런 목소리를 낼 수 있었다.

반대편에서 목소리가 흘러나왔다.

"그 수술은 언제나 결과가 아주 그만이죠. 일도 아니에요. 수술은 두 시간 정도 걸리고요. 우리 병원에서 정말 많이 하는 수술입니다."

"마취는요?"

---

* 'M'은 스페인어로 '에메'라고 읽는다.
** 히스패닉 계의 또다른 명칭.
*** 지리적으로 라틴아메리카 북쪽에 위치한 미국을 가리킴.

"국부마취를 합니다. 우리 병원 외과의 다섯 분 중에는 히스패닉 계도 있습니다. 모두 스페인어를 할 줄 알고요. 두 분을 추천해드릴 수 있습니다. 수술 비용은 천팔백에서 이천 달러 정도고, 수술 받으시는 날 지불하시면 됩니다. 웬만한 신용카드는 다 되고요."

"좀더 알고 싶은 게 있는데요. 라티노 여자들이 그 수술을 많이들 받나요?"

내가 초조한 척하면서 물어보았다. 내게 수술을 권하는 와중에 엄청난 통계 수치를 제시해주었으면 하는 마음에서였다.

"물론입니다, 고객님. 그 문제를 떨어내고 싶어하는 히스패닉계 여성들이 많습니다. 많이들 수술을 받아왔으니 걱정하지 마세요. 전체를 다시 막아버리고 월경을 위한 구멍만 남겨둡니다."

수술 절차는 야만스럽고 모욕적이었다. 강간처럼 허용되지 말아야 될 일인 것 같았다. 마치 내가 미용실에다 전화를 하기라도 한 것처럼, 그 여자가 전화로 내게 그 일을 묘사한다는 사실이 그 수술을 더욱 끔찍하고 슬프게 만들었다. 그 여자는 내게 수술을 받게 할 작정으로 병원 기록을 단숨에 읊었다. "많은, 수많은" 중국인과 한국인 고객이 찾아온다고 했다. 그녀의 설명에 따르면 한국에서는 신랑 부모가 신부의 처녀성 증명 서류를 보자고 요구할 수도 있기 때문에 한국에서 많은 아가씨들이 수술을 받으러 온다는 것이었다. 중국 아가씨들은 보통 어머니와 같이 온다고 말했다.

"미국 여자들은요?"

"없습니다. 미국 여자들은 없어요. 그들에게는 중요한 문제가 아니거든요. 아랍인과 결혼하려는 여자가 지난주에 한 사람 오긴 했어요. 하지만 우리 히스패닉 계 사이에서는 늘 있는 일이에요. 걱정하지 마세요, 다 잘될 테니까요."

수화기를 내려놓으면서 그 병원이 여성들의 머리에 그따위 생각을 주입시키면서 얼마나 오래갈까 하는 생각을 했다. 뉴욕의 재판소마다 걸려 있는 '스페인어 합니다' 라는 표찰, 지하철과 버스의 스페인어 안내문과 광고, 이 도시의 라티노들이 읽는 신문과 잡지 뭉치에서 편안함과 친밀함이 뒤섞인 포근한 느낌을 받았건만, 이제는 그 느낌이 걱정으로 물들고 있다.

일요일인 어느 가을날 오후 나는 처녀 제작자들을 방문하기로 결정한다. 거울을 보면서, 갈색 일자 치마와 검정 단화 위에 입은 두 치수 큰 짙푸른 브이넥 스웨터가 지금 하려는 짓에는 영 아니올시다라는 생각이 든다. 나만의 삶을 살기 위해 매일 입는 이 옷은 라티노들의 문제가 해결되는 세계를 방문하는 데는 부적절하고 '오히려 튀는' 것 같았다. 다른 걸 입어야지 하고 속으로 말한다. 하지만 거울에 다가선 순간 옷은 그저 문제의 일부임을 깨닫는다. 내 얼굴, 내 시선, 멈춰 서는 방법, 걷는 방법. 문제는 성형외과가 제공하는 서비스를 원하는 사람은 죽었다 깨나도 평소의 나처럼 옷을 아무렇게나 입고 별로 꾸미지도 않은 채 집에서 나오지는 않으리라는 점이다. 그러나 나는 편안한 옷, 장신구 없이 다니기, 막 세수한 뒤의 맨얼굴, 심지어 햇볕을 쐬지 못해 병자처럼 파리한 낯빛을 하고 있을 때가 좋다.

 병원은 플러싱 지구의 간선도로인 노던 불레바르의 5층짜리 상가 건물에 있다. 칙칙한 골목이 아닌 괜찮은 주소지에 있는 것이다. 보험회사나 여행사 혹은 치과의사가 개업할 만한 장소이다. 나는 병원이 더 으슥한 곳에 있기를 바랐던 터라 그 지역이 상상했던 만큼 엉망진창이 아니라서 놀랐다. 줄지어 있는 붉은 벽돌집, 입구의 작은 뜰, 거리에 주차된 싸구려 승용차로 특징지어지는, 아치 벙커*가 사는 동네 같은 바로 그런 곳에 병원이 있다. 예외가 있다면 자동차를 몰고, 뜰에서 잔디를 깎고, 유모차를 미는 사람들이 대부분 아시아인들이라는 점이다. 라티노들도 간혹 눈에 띄지만 영어를 사용하는 금발의 백인은 전혀 볼 수 없다.

---

* 1970년대의 인기 시트콤 〈가족 안의 모든 것〉의 주인공.

5호 사무실 문에는 하얀 글씨로 '노던 레이디스'라고 적혀 있다. 광고에는 그 단어가 병원 이름임을 알려주는 것이 전혀 없었다. 나는 아이러니한 이름에 어안이 벙벙했다. 아마도 병원이 노던 불레바르에 있음을 말하고 싶었겠지만, 암시하고자 하는 바는 너무나 분명했다. 미국의 여성들을 암시하며, 여기서 '북'은 북반구, 거물, 거인, 최고, 최대로 이해될 수 있다.

손님은 나밖에 없다. 노던 레이디스의 대기실은 붉은색, 연자주색, 부분적인 회색 터치 등 여성적인 색깔로 꾸며져 있다. 텔레비전에는 라티노 MTV*의 비디오 클립이 나온다. 우리 라티노 여성들이 카메라에 몸을 내맡기는 방법을 가르쳐준 적나라하게 팬 옷과 그 야릇한 시선이란. 그러나 소리는 흘러나오지 않는다.

밀폐된 칸막이 창구에서 흰 가운을 입은 여자가 건강 설문지를 작성해달라고 요청한다. 나는 창구로 가서 무료 상담을 받으러 왔다고 설명한다. 처녀막 재생을 원한다고 속삭이며. 그녀는 거리낌없는 태도로 내게 앉으시라고, 금방 조수가 와서 상담을 해드릴 거라고만 말한다. 오늘이 속죄의 날**이라서 의사는 진찰을 하지 않는단다. 그녀가 말한다.

---

* 미국 MTV 같은 케이블 음악 채널. 라티노와 라틴아메리카인을 대상으로 송출된다.
** 유대인들의 축일.

"하지만 조수가 모두 설명해드릴 수 있어요."

그녀의 책상 뒤로 절세 미녀들의 사진 액자와 포스터가 보인다. 사진 속 여인들이 누구인지 물어보고 싶지만 그냥 잠자코 소파로 돌아와 앉는다. 질문을 너무 많이 하면 의심을 불러일으킬 수 있다.

문이 활짝 열리고 여자 셋이 들어온다. 강세로 미루어보아 절대로 바랑키야 시 출신은 아니지만 칼리 시나 안티오키아 주 출신의 콜롬비아인들임을 알아챈다. 할머니, 어머니, 딸이다. 수술 후 검진을 받으러 온 이십대 젊은 처자를 할머니와 어머니가 따라온 것이다. 무슨 수술인지는 분명하다. 야구공 같은 유방을 하고 있는데 그 완벽한 차별성이나 둥그런 모양새는 가슴 보형물만이 선사할 수 있는 것이다. 〈엘 디아리오〉에 실린 가격표에 따르면 유방 확대 비용은 삼천 달러에서 사천오백 달러 사이이다.

흰색 티셔츠와 싸구려 갈색 바지를 입고 있는 중키에 올리브색 피부의 남자가 진료실로 부른다. 베니어합판 벽과 위풍당당한 책상이 있는 방이다. 그가 건강 설문지를 건성으로 살펴보고 난 뒤 책상에 앉아서 팔꿈치를 괴고 있으니 더 작아 보였다. 그가 말한다.

"그러니까 다시 처녀로 돌아가고 싶으신 거네요."

내가 맡은 인물 역에 완전히 빠져든 내가 속삭인다.

"네. 어떻게 생각하세요?"

그는 등받이에 기대며 목을 가다듬는다.

"그러시군요. 우리는 수술만 할 뿐 충고는 드리지 않습니다. 결정은 고객님 손에 달려 있습니다."

"하지만 박사님, 불안한 걸요. 마음을 가다듬을 수 있게 수술 과정을 알려주실 수 있나요? 겁이 나네요."

그는 조수지 의사가 아니라는 것을 안다. 내가 치켜세워주면 박식한 척하고 아버지 같은 의사 역할을 해주기를 바랄 뿐이다.

"아 저런, 아가씨. 무서울 것 전혀 없어요. 아주 간단해요. 거기를 꿰매고 나면 감쪽같죠. 수술 후 두어 시간 뒤면 집으로 돌아가실 수 있어요. 한두 달 안에 결혼식을 올리지만 않으면 됩니다. 실밥이 녹는 데 필요한 시간이죠."

"실밥이라고요?"

"네, 그래요, 실밥이요. 단단히 봉합을 해야 첫날밤에 출혈도 하고 아픔도 느끼죠. 마치 한 번도……"

그는 섹스라는 말을 차마 입에 담지 못한다.

"하지만……"

그가 내 말을 끊는다.

"걱정할 것 없어요. 완전히 봉합시키니까요. 물론 월경 때 피가 흘러나올 구멍은 남겨두죠. 결과가 아주 그만입니다. 우리가 늘 하는 수술이죠."

"어디 분이세요, 박사님? 산부인과 의사이신가요? 너무 질문이 많아 죄송합니다. 이해하시겠지만…… 이건 좀…… 제가……"

그는 졸업은 하지 못했지만 수년 동안 의대에서 공부를 했다. 고국인 에콰도르에서 부인과를 전공했다. 그는 거북함과 조바심을 느끼기 시작한다. 의당 그래야 되는 것처럼 나를 의심해서 그런 것인지, 아니면 일개 '조수'가 하면 안 될, '우리'가 할 수 있다느니 운운하는 말을 상사의 가죽 의자에 앉아서 하고 있기 때문에 예민해진 것인지는 모를 일이다. 그가 '섹스'라는 말을 언급할 때마다 말을 더듬는 판인데 설상가상으로 나는 처녀막이 정확히 어떻게 생겼는지 그림으로 설명해달라고 부탁했다. 여태까지 그런 요청을 한 사람은 없을 것이다. 그의 인내심이 바닥나고 있다.

그는 수첩을 꺼내 하버드 로고가 새겨진 볼펜으로 두 개의 원을 그린다. 원 하나가 다른 원에 들어가 있어 계란 프라이를 연상시킨다.

"이게 당신의 처녀막입니다."

그가 두 원 사이 부분을 검게 칠하며 말한다. 이제는 도넛 같다. 내가 처녀막이라고 상상해오던 것과는 전혀 다르다.

진실을 말하자면 전에는 내 처녀막에 대해서 한 번도 사실적으로 생각해본 적이 없다. 신화적인 보물, 가장 소중하게 보호해야 할 것, 너무나 연약하고 귀중한 것이라 많이 생각하는 것만으로도 파열될 수 있는 것으로 생각했던 것이다. 처녀막이 어디 있더라? 그걸 누가 알아?

산부인과 의사한테 처음 간 것은 처음으로 질 속에 남자 성기를 느껴본 날 저녁에 집에 돌아와 하얀 면 팬티에 남은 갈색 흔적을 보고도 한참이 지난 다음이었다. 첫경험을 한 날 저녁, 나는 블라우스를 거꾸로 입고 있었고 다리가 후들후들 떨렸다. 나는 변기에 앉아 그곳에 손가락 하나를 들이밀고 다리 사이의 끈적끈적하고 검붉은 물질을 검사했다. '죽음이 갈라놓을 때까지 건강할 때나 병들었을 때나' 같이 있어야 될 남자와 당연히 처음 했어야 할 그 일을 함께했던 그 남자를 다시는 만나지 않으리라는 것을 알면서. 나는 거울을 보고 생각했다. 아, 하느님, 내가 무슨 짓을 한 건가요, 내가 달리 보인다는 걸 엄마가 알까요?

처녀성을 잃은 밤을 떠올리는 게 싫다. 단지 첫경험이기 때문에 기억이 날 뿐이었다. 어릴 때 들어왔던 것처럼 결혼할 남자와의 경험이 아니었다. 미국에서 새로 사귄 여자 친구들이 조심스레 성을 경험하기 시작할 때처럼 잘 알던 애와 한 것도 아니고, 좋아하거나 소중한 사람과 한 것도 아니다. 크리스마스 방학 때 파나마에서 어느 아주 늦은 밤 갑자기 그 일을 해치웠다. 내 나이 열여덟이었고 대학을 다니고 있었다.

나보다 나이가 위였던 그 남자는 내 이성 친구의 대학 친구로 파나마에 며칠을 보내러 왔다. 우리는 어느 파티에서 알게 되었다. 그 남자가 특별히 인상적이지는 않았으나 더 조용한 곳으로 가자고 했을 때 그렇게 했다. 막 알게 된 사이이고 결정적으로 별로 끌리지도 않았던 그 남자한테 그 방에서 내 생사 블라우스를 벗기도록 허락한 데에는 뭔가 삐딱한 이유가 있었다. 정말로 가슴이 뛰고 통화할 때마다 손에 땀을 쥐게 하던 남자애들과 이 순간에 도달했을 때는 늘 계속 가자는 충동과 멈추어야 될 필요성을 동시에 느꼈다. 하지만 낯선 남자이자 여행객으로, 아무도, 심지어 나도 잘 모르는 그 사람의 손길을 느낀 그때는 비록 아프더라도, 또 그가 나를 사랑하지 않더라도 스톱이라고, 노라고 말하지 않기로 작정했다.

어정쩡한 로맨스도 없이 처녀막이 파열된 지 거의 이십 년이 지난 후 아직까지도 나는 그것이 어릴 때 넘어져 무릎을 다치면 다리에 동여매는 거즈처럼 얇고 맵시 있는 필름처럼 생겼거니 생각하고 있었다. 통풍은 되지만 기타 모든 것을 막아서 위험한 것이 닿거나 감염되지 않도록 해주는 그 하얀 사각형 조각처럼 말이다. 거즈가 까진 상처를 보호해주듯이 다리 사이의 그 베일이 내 처녀성을 지켜주고 있다고 생각했다.

거즈에 피가 배거나 때가 타면 실이 풀어져 구멍이 나고 까진 무릎이 드러났다. 하지만 무릎에 상처가 있어도 계속 뛰어놀 수 있었다. 거즈는 늘 더 있었고, 늘 새것으로 바꿔달라고 할 수 있었다. 그러나 내 다리 사이의 그 연약하고 값을 따질 수 없는 베일을 대체할 수 있는 것은 결코 아무것도 없었다. 할머니마저 베일 걱정을 하셨다. 내가 크리스마스 선물로 받은 슈윈 사(社)에서 만든 바나나형 안장의 자주색 자전거를 타지 않고, 안장과 손잡이 부분이 프레임으로 연결된 남동생의 자전거를 타는 것을 볼 때마다 할머니는 대문에서 고함을 지르셨다.

"내려! 너는 그 자전거 타면 안 돼. 그건 남자용이야. 다칠지도 몰라."

손톱이 엉망인 의사 조수의 손이 나의 내밀한 그 부분을 어떻게 재생시킬 수 있을까? 우리 가족 상당수가 결코 명칭을 입에 올리는 법 없이 상형문자나 메타포로만 암시하던 것인데. 큰 목소리로 거명하면 녹아버려서 영원히 내 명예를 더럽힐까 그랬던 걸까. 하지만 셔츠에 음식 자국을 남긴 이 조수는 내 처녀막이 연약하고 맵시 있고 언급 불가능한 것이 아니라 계란 프라이처럼 하찮은 것이고, 그걸 파열시킨 그 남자처럼 내 인생에서 무의미한 것임을 보여주고 있다.

조수는 볼펜을 꽉 쥐고 색칠된 부분을 둘로 가르는 선을 또렷하게 그으면서 말을 더듬는다.

"서, 성, 음…… 관계를, 음…… 가지면, 파열됩니다. 하지만 두 부분은 여기 남아 있죠."

그는 볼펜으로 어떻게 두 부분을 '다시 붙이는지' 보여준다.

나는 험프티 덤프티*를 다시 붙이듯이 말이죠, 하고 말하고 싶다.

그러나 그는 바늘과 실로 말이죠, 라고 말한다.

문이 열리고 병원에서 일하는 다른 여자가 들어온다. 건강 설문지를 작성해달라고 요청한 이가 아니다. 조수는 안도의 한숨을 쉬고 그녀에게 내 질문에 대답해주라고 요청한다.

"여자가 설명을 더 잘할 수 있죠."

나는 별안간 이 장소가 이상하다고 느낀다. 극도로 여성주의적인 대기실과 달리 이 진찰실에는 베니어합판, 천을 입힌 안락의자, 두툼한 책들이 꽂혀 있는 유리 책장, 벽에 걸려 있는 학위증 등 남성 권력과 관련된 장식과 상징들이 있다.

내가 별안간 말한다.

"제 처녀막을 봤으면 하는데요."

내 요청에 '의사'와 '간호사'가 놀란다. 하지만 그는 '간호사'

---

* 영국 전래 동요의 주인공으로 의인화된 달걀. 담 위에서 떨어져 깨진다.

에게 "자, 준비해주세요"라고 말한다. 그는 그 방에서 우리를 기다린다.

문을 넘어서 '수술실'들 앞에 선다. 얇은 분홍색 욕실 커튼을 친 작은 칸막이들이다. 골목길이나 돌팔이 외과에서의 출혈을 떠올린다. 응급 상황이 발생하면 어떻게 될까? 처녀막을 꿰매거나 얼굴을 당기거나 엉덩이에 지방 흡입술을 받으러 오는 여자들 중에서 건강에 적신호가 켜질 가능성을 생각해본 사람이 있을까? 혹은 모두들 한없는 절망에 빠져서 안전이고 나발이고 다 무시하는 것일까?

'간호사'가 나를 가운데 칸막이로 데려간다. 나를 편안하게 해주고 나와의 유대감을 보여주려고 안달하는 것이 눈에 보인다. 그녀가 말한다.

"남자들에게는 거짓말을 해야 한다니까요."

그녀가 팬티를 벗고 엉덩이 위로 치마를 올리라고 요구하더니 말한다.

"외람되지만 충고를 드리죠. 이 나라에 얼마나 사셨는지는 모르지만 고객님도 아실 거예요. 이곳에 오자마자…… 새로 시작하는 겁니다. 문제가 한두 가지뿐일 수도 있지만 훨씬 더 많을 수도 있겠죠. 그러나 당신에게 이런 문제가 있다면, 이 문제에 대해서만큼은 완벽해질 수 있습니다."

"완벽이라고요?"

나는 위를 향해 누워 있고 그녀는 옆에 서 있다. 마흔 살이 조금 넘고, 현명하게도 옅은 파란색으로 아이섀도를 한 덕분에 신비스러운 푸른 눈이 더욱 아름답게 보이는 대단히 매력적인 여인이다. 내가 아름다움을 칭찬해주니 고맙다고 하면서 여성의 책략에 대한 강연을 계속한다.

"저는 기혼이고 자식들이 있어요. 하지만 남편을 위해 젊음을 유지해야만 하죠. 아시는 바와 같이 자신을 가꾸어야 해요. 그러지 않으면 더 어린 여자 때문에 당신을 내팽개치니까요. 남자들은 바보가 아니에요. 당신이 여러 남자를 거쳤다면 그것을 알아채죠. 아시겠지만 질 벽은 변합니다. 넓……어지죠."

그녀가 엄지와 검지로 만든 원을 열었다 닫았다 하면서 말한다.

"경험이 많을수록 질 벽은 더 느슨해집니다. 그러면 조여줘야 해요. 이천 달러가 더 들지만 그 값어치를 하죠."

그녀는 출산 이후에 수술을 했다고 고백한다.

"당신 경우는 달라요. 모든 가능성을 차단해야죠. 거짓말을 하려면 확실히 해서야 합니다. 의사가 한 가지 검사를 할 겁니다. 손가락 내진이요."

"손가락 내진이라뇨?"

그녀가 내게 오른손 집게손가락을 보여주며 말한다.

"손가락을 하나 삽입합니다."

가운뎃손가락을 보여주며 덧붙인다.

"쉽게 삽입이 되면 손가락을 두 개 집어넣어요. 그래도 계속 수월하게 삽입되면 손가락 세 개를 동원합니다. 손가락이 하나만 삽입되면 처녀막 수술만 받으면 됩니다. 하지만 그 이상이면 질 벽을 조이기를 권합니다. 준비되셨나요? 의사를 부를까요?"

"잠깐만요. 너무 겁이 나네요. 좀더 자세히 말해줄 수 있나요? 어떤 사람들이 이 수술을 받으러 오나요? 이미 수술받은 사람 아무하고나 이야기 좀 할 수 있을까요? 그럼 마음이 더 안정될 것 같아요."

불가능하다. 그녀는 나와 이야기를 나눌 마음이 있는 사람이 아무도 없을 거라고 완전히 확신하고 있다. 병원의 여성 고객들에게 비밀 유지는 영순위이다.

나는 전술을 바꾼다.

"다른 나라 여자들 외에 또 누가 병원에 오죠? 이 나라에 거주하는 여자도 있나요?"

그녀가 손가락으로 관자놀이를 짚으며 말한다.

"아시겠지만 골 빈 남자들이 널려 있어요. 성인이 되어 미국에 온 라틴아메리카 남자를 바꾸기는 정말 힘들죠. 결혼할 때 처녀를 원하죠. 아이들은 달라요. 여기서 성장한 아이들 말입니다.

미국인들과 똑같아서 이런 일들은 개의치 않습니다."

"이것이 당신의 처녀막입니다."

의사 조수가 내게 거울을 건네주며 말한다. 나는 골반을 앞쪽으로 내밀고, 음부를 가리고 있던 양손을 치우고, 무릎에 의지한 채 상체를 일으킨다. 가장자리가 불규칙하고 분홍색과 갈색을 띤 막이 보인다. 할머니 집 뜰의 안투리움을 꺾어서 꽃병에 꽂아 성모 제단에 바쳤을 때의 색깔과 똑같다. 옥타비오 파스*가 나의 열등함을 야기한 장본인이라고 묘사한 바 있는 그 구멍 양옆으로 입술이 벌어져 있다. 그는 이렇게 적고 있다. "여성은 자신을 내맡길 때 몸이 열리기 때문에 열등한 존재이다. 여성의 열등함은 선천적이며, 음부에 기인한다. 즉 결코 아물지 않는 상처인 그녀의 '라하다'에 기인하는 것이다."

나는 지금 남성 권력적인 언어에서 남자가 여자의 몸을 여는 가능성, 즉 나를 열등하게 만들고 남자를 우월하게 만드는 진원지를 바라보고 있는 것이다. 내 처녀막은 파열되어 있지만 동시에 강인하다. 내 성기는 상처가 아니라 나의 내면으로 나 있는

---

* 멕시코의 시인, 수필가, 사상가로 1990년 노벨문학상을 수상했다. 인용된 구절은 파스의 대표적인 저서 『고독의 미로』의 한 대목으로 '라하다(rajada)'는 입구, 구멍, 개방 등을 뜻하는 통속적인 표현이다.

문이다. 성기 전체가 나의 일부이고, 나의 소유물이지 그 누구의 것도 아니다. 무엇을, 언제, 누구를, 얼마만큼을 선택하는 것은 나 자신이다. 나는 대뜸 다리를 오므린다.

병원에서 나올 때 뉴저지 주의 웨스트뉴욕에서 발간되는 스페인어 무료 주간지 〈엘 문도 데 오이〉를 한 부 집어든다. '대성황! 42번가 빅터 카페와 텔레문도* 47번 채널에서 길이 기억될 저녁'이라는 제하에 제13회 인간가치위원회상 수상식 기사가 1면에 크게 났다. 연단 뒤에서 인터뷰를 하거나 사람들과 악수를 나누는 턱시도 신사들과 반짝이 옷을 입은 여인들의 사진들, 또 사진들. 정치인, 대기업 총수, 스포츠계와 연예계의 라티노 스타들의 특별한 저녁들이 그렇듯, 이 행사 또한 뉴욕 라티노들의 레인보 룸**이라고 할 수 있는 빅터 카페에서 열렸다. 이 카페는 최신 인테리어를 갖춘 맨해튼 42번가의 레스토랑으로, 풍성한 쿠바 음식과, 추측건대 아바나 이외의 곳 중에서는 최고의 모히토***를 제공하는 장소이다. 또한 이곳에는 파나마의 세계권투

---

* 스페인어 방송.
** 맨해튼의 록펠러센터에 있으며, 뉴욕의 상류층이 사교 모임을 위해 많이 이용한다.
*** 럼, 레몬 즙, 물, 얼음, 사탕수수로 만드는 쿠바 음료.

챔피언 '돌주먹' 두란의 유화도 있다. 그는 가슴을 드러내고 권투 장갑 모양의 다이아몬드 장식이 박혀 있는 두툼한 금목걸이를 과시하고 있다.

1997년의 가장 돋보이는 정치인상은 웨스트뉴욕 카운티 시장에게 수여되었다. 올해의 인물은 키와니스 클럽 회장이자 어느 부동산 기업의 CEO가 선정되었다. 그리고 가장 돋보이는 여성상은 노던 레이디스 성형외과의 '아름답고 우아한' 원장에게 돌아갔다. '뛰어난 외과의들의 진료와 조수들의 최고의 서비스로 수백 명의 남녀가 소망을 충족할 수 있도록' 하여 지역사회에 '귀중한 봉사'를 했다는 이유에서였다.

짧은 작별

La despedida

앙헬 산티에스테반 프라츠 Ángel Santiesteban Prats (쿠바, 1966~)
우석균 옮김

내 동료는 오늘 석방된다. 그의 출소는 내 목숨을 앗아갈 것이다. 내일 내 차가운 몸은 천천히 의무실로 옮겨질 것이고, 피부색은 혈관에 피가 모자라다는 것을 보여줄 것이다. 나의 적들은 꼬챙이로 나를 여러 번 쑤시고, 내 죽음을 확인하기 위해서, 또 내가 천천히 죽어가는 것을 보며 한층 더 복수를 즐기기 위해 마지막 피 한 방울까지 흐르도록 내버려둘 것이다. 아무도 감히 나를 도와달라고 교도관들을 부르지 못할 것이다. 나 같은 꼴 당하기 싫어서 모두가 윗대가리들의 결정을 존중할 것이다.

 죽기 전날이라는 생각만 해도 등골이 오싹하고, 가슴이 답답하고, 숨이 차서 헐떡거리고, 두통이 생기는데, 석방을 눈앞에 둔 동료를 떠올리면 이 증세가 점점 더 심해진다.

동료와 같이 있지 못하고 그의 보살핌 없이 홀로 남겨진다는 사실에 울화통이 터져 울고 싶을 지경이다. 그런 오랜 단짝을 잃는 일은 외팔이가 되는 것과 다름없으며, 등 뒤를 노출시키고 후각과 직관의 반을 잃는 일이었다. 또한 우리가 최근 몇 년간 수많은 감옥을 전전하면서 만든 적들과 맞설 용기의 반을 상실하는 일이기도 했다. 적들은 내 약점을 감지하고 이를 이용해 공격을 퍼부을 것이다.

　내 친구는 문에 난 창살에 달라붙어서 기다리고 있다. 얼굴이 창살 사이에 파묻혀 그 좁은 틈 사이로 삐져나갈 듯했다. 그는 조바심이 난 나머지 등 뒤를 신경 써야 한다는 사실을 잊고 있다. 그래서 나는 누군가가 그를 공격하려고 하면 휘파람으로 알리려고 침상을 지키고 있는 중이다. 그는 오늘 어떠한 문제도 일어나지 않길 바란다. 오늘은 생일보다 더 중요한 운수대통한 날이다. 그는 뜰 쪽을 간절히 바라보면서 명단 담당자와 교도관이 위층 감옥 복도에서 이름을 부를 때만 고대하고 있다.

　교도관은 출소자들의 신병을 어렵게 확보할 것이다. 한쪽 눈을 두들겨 맞거나, 학대를 받고 옷이 찢어지거나, 인분을 뒤집어쓰거나, 쇠꼬챙이에 찔려 있을 테니까. 이윽고 불행으로부터 격리시켜주는 선을 넘어, 철창살 뒤에 남은 자들의 손에 닿지 못할 사람이 될 출소자들은 형무소에 남은 자들의 부러움 속에 울면서 멀어져갈 것이다. 그들의 몸은 쭈그러들 것이다. 마치 그들이 뒤로한 것과 그리고 자유 속에서 직면하게 될 것에 대한 엄청난 공포의 무게에 뼈가 압도되어버린 것처럼.

그러나 오늘은 아직 이런 일이 전혀 일어나지 않았다. 내 친구는 문가에서 명단 담당자와 교도관의 그림자를 발견하지 못하고 있다. 오늘의 가장 중요한 순간이 다가오고 있다는 것을 알려주는 것은 형무소에 흐르는 정적뿐이다. 좋아서 생긴 정적은 아니다. 모든 죄수는 기적을 고대한다. 비록 저마다 자신이 저지른 죄의 심각성을 알기 때문에 스스로 기적을 만들어내지는 못하지만.

감옥에 있으면 무한이라는 것에 놀라지 않는다. 불가능도 겁나지 않는다. 남아도는 시간은 고통스럽다. 기다림의 하루가 주는 피로는 달에 갔다가 징벌방을 면할 수 있도록 해 지기 전에서 돌아와 점호에 임하는 정도의 피곤함에 맞먹는다.

죄수가 기적에 대한 희망을 잃어버리는 것은 산 채로 매장당하는 것이나 마찬가지다. 어떠한 일도 일어날 수 있으려니 하고 생각하는 편이 더 낫다. 그 가능성을 받아들이고 믿는 것이 위안이 된다. 예기치 않은 일, 오류, 우연의 일치 등 무슨 일이 일어날지 누가 알겠는가. 머리에 떠올리는 가능성 하나는 해변의 모래알 한 알이고, 모든 가능성들 사이에서 대단히 경건하게 축적

된다. 어떠한 가능성도 배격되는 법이 없다. 가족들은 대법원의 대답을 끝없이 기다리고 있는 변호사의 동정이나, 결코 감내하기 힘들 정도로 긴 징역형을 경감시켜보려고 최근 제출한 탄원서 소식을 알려온다. 일부 가족들은 우리를 잊어갈 것이다. 부인들은 새로운 짝과 다시 인생을 시작할 방도를 찾고, 자식들은 우리가 이 감옥에 오기 전에 행복하게 웃으면서 찍은 마지막 사진을 매일 아침 보는 데 익숙해질 것이다.

대체 사람들에게, 가족들에게, 우리 자신에게 이 변화, 우리가 놓아버린 삶의 붕괴를 어찌 설명할 것인가? 우리는 가족의 번영을 원했을 뿐이고, 이를 위해 너무나 오랜 세월을 기다릴 수는 없었을 뿐이다. 그런 도약을 가능하게 하려면 우리 주변머리로는 범죄가 유일한 길이었다. 누가 시간을 재단하는 기계를 소유하고 있을까? 기계 손잡이를 앞뒤로 확확 움직이고 싶다는 생각을 해보지 않은 죄수가 어디 있으랴? 확실한 것은 그 어느 시간대도 현재보다는 낫다는 점이다.

내 동료는 한순간도 나를 의식하지 않았다. 이미 나는 그의 현실의 일부가 아니다. 그는 창살 너머에 눈과 정신을 팔고 있고, 이를 되돌릴 방법은 전혀 없다. 이곳에는 그저 오랜 기간의 부실한 식사로 망가진 몸뚱어리만 있을 뿐이다. 그가 아직 감옥에서 나간 것도 아닌데 나는 이미 그의 과거사가 되어버렸다. 그의 머릿속에는 이미 내가 존재하지 않는다. 나는 우정이 끝났음을 깨닫는다. 그에게 지금 가장 중요한 것은 자유다. 자유만 얻을 수 있다면 나를 없애버려도 좋다고 다른 사람들과 협정이라도 맺을 것이다. 심지어 직접 나를 없앨지도 모른다.

교도관이 글을 아는 사람 있냐고 물어보러 온 날 우리는 서로를 알게 되었다. 그와 나만 손을 들었다. 어쨌든 우리는 사무실로 가 테스트를 받았고, 카드 몇 장을 알파벳순으로 정돈해야 했다. 우리가 서 있던 줄에는 그 일을 하려는 다른 복도 감방의 죄수들도 있었다. 최종적으로 우리 둘을 포함하여 다섯 명이 남았다. 내 동료는 냉동업 전공으로 실업계 고등학교를 마쳤고 나는 대학에서 토목과 2학년까지 마쳤다. 우리는 눈길을 교환한 순간부터 친근감을 느꼈다. 서로에게 신뢰를 느꼈고, 등 뒤를 서로에게 맡기면 목숨이 위태롭지 않으리라는 것을 알았던 것이다. 그런 친근감은 만남의 순간에 감지되는 기묘한 화학반응이다. 그러나 수감생활에서는 친근감만으로 충분하지 않다. 살아남기를 원한다면 무언가 더 심오하고 중요한 것이 발생하여 두 죄수가 서로 방어해주고, 상대방을 믿고 잠자리에 들고, 상대방이 놀라지 않고 잠을 잘 수 있도록 해주어야만 한다. 우리는 여자가 없어서 서로에게 끌린 것이 아니라는 확신, 또 서로에게 충직할 수 있다는 확신이 들었을 때부터 같은 침상으로 옮겨왔다. 그때부터 우리 인생은 떼려야 뗄 수 없는 것이 되었다. 우리는 서로에게 조언자, 형제, 친구, 어머니, 경호원, 사제가 되어주었고, 밤새 열이 끓어오르면 서로의 간호사가 되어주었다. 그러나 지금 내 동료는 이 세월을 잊어버렸다. 불과 몇 시간 만에, 우리 둘이 함께한 과거와 희생과 두려움을 지우고 있다.

죄수들은 미신 신봉자들이어서 바람이 이루어지도록 희생물을 바친다. 나는 자신의 이름이 불리기를 고대하며 십여 분간 숨을 참은 이들을 알고 있다. 살점이 떨어져나갈 때까지 자기를 꼬집고, 담뱃불로 지지고, 혀를 깨물고, 신체 여기저기에 바늘을 파묻고, 서약을 하고, 금식을 하는 이들도 있다. 이 모두가 각자가 모시는 신에게 어째서 자신을 버렸냐고 압박을 가하는 방법이었다.

수감자들은 누가 석방되는지를 알고 싶어한다. 개인적으로 아군과 적의 이름을 가감하기 위해서이다. 내 동료는 "짐 챙겨, 나간다"라는 마법의 말과 함께 자신의 이름을 불러주기를 고대하고 있다. 그러면 나는 오늘 아침에 동료와 약속한 대로 재빨리 소지품 자루를 건네줄 것이다. 다른 수감자들이 미처 움직일 시간이 없도록, 복수나 질투 때문에 출소를 방해하러 오지 못하도록, 순식간에 감옥 복도를 등지고 나가 별 어려움 없이 가족과 만날 수 있도록.

내 단짝은 오늘이 자신의 석방일이 되리라는 것을 알고 있었지만, 수감자의 절반에 같이 맞서온 짝패인 나에게조차 그 말을 하지 않았다. 오늘 아침까지도 숨기고 있었던 것이다. 그는 자신이 나가면 나는 죽은 목숨이라는 것을 알고 있다. 내가 잠을 자면 누가 망을 봐줄 것인가? 그가 낮잠 잘 차례에 내가 망을 봐주었던 것처럼 말이다. 우리가 감옥에 왔을 때부터 저지른 살인, 구타, 칼부림, 항문 찢기에 고통을 겪었던 이들은 내 동료의 부재를 고대하던 복수의 순간으로 여길 것이다.

나는 얼마 전부터 내 친구가 몹시 이상하게 느껴졌다. 그는 평소보다 생각을 더 많이 했다. 수감자에게는 치명적인 원죄임에도 불구하고. 우리 장기수들은 알고 있다. 기억을 들추는 일은 피해야 한다는 것을. 답답함과 증오심만 가득해질 뿐이라 다른 죄수와 조금만 불화가 생겨도 피를 볼지 모르기 때문이다. 감옥에 있는 동안 죄수들은 자신들이 산송장, 권리 없는 인간, 노예, 질 나쁜 저장육이라고 생각하며 동료애를 느끼지만 그렇다고 피를 보는 일에 양심을 켕겨하지는 않는다. 죄수는 명예를 지키기 위해 행동하는 순간에는 어떠한 생각도 할 겨를이 없다. 명예를 잃는 것은 죽느니만 못하다. 아무짝에도 소용없는 것이다. 다른 수감자들에게 짓밟혀서 스스로를 정말 하찮게 여기게 되는 무존재로 가는 길목에서, 숨을 쉬고 먹고 생존하는 일은 그럴싸한 가식일 뿐이다. 죽음은 스스로 결정하는 것이다. 갈등이 그대를 선택할 때, 그대가 갈등과 직면할 때면 자살하든지, 죽이든지, 살해되든지 세 가지 길만 남는다. 이곳에서는 살해한 사람의 숫자가 전쟁에서 얻은 훈장이요, 상상의 권총 총자루에다 추가로 긋는 금과 같은 존재이다. 살인자는 존경심을 얻고 다른 수감자들과 차별화된다. 오래도록 생각하고 또 성경도 읽은 후에 다음과 같은 결론에 다다를 것이다. 죄수 사망자 한 명은 아프리카 혹은 세계 어딘가에서 죽은 사람 한 명과 같은 것이라고, 신문들은 죽은 죄수를 전사자처럼 다룰 거라고. 그러나 차이는 없다. 죽고 나면 영웅과 살인자, 국제공산주의자와 범죄자, 경찰과 도둑 사이에는 차이가 존재하지 않는다. 최종적으로는 수감자 모두가 동일한 자루에 담기는 것이다.

내 친구가 석방되는 줄 몰랐던 나는 정신을 딴 데 팔고 있는 듯한 그가 걱정이 됐다. 무슨 일 있냐고, 우리의 적들을 공격할 궁리를 하냐고 물었다. 그러나 그의 반응은 놀라움과 공포였다. 내가 말을 건네는 것이 제일 싫은 것 같았다. 동료는 마치 겁쟁이처럼, 나와 관계가 소원한 사람처럼 행동했다. 나를 놀라게 해주고 더 흥미진진하게 해주려는 전략이겠거니 생각하면서 대수롭지 않게 넘겨버렸다.

확실한 것은 그가 창살에 붙어서 명단 담당자가 지나가기를 고대하고 있고 불신에 가득 차 사방을 둘러보고 있다는 점이다.

석방 소식이 퍼져서 적들이 자신에게 덫을 놓고 있지는 않을까 두려웠던 것이다. 남자 간호사가 약을 가지고 왔을 때 내 동료는 그의 옆에서 떨어지지 않았다. 자신의 석방 소식이 새나가지는 않나 남자 간호사가 나머지 죄수들과 하는 이야기를 내내 주의 깊게 들었다. 의무실에서 에어로졸 요법을 하라고 상사가 데려온 천식 환자와도 마찬가지였다. 내 동료는 그와 반갑게 인사를 하고, 어깨동무를 하고 침대까지 같이 갔고, 잠시 그와 같이 있으면서 이런저런 이야기를 나누었다. 그 천식 환자가 자신이 석방된다는 사실을 이미 알고 있노라고 말하기를 기다리면서. 그러면 그 환자를 두들겨 패거나, 일이 잘 풀리면 침묵을 지키는 대가로 옷을 몇 벌 주겠다고 할 것이다.

내 친구와 나는 항상 서로의 등 뒤를 지켜주었다. 그 덕분에 우리는 이 기나긴 수감 세월을 살아남았다. '불알'이 오랫동안 우리를 손보려고 벼르고 있었고, 우리는 밤낮으로 계속 경계를 하느라 진이 빠졌다. 나는 피곤했고 내 친구도 마찬가지였다. 피곤한 수감자는 사자(死者)와 사촌이라는 사실을 우리는 알고 있었다. 그래서 우리는 계획을 세워야 했다. 그러나 불알도 경계를 늦추지 않아서 우리가 뭔가 제스처만 취해도 그의 눈길이 투창처럼 날아와 꽂혔다. 우리가 누군가와 이야기를 나누면, 그는 부하들을 보내 무슨 일을 꾸미는지 알아보곤 했다. 그것은 항상 있는 박해였다.

  나는 불알의 행동거지를 적었다. 늘 똑같았다. 일찌감치 일어나서 세면대로 세수를 하러 갔다. 공격을 받아도 방어할 틈이 나도록 몸을 옆으로 돌리고 세수를 했다. 우리는 형기에 몇 년을 추가하고 싶은 생각은 눈곱만큼도 없었다. 그래서 그 일을 어수선한 장소에서 증인을 남기지 않고 해치워야만 했다. 세수를 마치면 불알은 침대로 돌아와 아침을 기다렸고 오전 내내 침대에 있었다. 화장실에 갈 때는 먹잇감을 노리는 개 같았다. 점심식사 줄에서는 패거리들 사이에 섰다. 오후에는 다시 침대 위로 올라갔다. 그의 시선은 감옥 복도에서 빙빙 돌아가는 감시등이었다. 저녁식사 때도 똑같은 주의를 기울였다. 밤에는 신뢰하는 누군가로 하여금 자지 않고 아무도 그에게 접근하지 못하게, 적어도 경계의 소리를 지를 틈도 없이 접근하지는 못하도록 지키게 했다.

  불알을 공격하는 것은 불가능했다. 그가 행동으로 옮기면 목숨이 날아갈 거라는 생각에, 우리를 잠에서 수시로 깨우던 그 위협을 덜어낼 틈이 잠시도 없어 보였다. 그의 매일의 동선을 적은 메모를 아무리 읽고 또 읽어도 적당한 기회를 발견해내지 못했다. 그 문제에 최소한의 관심도 보이지 않으며 무기력 또는 오락가락하는 모습을 보이던 내 친구가 "언제 해치울 수 있는지 알겠어"하고 즉흥적으로 내게 말했다. 우리가 거사를 행할 시간은 일 분도 채 되지 않는다는 데에는 친구도 동의했다. "하지만 몇 초는 있어"라고 말하면서 혀로 이빨을 훔쳤다.

나는 내 동료가 계획을 벼려내기를 기다리면서 그를 바라보고 있었다. 동료는 머리를 많이 쓰고 있다는 것을 보여주기라도 하듯 눈알을 계속 굴렸다. "그래!" 동료가 말했다. 우리는 그의 생각대로 했다. 그를 공격할 수 있는 틈은 몇 초뿐이었다. 불알이 아침에 세수를 하는 동안, 얼굴에 비누칠을 하고 양손으로 비누 거품을 씻어내는 사이에.

먼저 며칠간 우리가 자신을 주시하고 있음을 불알이 눈치 채지 못하도록 했다. 우리는 의혹을 불러일으키지 않도록 하면서 머릿속 시계를 맞추는 데 집중하고 있었다. 감옥 복도의 자기 공간을 살피는 그의 눈에 띄지 않도록 했고, 불가능한 것으로 생각했던 일이었건만, 불알로 하여금 자신이 안전하다고 느끼게 했다.

어느 날 아침 점호가 끝나고 내 친구는 화장실로 살금살금 가면서 내게 신호를 보냈다. 그리고 화장실 변소 한 칸을 차지하고 세 시간 넘게 있었다. 우리는 불알이 아침 점호 후에 다시 잠을 잔다는 사실을 알고 있었다.

불알은 잠에서 깨어나 화장실로 갔다. 나는 내 침대에서 그가 비누를 집어 손으로 문지르는 그 짧은 틈을 주시하고 있었다. 그는 입을 훔치고 비누를 집어들었다. 얼굴에 비누칠을 하리라는 것을 알고 있었다. 나는 그의 주의를 끌지 않도록 문 쪽을 향해 휘파람을 불었다. 하지만 그 소리는 문 반대편에 있는 화장실까지 들렸다. 휘파람을 불자마자 뾰족한 물체가, 내 동료가 튀어나온 쪽을 정확히 등지고 있는 불알의 목을 여러 차례 내리찍는 것이 보였다. 비명이 들리고 피가 바닥을 뒤덮으며 웅덩이를 이루는 가운데 내 짝은 침상으로 와서 그 일과 아무런 관련이 없는 척했다. 그의 손에는 흉기가 없었다. 쥐는 부분을 헝겊으로 감아서 지문을 남기지도 않았을뿐더러 경비병들은 살인 도구를 찾느라 애쓰지도, 수감자들에게 화풀이를 하지도 않을 것이기 때문에 흉기를 거리낌 없이 변기에 던져버린 것이다.

내 친구의 심장이 터져버릴 듯 벌렁거렸다. 불알 패거리의 고함 소리를 듣고 몇 분 후 경비병들이 들이닥쳤고 그를 의무실 쪽으로 데려갔다. 우리 모두 불알의 숨이 완전히 끊어졌다는 것을 알고 있었다.

아무도 감히 우리를 고발하지 못했다. 비록 교도관들이 우리를 의심했고 또 누군가가 우리가 불알의 철천지원수였으며 제삿날을 받아놓은 상태였다고 말했지만, 나와 내 짝은 이는 근거 없는 이야기이고 우리는 그런 유의 일을 할 만한 사람들이 못 된다고 항변했다. 교도관들은 우리를 압박하며, 죄를 불지 않으면 총

살시켜버린다고 겁을 주었다. 그러나 그 술책은 낡은 것이라 우리가 신출내기들처럼 함정에 빠질 리 없었다.

이윽고 아무도 다시는 불알을 언급하지 않게 되었다. 그를 지지하던 패거리는 호모들과 함께 다른 이에게 달라붙거나, 우리 편에 붙은 척하거나, 자신들의 열세를 받아들이는 척했다. 이런 적들은 잠자는 사자라서 그들을 대변해줄 우두머리를 발견하면 다시 포효하는 법이다.

오늘 아침 동료는 내게 비밀을 털어놓을 수밖에 없었다. 고백을 한 이유는 내 도움이 필요했기 때문이다. 그렇지 않았더라면 나는 동료가 문 너머에 있을 때에야 그의 석방 사실을 알았을 것이다. 내 동료는 감옥이 '두 사람의 세계'라는 사실, 다른 한 사람의 도움 없이는 아무 일도 할 수 없다는 사실을 오늘 그 어느 때보다도 실감했다.

동료는 지금도 계속 문가에서 명단 담당자와 교도관을 기다리고 있다. 석방되는 사람을 호명하기 시작할 때를 고대하면서. 그가 나를 바라본다. 무사히 나갈 수 있을까 싶어 극도로 초조해하고 있는 것을 그의 눈에서 읽을 수 있다. 나는 그런 형형한 눈을 알고 있다. 교도소 탈출을 가로막는 일이 일어날까봐 겁을 먹은 것이다. 동료는 어떠한 위험도 감수하고 싶어하지 않는다. 자기 이름이 호명되자마자 사람들이 둘러싸고 축하를 할 때, 그들

틈에 얼굴을 감추고 있는 이의 팔이나 미지의 손이 뾰족한 물체로 자신을 찍어버릴 것이고, 모두가 놀라서 바닥에 쓰러져 죽어가는 몸뚱어리를 두고 어찌할 바를 모르리라는 것을 동료는 알고 있다.

동료가 며칠 전부터 얼이 빠져 있었고 우리 사이에 어떤 교감도 없었기 때문에, 나는 그와 아무런 의논도 할 생각을 못한 채 어젯밤에 한 죄수에게 뾰족한 쇠꼬챙이를 주었다. 절체절명의 위기에 대비해 늘 화장실 구석에 숨겨두었던 것이다. 그걸 빌려주는 대신 그 죄수는 내게 담배 여러 갑과 일주일치 아침식사를 제공했다. 나는 아무것도 잃지 않은 셈인 데다, 나중에 쇠꼬챙이를 제자리에 두겠다는 조건이 있었기에 빌려준 것이었다. 그들 사이의 다툼은 질투 때문에 벌어졌다. 어느 호모가 다른 자와 사귀려고 내게 쇠꼬챙이를 빌리러 온 자를 거부했고, 이자는 자신의 짝을 빼앗으려는 자를 제거하려고 했던 것이다.

내 친구는 계속 문가에 있고 나는 그를 지켜주고 있다. 나는 그렇게 해야 할 의무가 있다. 그가 감방 복도 바깥에 발을 내딛는 바로 그 순간까지 고마움을 표하고 의리를 지켜야 한다. 어쩌면 다시는 그를 보지 못할 것이다. 그럴 가능성이 아주 높다. 그가 이번 형기가 충분치 않다는 듯 다른 건으로 감옥으로 되돌아오게 된다면, 우리는 서로 적이 될 가능성이 농후하다. 죄수 사이의 우정은 별로 오래가지 않는다. 질시나 이해관계가 죄수들을 갈라놓는다. 우리 둘 사이는 그렇지 않았다. 우리는 우리의 열망들을 실현할 줄 알았기 때문이다. 가장 중요한 열망, 가장 특별한 열망은 우리 목숨을 구하는 일이었다. 그것은 침묵의 서약으로, 동료가 석방된다고 고백한 오늘 아침까지 우리 두 사람의 관계를 변치 않게 해주었다.

동료는 가고 나는 남는다. 겁쟁이들이 지닌 두려움보다 더 큰 두려움을 안고 남는 것이다. 내 목숨을 건지는 대가로 내 동료의 적들이 그를 처단하게 내버려둘 수도 있다. 단지 다른 사람에게 알려주는 것만으로, 이야기를 흘리는 것만으로 충분할 것이다. 하지만 그렇게 하면 나의 불행도 커질 것이다. 나의 현재를 바꾸는 데 도움이 되지 않을 것이다. 그들은 겉으로는 협상을 받아들일 테지만 나를 용서하지는 않을 것이다. 오히려 그들에게 나 자신을 내맡기는 일이고, 다리를 벌리는 일이고, 내 두려움을 입증시켜주는 일이고, 내 명예의 장례식을 준비하는 일이다.

오늘 날이 밝았을 때 호모가 난자당한 채 발견되었고, 내 동료는 마치 그런 것을 처음 목격하듯 놀라 피살자를 바라보았다. 동료는 나를 수상하게 생각했고, 그 시체가 내 도움을 구하기 위해 석방의 비밀을 털어놓게 된 도화선이 되었다. 동료는 마치 최고의 겁쟁이처럼 그 시체에 오싹했다고 말했다. 여러 날을 피가 흥

건한 꿈을 꾼다고, 더이상 비밀을 감출 수 없다고, 자신이 나가게 도와줘야 한다고, 나 없이는 나갈 수 없다고 말했다. 그가 수감생활 내내 끔찍이 간직한 편지들과 함께 탄원서 서류 및 판결문, 그의 옷가지 전부를 내가 소지품 자루에 넣어줘야 했다. 매트리스와 시트는 교도소 소유물이라서 반납하지 않으면 그를 다시 감옥에 되돌려 보낸다. 그러나 나는 그 일을 마지막에 할 작정이었다. 동료를 석방하려고 문을 열 때 그에게 건네주어야 다른 죄수들이 미리 의심을 하지 않을 것이다.

동료가 내게 소식을 전하는 순간 오만 생각이 다 떠올라 그의 말이 거의 들리지 않았다. 동료의 얼굴을 쳐다보았다. 영판 딴 사람 같았다. 친구는 늘 호랑이를 자처했건만 지금은 벌벌 떠는 토끼 같아서 내 손길의 온기와 보호를 필요로 했다. 한순간 눈앞에 그가 존재하고 있는 것이 역겨웠다. 그가 어떤 사람인지도 알지 못하고 같이 보낸 시간이 혐오스러웠다. 그의 남자다움과 용기가 내 앞에서 너무나 치욕적으로 허물어지고 있었다. 그의 목소리는 두려움으로 잦아들고 공포심으로 갈라졌다. 그런 식으로 굴욕적으로 굴어서 우리에게 멸시를 받은 이가 몇 명이나 되는지 생각했다. 속히 대화를 끝내고자 하는 내 바람과 바로 그 순간 그와 거리를 두어야 할 필요성 때문에 한 손을 그의 어깨에 얹고 전력을 다해 도와주겠노라고 안심을 시켰다.

나는 등을 돌리고 화장실로 갔다. 바지를 입은 채 잠시 쭈그리고 앉았다. 내 목숨이 어찌 될지 생각해볼 필요가 있었다. 모든 가능성을 검토해보았고, 그 망가진 판세에서 벗어날 길이 없다는 것을 알게 되었다. 어떤 식으로든 내 목숨은 날아갔다. 유일한 방법은 체념하는 것이었다. 조져버린 신세를 체념이라고 부를 수 있다면.

숱하게 말해온 것처럼 지금 내 단짝은 문가에 있다. 명단 담당자와 교도관이 감옥 앞쪽 복도에서 호명을 시작하자 동료는 나를 쳐다보았다. 나는 다른 죄수들이 눈치 채지 않게 침대 1층으로 내려와 소지품 자루 안에 든 물건들을 정리하고 끈으로 입구를 질끈 묶는다. 그리고 동료가 안심하도록 준비가 다 되었다는 신호를 보낸다.

교도관들이 옆 동으로 다가간다. 시끌벅적한 소리가 들리고 출소할 이들을 끄집어내고 난 다음 우리 동 쪽으로 계속 온다. 그들은 명단에서 이 복도에 있는 이들의 이름은 발견하지 못한 듯하다. 내 친구도 명단을 읽으려고 고개를 들고, 오류가 아닌지 확인하려 한다. 오늘은 그의 날이고, 몇 년 동안이나 날짜를 꼽아보고 또 꼽아본 터이니 그가 착각했을 리는 없다. 그러나 교도소 사무실에서 잊어버렸거나, 이름을 건너뛰었거나, 출소 허가서를 엉뚱한 데 끼워놓았을 가능성을 배제할 수 없다. 동료는 우리가 숱하게 위험에 처했을 때마다 짓던 그 얼굴로 나를 바라본다. 내가 도와주기를 바라지만 이번에는 아무 일도 할 수 없다. 나는 어깨를 움찔하며 나의 무능을 이해시키려고 한다. 그들이 다음 복도로 막 가려다 말고 동료의 이름을 외친다. 동료는 창살에 달라붙는다. 교도관이 이자라고 말하면서 빨리 끄집어내라고 하는 바람에, 명단 담당자가 "짐 챙겨, 나간다"라는 마법의 말을 할 틈이 없다.

교도관이 철창살 자물쇠를 열고, 불신에 찬 동료가 나의 배신을 걱정하며 내 모습을 찾는 동안, 다른 죄수들이 이를 이용해 동료에게 인사를 건네고, 그의 주위를 둘러싸고, 축하를 하고, 그를 끌어당기고, 창살을 놓게 하려고 한다. 하지만 내 친구는 이를 거부하고 점점 더 창살에 달라붙는다. 불알이나 다른 자에게 충성을 바쳤는지라 기회만을 노리고 있던 잠재적인 적 여럿이 동료가 나가기 전에 붙잡으려고 안쪽에서 뛰어온다. 그러나 헛수고다. 문이 열리고 동료는 창살에서 손을 놓고 내가 마지막 순간에 건네준 소지품 자루를 움켜쥔다. 그는 펄쩍 뛰어 복도에서 벗어난다. 나는 복수심에 불타 문에 도달한 자들이 나를 덮치지 않도록 입구에서 물러난다. 이제 나는 내 장소, 내 위치가 어딘지 안다. 조용히 내 침대로 이동한다.

내가 있는 통로 근처에 잠자리가 있는 죄수 하나가 놀라 다가

온다. 나를 기다리는 것이 무엇인지 알기 때문이다. 나와 한통속이 될 새로운 동지를 구해 동료가 떠난 침대를 차지하게 하거나 취침 시간이 되기 전에 적들과 협정을 맺으라고 충고한다. 그는 대가만 조금 주면 내 목숨을 구하기 위한 중재자 역을 할 수도 있을 것이다.

나는 그에게 확언한다.

"걱정 마. 아무 일도 없을 테니."

마치 내가 제정신이 아니라는 듯 그자가 놀란다. 내가 말한다.

"이 침대는 항상 내 동료의 것이야. 그치 이름이 있잖아. 그치만 한 용기가 없는 사람은 건드리지 못하게 할 거야."

그 죄수는 무슨 말인가를 하려 했으나 내가 제스처로 입을 다물라고 명령한다.

"걱정 마, 어떻게 되겠지. 모든 것이 다 예정되어 있어서 피하는 건 불가능해."

나는 문 쪽을 바라본다. 친구는 벌써 없다. 이제, 출소 증명서를 발급해줄 치안국 사무실을 향해 숨을 죽인 채 구두를 질질 끌고 가는 사람들의 대열 속에 있다. 그곳에서 그들의 소지품을 검사할 것이다. 그리고 내 친구의 소지품 자루에서 오늘 아침 감옥에서 끄집어낸 피살자의 신선한 피가 묻어 있는 꼬챙이를 발견할 것이다.

알렙 이야기

La historia del Aleph

실비아 아길라르 셀레니 Sylvia Aguilar Zéleny(멕시코, 1973~)
우석균 옮김

> 네가 우리와 겨룰 때
> 네가 얻는 것이 이것이다……
> ─라디오헤드, 〈카르마 폴리스〉

토도산토스. 그 알랩*은 11월부터 '구아우-구아우 테이블 댄스'에서 일하고 있다. 그는 이곳 출신이 아니라 바하 칼리포르니아 수르 주의 아주 작은 도시인 토도산토스에서 태어났다.** 그곳의 주민들은 모두 타지 출신으로 그곳에서 태어난 사람이 아무도 없다. 모두들 멀리서 도망을 쳐 그리로 온다. 무언가로부터, 누군가로부터 도망을 쳐 토도산토스라는 이름의 도시가 지니고 있는 평화, 고요, 조화 그리고 짱 많은 것들을 찾아 온다.

---

* 멕시코 북부에서는 특이하게도 이름이나 별명 앞에 곧잘 정관사를 붙인다.
** 캘리포니아 반도 남단은 멕시코 영토로 '남캘리포니아 주'를 뜻하는 바하 칼리포르니아 수르 주가 있다. '토도산토스'는 이 주의 거의 최남단에 위치한 토도스산토스(Todos Santos)를 지칭하며, '모든 성인(聖人)'이라는 뜻이다.

그 알렙은 자기 어머니 역시 도망쳐 온 이유가 있었다고 말한다. 그의 어머니는 지도를 집어들고, 바하 칼리포르니아 주의 그 잃어버린 장소를 발견하고, 양손에 눈물을 흘리며 양쪽 볼에 가방을 들고 버스터미널로 갔다.

열여덟 살이 되었을 때 그 알렙은 토도산토스가 제공하는 평화, 고요, 조화, 기타 짱 많은 것에 질려버렸다. 그리고 그곳과는 전혀 종류가 다른 짱 많은 것으로 가득한 이 도시에 법학과 주주츠*를 공부하러 왔다. 그의 어머니는 울었다. 그녀는 그곳 태생이 아닌 이웃 여자와 역시 마찬가지인 교구 신부와 함께, 그곳 태생이지만 그곳 사람이기를 원하지 않는 아들의 어깨에 기대어 눈물을 흘렸다.

그 에드가르. 그 에드가르는 매일 밤 그의 말을 주의 깊게 듣는다. 그의 이름을 알게 되었을 때부터 이야기를 나누려고 온갖 구실을 찾는다. 그 알렙에게서 「알렙」**에 나오는 등장인물이 찾던 것을 찾는 것이 틀림없다. 그 에드가르는 그런 사람이다.

---

* 일본의 유술(柔術). 비무장 전투.
** '알렙(Aleph)'은 히브리어의 첫번째 알파벳인데 때로는 신을, 때로는 세상 만물이 수렴되는 물체를 지칭한다. 호르헤 루이스 보르헤스가 「알렙」이라는 유명한 단편을 쓴 바 있다.

그 알렙이 그 에드가르에게 속을 다 드러내는 밤들이 있다. 자신의 개인사를 훌훌 털어버리고 더 나은 개인사를 취하고 싶어 하는 사람처럼. 그렇지만 때로는 그렇지 않아서 떠벌리는 것을 지켜워한다. 그리고 그 에드가르는 매일 밤, 매일 밤 구아우-구아우에 간다. 말은 집에 있기 싫어서라고 하지만, of course, 가시나들을 보러 가는 것이다. 그리고 문 닫을 시간이 되면 그 알렙은 그 에드가르에게 두 번, 세 번, 네 번, 심지어 일곱 번까지 말한다. 이제 됐어, 벌써 문 닫았어, 바보짓 마라, 술은 더 안 돼, 바보짓 마라, 이제 그만 하지, 내일 와, 바보짓 마라, 언젠가는 인내심이 다해 너를 두들겨 패서 끌어낼 거야, 문을 닫는다는데도 막무가내인 너 같은 취객들에게 신물이 났어.

바보 천치!

그 에드가르는 두들겨 맞기도 싫고, 게다가 그 알렙이 오 년쯤 주주츠를 연마했다는 그 이야기가 사실이라면 가는 게 더 낫겠다고 생각한다(자기처럼 키 170센티미터의 가느다란 사람이 그 알렙처럼 190센티미터의 거한과 주먹질하기에는 역부족이라는 생각도 할 것이다).

그 실비아. 나는 그 알렙이라는 사람을 모른다. 구아우-구아우가 남성들을 위한 곳이라 들어갈 수도 없다. 그래서 다음과 같은 때에만 그 에드가르를 통해 그 알렙을 알고 있을 뿐이다.

 1. 우리는 그 에드가르의 옥탑방에 모인다(그 펑키와 그 펑키 동생의 옥탑방이기도 하다).
 2. 우리는 그 몽치가 누운 자국이 선연한 소파에 앉는다(그 몽치는 옥탑방 세입자도 아니면서 세입자보다 더 많은 시간을 소파에 누워 보낸다).
 3. 모두 오른손에 맥주를 들고 있고 나는 콜라 캔을 들고 있다.
 4. 그 에드가르는 어젯밤(늘 어젯밤 이야기가 있다) 구아우-구아우로 갔더니(늘 어젯밤에 구아우-구아우에서 보낸 이야기가 있다) 그 알렙이 이런저런 옷을 입고 있었으며 말을 걸어오더라는 이야기를 늘어놓는다.
 5. 우리는 귀 기울여 듣는다. 몇 사람은 이미 그의 말에 신경도 쓰지 않지만(맥주 몇 잔 하면 그 알렙 이야기가 되풀이된다) 나는 열심히 듣는다. 나는 그런 사람이다. 그 마누엘도 듣는다. 그는 그런 사람이다.

 그 에드가르의 말에 따르면 그 알렙은 이런 사람이다.

1. 금발이다(왜냐하면 머리를 물들이니까).
2. 키가 크다(왜 큰지는 아무도 모른다).
3. 발차기 도사다(아시다시피, 그는 주주츠를 한다).

그 에드가르는 진짜로 그 알렙에게 집착하기 시작했다. 그를 대상으로 작품을 써야겠다고 말한다. 그 알렙의 모든 것이 창조적 원천이라는 것이다.

어느 날 내게 속내를 드러낸다.

"우리 둘이서 단편을 써보면 어떨까? 둘 다 같은 인물, 그 알렙을 다루는 거야. 하지만 각자의 문체로. 제목은 「나는 그때 그 알렙을 보았다」라고 붙이고."

나는 오래 생각하지 않는다. 마음 한구석으로 그 알렙의 이면에(그리고 그에드가르의 생각 이면에) 뭔가 흥미로운 문학적 파동이 있다고 느끼기 때문이다. 나는 좋다고 말한다.

그 마누엘. 그 마누엘은 세련된 고딕 작가이다(적어도 자신은 그렇게 이야기한다). 그 알렙에게 관심이 많지 않지만 우리는 그가 결국에는 관심을 보이리라는 것을 알고 있다. 다음과 같은 장면을 한번 상상해보라. 우리는 옥탑방에서 그 마누엘의 생일을 축하하고 있고, 그 에드가르가 속내를 드러낸다.

"우리 셋이서 단편을 써보면 어떨까? 셋 다 같은 인물, 그 알렙을 다루는 거야. 하지만 각자의 문체로. 제목은 「나는 그때 그 알렙을 보았다」라고 붙이고."

그 마누엘은 자신은 고딕 작가이고, 그 실비아는(즉 나는) 아동문학 작가이고, 그 에드가르는 순전히 에로티시즘 문학 작가라는 사실을 상기시켜준다. 그-래-서 셋이 단편을 공동 창작하면 같이 할 수 있는 일이 전혀 없고, 그런 단편은 본격문학으로는 수치스럽고 실패한 시도로 귀결되리라는 것이다. 특히 그런 제목으로는. 그 에드가르는 그에게 소금 뿌리지 마, 웬 난리야, 실험일 뿐이야, 뭐야, 하고 말한다. 그 마누엘은 소금 뿌리는 게 아니야, 난리 치는 게 아니야, 결국은, 뭐야, 하고 대답한다. 공동으로 뭘 하고 싶은 마음은(삼각관계라면 모를까) 없는 것이다.

나는 그들이 다투는 것을 본다. 한 사람은 고딕 식 구레나룻을, 또 한 사람은 에로틱한 코를 하고 있다. 웃음이 난다. 도대체 내가 어떻게 너희들과 친구가 된 걸까? 그러자 그 에드가르는 내게, 멍청한 소리 하지 마, 글쓰기를 좋아하고, 벨벳 언더그라운드의 내력과 비가스 루나*를 알고 있고, 총기 난동을 유발할 수 있을 정도의 가시나들을 내게 소개하는 것으로 보아 너는 아

---

* 스페인의 영화감독. 〈하몽하몽〉〈달과 꼭지〉 등을 연출했다.

기자기하고 순진무구한 사람이니 내 친구가 맞아, 라고 한다.

그 마누엘은 자기가 동의해야 내가 자기 친구라고만 말한다.

결국 맥주 세 잔을 마시고 그 마누엘이 단편을 쓰기로 한다. 원고를 자기 이메일로 보내달라고, 우리가 적은 것을 검토하고, 둘을 비교해보고, 「알렙」을 다시 읽은 후에 어떻게 협력할지 생각해보겠노라고…… 하지만 분명히 말해두겠는데 직장에서 우리가 쓴 글을 읽을 수 없다고 자기 머리 꼭대기에 앉아 맘대로 하지 말라고, 편집자가 된 다음에는 직장에서는 시간이 나지 않는다고 말한다. 좀~팽~이, 그 에드가르가 그에게 말한다. 그 마누엘은 (늘 그렇듯이) 이빨을 드러내지 않고 웃는다.

그럼 건배.

그 와치토. 우리는 산보르소 백화점에서 커피를 마신다. 그 에드가르와 나 둘이서만. 구아우-구아우에서 대각선 방향 모퉁이에 있는 모델로 맥주 가게의 그 와치토에 대해 내게 이야기한다. 그는 땅딸막한 권투선수이다. 그 에드가르와 마찬가지로 이 작자는 뭔 일 없나 싶어 매일 테이블 댄스바에 간다. 왜 그런지는 아무도 이유를 모르지만 그 와치토와 그 알렙은 결코 좋은 사이가 아니다.

"……결코 아니야. 두 사람은 마치 의식을 치르는 것 같아. 그 와치토는 열두시가 지나서 와. 문가에 일 분 동안 머물지. 그 알렙은 팔짱을 끼고 기도하는 모습으로 벽에 기대어 그를 위아래로 훑어봐. 둘은 시선을 교환하고 턱 끝을 까닥거리며 그들의 공식 인사인 '어이'라고 말할 뿐이야. 그 와치토는 다리를 벌리고 팔을 올려 플라이급 챔피언의 근육을 과시해. 그 알렙은 그를 살펴보지. 두 사람은 눈싸움을 해. 둘 다 눈을 깜빡거리지 않아. 그러고는 그 알렙이 '들어와' 하고 말하는 듯 오른쪽으로 고개를 까닥하고 입장을 허락하지."

서부영화를 생각해봐, 하고 그 에드가르가 말한다(반쯤 영화인이기 때문에 영화를 인용하는 것이다). 그와 대화를 나누어야 한다니까. 좋았어.

그 셀레네. 그 셀레네는 그 에드가르의 여자친구인데 결코 나를 기억하지 못한다. 그러다 기억이 나면 자신의 이름이 나와 같다고 말한다. 그녀에게 사실은 셀레네는 내 이름이 아니라 두번째 성이고, 첫 글자가 'z'이고 첫번째 'e'에 강세 부호가 있으며 마지막 철자는 'y'라는 점*을 밝힐 마음이 결코 들지 않는다. 그 셀레네도 옥탑방에서 시간을 보낸다. 우리가 소다 스테레오의

---

* 화자의 성은 Zéleny로 셀레네의 이름인 Selene와는 철자가 다르다는 것을 말하고 있다. 작가의 두번째 성이 Zéleny이다.

음악을 듣고 있으면 그녀는 말디타 베신다드의 음악이 더 좋다며 그 곡을 틀려고 한다. 그 셀레네가 쭉쭉빵빵한 여자라서 그에 대해 아무도 뭐라고 하지 않아 밥맛이다. 그녀는 우리가 그 알렙에 대해 무언가를 쓸 거라는 게 사실이냐고 묻는다. 나는 그렇다고 대답한다. 정말 미친놈이야, 안 그래? 알렙이면 코르타사르[*]의 소설과 이름이 같네, 그녀가 말한다. 아무도 틀린 걸 바로잡아주지 않아 정말 밥맛이다. (당근이지, 그런 엉덩짝을 가졌는데 『노인과 바다』가 정말 골때리게 웃기는 소설이라고 말한들 뭔 상관이겠냐, 그 에드가르가 말한다). 아, 정말 미남이야. 그 셀레네가 말한다. 코르타사르 말이냐고 물었다가 그녀의 대답을 듣고 미친 소리인 줄 알았다. 아니, 그 알렙 말이야. 처음으로 그 셀레네가 내 주의를 끈다. 미남이라고? 그 알렙이 미남이라고? 그 에드가르가 그렇게도 말하던 그 알렙이라는 작자가 이제는 등장인물이 아니고 미남이다.

쟤 어때? 그녀가 화장실에 간 틈을 이용해 그 마누엘이 내게 묻는다. 그는 내 옆에 앉아서 그 셀레네가 형용사를 턱없이 오남용하는 그런 종류의 가시나임을 상기시킨다. 그녀가 사용한 형용사를 더듬어본다. 음반, 콘서트, 영화, 책에 대해 사용한 '퍽

---

[*] 환상적인 단편들로 명성을 얻은 아르헨티나의 소설가.

이나 예쁘장한' '엄청 왕초의' '골때리게 웃기는'이라는 표현들이 생각난다. 그 마누엘은 말한다. 그 얘기가 아니라 그렇게 엘리트주의자가 될 필요까지는…… 그는 말을 맺지 못한다. 그 셀레네가 화장실에서 나와 모두 보는 앞에서 바지를 여민다. 그 마누엘이 양해도 구하지 않고 하던 이야기를 중단하고는 우리 사이에 그녀의 자리를 마련해주려고 해서 불쾌하다. 남자는 다 똑같아, 나는 생각한다. 그저 심통이 나서 나는 그녀가 앉지 못하게 그 몽치의 소파에서 더 자리를 많이 차지한다. 제목을 뭐라고 할 건데? 「나는 그때 그 알렙을 보았다」, 그 에드가르가 그 셀레네가 블라우스 매무시를 가다듬는 것을 계속 쳐다보면서 대답한다. 제목이 별나네, 안 그래? 별나다고? 그 에드가르가 그녀에게 묻는다. 나라면 제목을……

맥주가 다 떨어졌다. 마지막 맥주는 그 셀레네가 마셨다. 이봐 동명이인, 너하고 그 에드가르하고 맥주 여섯 개들이 하나 사러 가지? 이제 문제는 동명이인 운운이 아니라, 맥주를 사 오라고 명령한다는 점이다. 심지어 그 마누엘과 단둘이 남아 있으려고 한다. 확실해, 그 마누엘에 꽂힌 거야. 보나마나 그도 같이 알랑댈 거야. 여기서 가깝잖아, 그 와치토 네 말이야, 그녀는 우리에게 그렇게 명하면서 말디타 베신다드의 음반 〈서커스〉의 6번 트랙을 다시 튼다. 내가 좋아하는 곡이야, 그녀는 내가 자리에서 일어나고 그 마누엘 옆에 빈 자리가 생기자 바로 앉으면서 말한다.

모델로 맥주 가게는 변두리에 있다. 그 너머에 구아우-구아우가 보인다. 가는 길에 그 에드가르는 내 가설을 반박한다. 그 알렙은 법대를 졸업하여 변호사가 되면 결혼하기로 한 가시나를 보살펴주기 위해, 테이블 댄스바 여자들과 어울리지도 않은 채, 거기서 일하고 있는 것이 아니라고 말한다. 나는 내 가설도 매력이 있다고 고집을 피운다. 그 에드가르는 아기자기한 나의 평소 언행과 마찬가지로 이것 역시 순진무구한 가설이라고 주장한다. 가게에서 그 에드가르는 친구 몇 명과 만난다. 그는 그들과 인사를 나눈다. 앞으로 가니 쇠창살 뒤에 한 작자가 보인다. 의심할 나위 없이 그 와치토이다. 금발 아가씨* 뭐가 필요하죠? 판에 박은 말로 나를 맞는다. 좀 있다가 차가운 것으로 드릴까요, 아니면 지금 그냥 드릴까요?라고 덧붙일 것이다. 그 와치토가 맥주를 챙겨주는 사이 그 알렙을 아느냐고 묻는다…… 침묵이 감돈다. 물론 그는 알고 있다. 꽤 오래전부터요. 좀팽이죠. 그는 그 알렙을 중고등학교 시절, 콜로니아 모델로의 동네 학교에서 알

---

* 손님이 금발이 아니라도 기분을 맞춰주기 위해 그렇게 부르는 경우가 있다.

게 되었다. 중고등학교 시절에요? 대화에 끼어든 그 에드가르가 묻는다. 그 와치토는 그렇다고 한다. 하지만 어떻게 중고등학교 시절에요? 그 알렙이 여기 출신이 아니라 토도산토스 출신이니 그럴 리가 없는데요. 토도산토스요? 정말 그렇게 말했어요? 제가 말하잖아요. 좀팽이고 거짓말쟁이라고. 그 알렙은 가짜 알렙이에요, 그가 선고를 내린다. 그렇다면 바하 칼리포르니아 수르 주의 토도산토스 출신이 아니라고요? 그의 어머니가 토도산토스라는 이름을 지닌 도시가 제공할 수 있는 평화, 고요, 조화 그리고 짱 많은 것들을 찾아 그리로 도망쳤다던데. 양쪽 볼의 가방은요? 양손의 눈물은요? 평화, 고요, 조화, 그리고 짱 많은 것들에 질려서 열여덟 살에 그곳을 뜨려 했을 때 그의 어머니가 이웃 여자들과 눈물을 짠 일은요? 법대는요?

그 와치토는 내 질문에 냉혹한 현실을 말한다. 순 뻥이죠. 나는 돈을 내고 그 에드가르의 팔을 끌어당긴다. 우리는 옥탑방을 향해 걷는다. 그 에드가르가 그렇게 침묵을 지키고 있었던 적은 결코 없었다.

그 뭉치의 소파는 우리의 슬픔을 달래기에는 넓이가 충분하지 않다. 우리의 문학적, 집단적 소망의 지도에서 토도산토스가 사라진다. 그 마누엘이 우리에게 상기시켜준다. 어쨌든 리테라투

라(Lit-era-tura)*를 위해서는 잘된 일이야. 수치스럽고 실패한 작품으로 귀결되었을 테니까. 특히 그런 제목으로는. 다 거짓말이다. 그 알렙은 가짜 알렙이다. 그 에드가르는 한숨을 쉰다. 몹시 동요하는 듯하다. 그 셀레네가 잠자코 있지 못하고 말한다. 그 알렙이 상당히 몸이 좋고 키도 아주 크니 주주츠 이야기는 진짜일 거야. 우리는 그 셀레네를 바라본다. 그녀가 이해가 되지 않는 것이 있다고 말한다.

1. 그 알렙의 어머니는 어디 있는지.
2. 그 알렙은 왜 그 와치토와 그렇게 사이가 나쁜지.
3. 왜 머리를 물들였는지.
4. 왜 코르타사르의 소설 제목과 같은 이름인지.

이제 그만, 내가 속으로 말한다. 바닥에 코카콜라를 내려놓고 그녀의 손에서 모델로 맥주를 빼앗아 한입 들이켠다. 목을 가다듬는다. 용기를 쥐어짜 힘주어 그 셀레네를 부른다.

---

* '문학'이라는 뜻. 첫 글자를 일부러 대문자로 썼기 때문에 앞에서는 '본격문학'으로 번역했다. 올바른 음절 분해를 한다면 Li-te-ra-tu-ra가 되어야 하는데 Lit-era-tura라고 한 것은 일종의 말장난이다. 중간의 'era'가 영어로 치면 be 동사의 과거형에 해당한다. 알렙에 대한 단편을 쓰겠다는 등장인물들의 시도가 이미 과거사가 되었음을 암시하고 있는 것이다.

1. 무슨 상관이야.
2. 그냥.
3. 그냥.
4. 「알렙」은 코르타사르가 아니라 보르헤스의 작품이야.
5. 「알렙」은 장편소설이 아니라 단편이야.
6. 말디타 베신다드는 소다 스테레오보다 더 나은 그룹이 아니야.
7. 『노인과 바다』는 골때리게 웃기는 소설이 아니야.
8. (더 중요한 일이 있어). 내-이름은-셀레네가-아니야.

그녀는 발끝까지 놀라서 나를 쳐다본다. 그 에드가르와 그 마누엘이 그녀 탓이 아니라고 내게 말하고 싶을 거라고 확신하건만 그들은 웃기만 한다. 계속 웃기만 한다. 나 역시 마지막에는 웃고 만다. 그 셀레네는 아무 말도 하지 않고, 소다 스테레오의 음반 〈위안 그리고 비상을 위한 음악〉을 알아서 튼다.

잠깐 동안의 침묵.

그러나 그 셀레네는 여전히 잠자코 있지 못하고 말한다. 좋아, 왜 그럼 너희들은 그 와치토를 믿는데? 그 알렙을 질투하고 있고 너희들에게 말한 것이 순 뻥이라고 생각하면 어떨까. 순 뻥이라, 신탁 같은 말이네. 그 셀레네가 자신만만하게 덧붙인다. 하지만 그 와치토의 말이 사실이라 해도, 잘 생각해봐. 너희들은 작가니까 무엇이든 창조할 수 있어. 그 알렙이 토도산토스 출신이라고. 혹은 그렇지 않다고도. 그 와치토가 그의 이복형제라고. 또는 그와 관계를 맺고 싶어하는 호모라고. 뭐든지 말이야.

우리는 서로를 쳐다보았다. 그 셀레네를 위해 그 몽치의 소파에 약간의 자리를 마련해준다. 그 마누엘이 그녀에게 맥주 캔을 하나 건넨다. 나는 그녀에게 건배를 제의한다. 그러자 그 에드가르가 속내를 드러낸다. 넷이 같이 단편을 써보면 어떨까? 넷 다 같은 인물, 그 알렙을 다루는 거야. 하지만 각자의 문체로. 그 셀레네는 감동하여 말한다. 그래, 그래. 하지만 다른 제목을 찾아야 될 거야, 다른 제목을 붙여야만 해.

아이들 도둑

Ladrón de niños

리카르도 차베스 카스타녜다 Ricardo Chávez Castañeda (멕시코, 1961~)
우석균 옮김

페데리코 프레이는 자기가 쓰지 않았는데 자기 이름으로 나온 그 책의 존재에 대해 더 빨리 알 수도 있었다. 그는 흐리멍덩한 시선으로 공항 서점에 다가갔다. 이미 이 세상 대신 자기 두뇌의 지속적인 퇴락을 상세히 살피는 데 익숙해진 눈매였다. 그는 유리 앞을 지날 때도 구부정한 채 그대로였고, 유리에 비친 자기 모습을 단정하게 하려는 생각도 전혀 없었다. 짙은 색 안경을 꺼내 쓰면서 쇼윈도에서 질문을 던지는 자기 눈마저 덮어버렸다. 그러고는 유리 안쪽에서 "고통스러운 이들을 위한, 자신의 영혼으로부터 추방당한 사람들을 위한 프레이의 걸작"이라고 쓰여 있는 현란한 띠지를 두르고 신간 진열대를 한가롭게 장악하고 있는 책들을 내버려두고 계속 걸어갔다.

일어나지 않은 일을 말할 때 사용하는 동사 시제, 즉 비현실적인 일을 가정하는 'hubiera'라는 동사 활용형은 이럴 때 마음을 동요시킨다. 그때 페데리코 프레이가 책을 발견했다면 무슨 일이 벌어졌을까? 그가 그 책을 쓴 적이 없다는 근본적인 사실이 바뀌게 되었을까? 사건의 본질은 무엇일까? 사건의 추이일까 아니면 결말일까? 꼬리를 무는 이런 의문들은 아마 하나의 질문으로 요약될 수 있을 것이다. 접속법 완료형 'hubiera'는 정말로 한 사건의 전개를 여러 갈래로 증식시킬 수 있을까? 아니면 동일한 차가운 탁자, 눈을 질끈 동여맨 헝겊, 다가오는 누군가의 점점 명료해지는 흥얼거림에 이르는 지름길만 제공할 뿐인가?

집에 도착했을 때 페데리코 프레이에게는 두번째 기회가 있었다. 메르세데스 벤츠 창문을 통해 십여 부의 신문이 집을 비운 지 보름이 채 되지 않았는데도 집 비운 티를 과장되게 표현하며 뜰에 널브러져 있는 것을 보았다. 그는 울타리 안으로 들어서면서 최근 날짜 신문들을 무시하고 햇빛에 누렇게 뜬 신문, 가장 오래되어 이미 덜 공격적인 것을 집어들어 팔에 끼고 낡은 이층집으로 들어갔다. 바닥은 나무로 되어 있고 벽은 관 옆구리처럼 냉랭한 집이었다. 그는 옷걸이 옆에 가방을 두고 커튼을 걷었다. 그 공간에는 작가의 집이라는 사실을 알아챌 만한 흔적이 하나도 없었다. 그 공간은 너무도 간소해서 창문 한 짝과 문 하나로 간단히 집을 그린 아이들 그림 같은 데가 있었다. 거실도 마찬가지여서 탁자, 의자 네 개, 소파, 스탠드 등 최소한의 가구만 있었다. 페데리코 프레이는 스탠드를 켜고 소파에 털썩 앉았다. 신문을 뒤적거릴 참이었고, 가운데 면 전체를 다 차지하고 있는 요란한 광고와 필연적으로 직면할 참이었다. 광고에는 책 표지가 실려 있고 그 밑으로 굵고 엄청 큰 글씨로 '프레이의 침묵이 끝났다!'라는 감상적인 문구가 쓰여 있었다. 하지만 그는 외투 주머니에 손을 넣어 돋보기안경 대신 잊어버리고 있던 접은 종이를 꺼냈다.

페데리코 프레이는 이십 분 동안 손자의 스케치를 바라보고 있었다. 세밀하게 그려진 것은 아니었다. 계단과 난간이 있고, 계단을 내려오는 누군가의 다리가 난간 사이에 그려져 있었다. 종이 아래쪽에는 "누군가가 눈을 뜨고, 계속 내려온다. 누군가가 눈을 감고, 계속 내려온다"라는 유치한 시가 적혀 있었다. 이십 분이 흐르고 오후 세시에 손목시계의 알람이 울렸다. 그는 생각을 멈추고 신문도 펴보지 않은 채 일어나 집에서 나왔다.

페데리코 프레이는 작가다. 작가는 프레이 같은 사람들을 전염시킨다. 작가는 문둥병이다. 문둥병자들은 살이 문드러지고 살점이 숭덩숭덩 떨어져나가는데도 서로를 찾는다. 페데리코 프레이의 양손이 문학센터의 네모난 탁자 위에 놓인 채 움직이지 않는다. 그는 자기 손을 보았고, 그를 결코 평화롭게 놔두지 않는 모든 눈들도 그 손을 보았다. 선생인 프레이는 상석을 차지하고 있다.

프레이가 도착했을 때 학생들은 벌써 그곳에서 조용히 경의를 표하고 있었다. 자기 이름이 새겨진 책도 벌써 탁자 끝에 놓여 있었다. 하지만 그는 시선을 내리깔고 자기 손만 바라보면서 첫번째 단편이 낭독되는 것을 들었다.

낭독이 끝나고 침묵이 길게 흐르는 일이 종종 있었기 때문에, 숟가락이 구부러지지 않는 한* 아무도 놀라지 않았다. 머리를 붉게 물들인 젊은 여자가 이십 쪽 이상의 원고를 낭독한 다음이었다. 몇몇 부분에서는 일부러 천천히 읽었고, 주인공이 자살하는 마지막 부분에 이르자 스스로 만족하며 후련해하는 기색이 역력했다. 그러나 곧 페데리코 프레이의 침묵이 그녀의 얼굴을 탈색시켰다. 마치 누가 피를 뽑아가버린 듯이, 마치 이 부조리한 침묵이 숟가락으로 자신을 떠 입에 넣기라도 할 듯이 바보처럼 창백해진 것이다. 다른 학생들은 젊은 여자의 단편을 다시 읽는 척하고, 주석을 다는 척하고, 그녀처럼 당황하여 페데리코 프레이를 곁눈질하고, 땅이 갈라지고 꺼져서 어찌할 바를 모르는 사

---

* 염력으로 숟가락을 휘게 만드는 마술을 의미함.

람처럼 탁자 위에 수그리고 있는 스승의 길쭉하고 홀쭉하며 늘 수그레한 육신을 보았다.

　페데리코 프레이는 입을 조금 벌리고 있었다. 얼굴에 흘러내린 백발 사이로 질끈 감은 눈이 보였다. 잠을 자고 있는 건 아니었다. 셀로판지처럼 투명하고 질긴 불쾌감이 예고 없이 찾아와 그의 머리통을 칭칭 동여매고 있었다. 페데리코 프레이는 여러 겹의 고통 사이로 낭독중인 젊은 여자의 떨리는 손과 낭독을 듣고 있는 다른 사람들을 볼 수 있었다. 그러나 셀로판 가면은 페데리코 프레이의 모습을 일그러뜨렸다. 그는 자신을 세계와 격리시키고 있는 압력으로 인해 코가 뒤틀리고 입술이 퍼지는 것을 느꼈다. 이윽고 질식 상태가 목덜미와 셀로판지 사이에 칼을 들이민 것처럼 순조롭게 풀렸을 때, 그는 그 책을 목격했다.

　페데리코 프레이는 팔걸이의자를 뒤로 밀고 힘겹게 일어나 학생들의 추종과 기대에 의지하여 탁자를 따라 돌았다. 페데리코 프레이가 팔걸이의자에 앉은 상태에서 거꾸로 보고 읽은 것은 잘못 본 게 아니었다. 표지에 굵은 글자로 '아이들 도둑'이라고 인쇄되어 있었고, 한 번도 본 적 없는 그 책의 맨 윗부분에는 자신의 이름인 '페데리코 프레이'가 적혀 있었다.

　한 청년이 머뭇머뭇 말했다.

　"사인을 받으려고요, 선생님…… 뭔가 써주셨으면 해서요."

프레이는 띠지를 빼버렸다. 눈에 헝겊을 동여맨 아이 얼굴이 표지 속에서 천진난만하게 그를 마주보았다. 책 뒷면에서는 결코 찍은 기억이 없는 자기 사진을 보았다. 등을 진 채 고개를 돌리고 카메라 초점을 쳐다보고 있었다.

"미안합니다."

프레이가 수업을 마치기 위해 겨우 입을 떼고 말한, 그 시간의 유일한 말이었다. 그는 그 소설, 자신의 소설을 가지고 밖으로 나갔다.

바로 이 지점에서 교차가 일어난다. 일어난 일들과 일어날 수도 있었을 일 사이의 최초의 일치가.

페데리코 프레이가 매년 찾아오는 젊은이들의 문학적 기틀을 잡아주려고—그는 "그들은 병자다, 고통스러운 병자다. 나는 그런 그들과 맞서 싸우지만 더 위중하고 치명적인 병을 안고 떠나가는 그들을 보게 될 뿐이다"라고 말하곤 했다—문학센터에 갔으리라는 사실은 햇빛에 방치된 밀랍인형처럼 흐물흐물해질 가능성으로 판명났다.

시작은 달랐다…… 다음과 같이 다를 수 있었다.

어렵사리 외동딸을 방문한 뒤, 페데리코 프레이는 비행기에서 내려 우연히 공항 서점에 갔다가 결코 자신이 쓴 적 없는 소설이 발간되었다는 것을 알게 되었다. 그는 이상한 반응을 보였다. 신간 진열대를 여유롭게 장악하고 있는 책들을 창피하다는 듯이 집어들기 시작했다. (접속법 완료형 동사의 무수한 가지들이 파생하는 다른 이야기에서는 프레이가 그렇게 창피함을 느끼지는 않았다. 책들이 바닥에 떨어졌을 뿐이다. 눈에 헝겊을 질끈 동여맨 아이의 얼굴이 있는 표지가 위를 향하기도 했고, 책 뒷면에서 자신을 바라보는 자신이 위를 향하기도 했다. 그리고 "제목이, 오! 주여, 제목이"하고 내뱉는 프레이의 걸걸하고 겸허한 중얼거림이 있었다.)

다른 전개 과정의 'hubiera'들 역시 페데리코 프레이의 집 2층으로 귀결될 수 있다. 그래서 여기에 재연하지 않는 것이다. 서재의 기다란 벽은 수백 권의 책으로 뒤덮여 있는데 지나치게 비인간적으로 가지런히 꽂혀 있어 비현실적인 장면을 연출하고 있다. 먼지와 햇빛과 습기와 반복되는 시선에도 바래지 않은 채 문 한쪽 옆으로 자랑스럽게 펼쳐져 있는 졸업장, 수료증, 상패, 감사패들이 그렇듯이. 서재까지 온 페데리코 프레이는 완전히 바보짓을 한다. 의심을 품고, 광기를 부리고, 서류함에서 꺼낸 원고들 중에서, "오! 주여", 그 파렴치한 제목을 달고 있는 것을 찾는다.

전화벨이 여섯 번이나 울리도록 듣지 못한다. 전화 건 사람의 말을 전혀 이해할 수 없고, 심지어 누구 목소리인지도 분간 못한다. 친밀하게 말하는 것으로 보아 작가인 것 같은 그 사람이 페데리코 프레이를 축하한다.

"왜 말을 안 했어? 페데리코, 책이 훌륭해, 멋져."

수화기를 내려놓은 후 페데리코 프레이는 뭐라고 설명할 길 없이 책상 위에 실재하고 있는 책을 오랫동안 바라보았다. 분노와 불행하다는 느낌이 뒤섞인 암울한 기분으로 '아이들 도둑'이라는 제목을 다시 읽고 책을 열었다.

다음 날 그는 눈을 쑤시는 고통을 느끼며 양탄자 위에서 깼다. 잠시 전날 밤 일어난 일이 생각나지 않았다. 몇 달 전부터 원인 모를 미지의 고통이 무의식의 심연에서 잠깐씩 솟구쳐오르곤 했다. 갑자기 깊은 무기력감이 엄습하여 꼼짝 않고 누워 있었다. 숨이 탁탁 막히고 뇌에 재갈을 물려놓은 듯 아무 생각도 나지 않았다. 가끔은 저녁까지 혼수상태로 방치되어 있기도 했다. 그러면 그제야 마치 조난자의 유류품을 수거하듯 머릿속의 오만 투정을 주섬주섬 거둬들이고 자신이 혼자가 되었다는 사실을 받아들였다. 타인들의 이해와 호감에서 배제된 채, 그 누구도 자신 쪽으로 건너오게 할 수 있는 다리도 없이 그저 그렇게 다음 폭풍 때까지 생존할 뿐이다.

소설은 소파침대 위에 있었다. 숱하게 들척이다보니 펼쳐진 채로였다. 그는 소설을 쳐다보았다. 그의 시선은 그 옆에 펼쳐져 있는 종이에도 내리꽂혔다. 자신의 빽빽한 서체를 알아볼 수 있었다. 더러운 손으로 그 종이를 두어 장 집어들고 한 아이에 대한 아름다운 묘사를 읽었다. 전에 벌써 읽은 것이라는 사실이 떠올랐다. 책을 집어들고 확인을 해나갔다. 육필 원고의 묘사 부분은 소설 첫 장을 글자 하나 틀리지 않고 충실하게 옮긴 것이었다. 대체 무엇을 입증하려 했던 것일까? 소설이 자기 작품일 수도 있다고 스스로를 설득하려던 것일까? 정말로 그 소설을 집필한 척하려고?

이 'hubiera'들의 춤을 추고 있는 여러 페데리코 프레이들 중 한 페데리코 프레이는 아직도 전날 이 도시에 도착했을 때의 차림새 그대로이리라. 외투, 이제 엉망으로 구겨진 검은색 트위드 바지, 흐리멍덩하고 충혈된 눈을 감추고 있는 안경까지. 그는 이십사 시간 문을 여는 카페에서 자신이 쓰지 않은 책을 읽고 또 읽으면서 밤을 지새운 뒤 공원으로 갔을지도 모를 일이다.

남자애 두엇이 미끄럼틀을 타고 진흙처럼 가무잡잡한 여자애 하나가 조잡한 세발자전거를 타고 아무렇게나 오가고 있는 놀이터 앞의 벤치에 앉은 페데리코 프레이는 울타리 너머로 공을 찾으러 간 체크무늬 바지의 남자애를 무심하게 바라보았다. "이 아이들도 다 소설에 등장할 수 있었어." 페데리코 프레이는 자신이 그런 생각을 하는 것에 깜짝 놀랐다.

그는 아직도 당혹스러웠다. 이제는 이름의 도용 때문이 아니라 소설의 장들 때문이었다. 소설은 별 연결 고리도 없고 주제 면에서도 별 의미 없는 무미건조한 사건들을 나열하며 소년들을 한 장에 한 명씩 묘사해나갔다. 적어도 전날에는 문체의 유려함으로 인해, 자기 뜻과는 상관없이, 모욕감을 덜 느꼈다. 첫번째 장은 아이들 중 하나가 땅이 보이지 않을 만큼 커다란 종이 한 장을 들고 가게에서 나오면서 끝이 났다. 다른 장은 그 고아가 화장실 안에서 점점 똑똑히 들려오는 발걸음 소리를 들으며 끝이 난다. 피곤할 정도로 늘어지는 사실주의 묘사로 소년 몇 명의 공통적인 이야기, 파티, 교리문답서 공부, 시골의 밤 소풍 등을 서술했다. 각 장은 각 소년과 그 주변 인물들에게 십여 쪽씩 할애되었다. 각 장의 이야기는 사건이 일어나기 전에 중단되는데, 장이 지나갈수록 섬세함이 떨어졌다. 독자들은 가령, 천식을 앓고 있는 소년의 방에 상큼한 냄새가 침범하면 불행이 임박했다는 사실을 예감한다. 끝에서 두번째 장은 이미 억압적인 분위기에서 불필요하게 금발 소년의 목덜미를 내리치는 것으로 끝이 난다. 마지막 장에서는 소년이 기절했음을 환기시키는 모호한 문단이 먼저 나온다. 이후 의식을 회복한 소년은 아직도 멍한 상태에서 누군가가 아이들의 노랫가락을 흥얼거리는 소리를 듣는다. 그리고 "이윽고 결코 혼동할 수 없는 친숙한 그 노래 가사가 들리지 않게 되었다".

소설은 이렇게 끝을 맺고 있었다.

밤샘과 눈의 통증과 당혹감으로 황망해진 페데리코 프레이는 벤치에서 일어나며 외쳤다.

"대체 의도가 뭐야!"

미끄럼틀의 남자애들과 자전거를 타던 여자애가 돌아보았다. 페데리코 프레이는 공놀이를 하던 남자아이가 사라진 것에 대해 잠시 이상하게 생각했다. 그저 잠깐 동안 그랬을 뿐이다. 그 아이가 울타리 너머로 나간 것을 기억하지 못했다는 것을 생각해냈지만, 이내 그런 생각을 접고 또다시 저자의 무지막지함에 빠져들었다. 프레이는 이 소설의 난맥상에 기가 막혀서, '저자가' 하고 중립적으로 생각을 한 것이다. 이렇게 위험을 무릅쓰면 되나, 프레이가 안타까워하며 혼잣말을 했다. 마치 그의 문학센터 학생들을 질책하듯이.

그때 페데리코 프레이는 '이건 내가 아니야' 하고 생각했다. 그리고 처음으로 그 단언이 다른 의미를 띠었다. 그는 이성을 잃고 문학센터의 네모난 탁자를 내리쳤고, 얼떨떨해진 학생들은 페데리코 프레이가 탁자에 팔꿈치를 괴고 손으로 이마를 짚은 채 꼼짝하지 않고 작품을 거의 오십 쪽이나 읽어내려가는 동안 "이건 내 것이 아니야" "이건 내 것이 아니야"를 되풀이하는 그의 모습을 의자에 앉아서 당혹스럽게 바라보던 참이었다. 그는 책장을 넘길 때마다 끈질기게 그 말을 구시렁댔다. 그렇지만 페데리코 프레이의 마지막 외침은 자기 작품임을 인정할 수 없다는 갈망에서 비롯된 것이 아니었다. 그것은 미학적 판단이요 가치 폄하로서, 겉보기에만 평화롭고 근엄한 얼굴로 검은색 배경을 바탕으로 찍은 뒷면 사진과는 이미 아무런 관계 없는 부정이었다.

"미안합니다. 이건 쓰레기예요, 쓰레기."

페데리코 프레이가 학생들을 외면한 채 말했다. 그는 외투를 집어들고, 책을 탁자 위에 두고 문학센터에서 나와, 메르세데스 벤츠에 올라 정처 없이 차를 몰면서 중얼거렸다. "이건 치욕이야. 그 작품은 쓰레기야, 쓰레기."

페데리코 프레이는 휴대전화에서 다른 사람 목소리가 들리자 마음을 진정시키려고 했다. 보도에 차 바퀴 하나를 걸쳐 세워두고 부주의하게도 차문을 열어놓았다. 그는 눈을 감은 채 물었다.

"누가 당신들에게 작품을 준 거지?"

상대방의 목소리가 들렸다.

"페데리코 씨, 페데리코 씨 맞습니까?"

"누가 그 빌어먹을 소설을 넘겨주었냐고!"

"선생님 책 말씀인가요?⋯⋯『아이들 도둑』이요?"

"그래, 망할 놈아, 그래!"

"선생님이⋯⋯ 선생님이 보내셨잖아요⋯⋯ 제가 직접 소포를 뜯었는데⋯⋯ 완성된 소설이니까 선생님을 번거롭게 하지 말아달라고 쪽지에 쓰여 있었는데요⋯⋯ 뭔가 마음에 들지 않는 게 있으세요, 선생님?⋯⋯ 좋은⋯⋯"

페데리코 프레이는 전화를 끊었다.

그는 상대방 목소리를 듣고 마음을 진정시켰다. 레스토랑에 있다가 전화가 설치되어 있는 곳까지 간 참이었다. 그곳에서 자신의 탁자, 책, 마지막 두 시간 동안 여섯번째로 리필한 커피잔을 쳐다보았다. 탁자 위에 펼쳐져 있는 신문이 눈에 들어왔다.

페데리코 프레이가 쉰 목소리로 나지막이 물었다.

"누가 당신들에게 작품을 주었어?"

"페데리코 씨, 페데리코 씨 맞습니까?"

"누가 『아이들 도둑』을 넘겨주었냐고!"

"선생님이 보내셨는데요⋯⋯ 제가 직접 소포를 뜯었습니다⋯⋯ 완성된 소설이니 더이상 귀찮게 하지 말아달라고 쪽지에 쓰여 있었는데요⋯⋯ 책을 보셨⋯⋯?"

페데리코 프레이가 말을 끊었다.

아이들 도둑 129

"내가 한 권만 주었나?"

"한 권이라고요?"

"그래, 제기랄! 내가 소설 한 권을 보냈나 아니면 두 권을 보냈나? 2부가 있는 거야? 속편이 있어? 다른 판본은?"

"아니요, 아닙니다. 아무것도 오지 않았습니다, 선생님…… 훌륭한 생각이신 것 같습니다, 속편을……"

페데리코 프레이는 전화를 끊었다.

탁자로 돌아와 웨이터에게 찻잔을 치우게 했다. 안경 아래로 손가락을 집어넣어 눈을 비볐다. 그때 왼편에서 계속 자신을 쳐다보며 수군거리는 남녀 한 쌍을 보았을 것이다. 알랑방귀로 가득한 신문 서평의 처음 몇 문단을 뛰어넘고 나니 두번째 책이 존재한다는 의혹을 안겨주었다.

좋은 작품은 독자가 너무 쉽게 회복되는 것을 막아야 한다. 이 책은 앞서 언급한 예술성에 파격적인 형식적 시도를 가미하고 있다. 페데리코 프레이는 삭제라는 예시롭지 않은 길을 통해 위대한 책들의 특징인 낯섦의 아우라를 획득한다. "빼는 것이 창조다"라고 커밍스가 말한 바 있듯이 이 소설에서는 전사(前史)를 제거함으로써 이 기법을 극단적으로 구사한다. 시작이라고 할 만한 것도 없고 결말도 없다. 아이들의 잠정적인 죽음을 생략한 것이 대답했다면, 책의 제목이 되고 있는 아이들 도둑을 제거한 일은 구설수에 오를 만한 파격이다. 소설에 없는 것은 그럼 어디에 있는가? 내 생각에는 멍청하긴 해도 필요한 질문이다. 어쩌면, 우리를 전염시키고 병을 주고 회복을 가로막는 이 묘한 작품을 통독하는 데 있어 유일하게 적절한 질문일 것이다.

페데리코 프레이가 도착한 다음 날 오후, 반드시 참석해야 했으며 겉보기에만 문학적이었던 그런 모임에 여러 명의 페데리코 프레이 중 적어도 두 사람이 각자의 시간적 귀결에 따라 같은 곳에 있게 되었다. 그중 한 사람은 그 좁은 아파트로 어떻게 와서 강제적인 동거를 하게 되었는지도 몰랐을 것이다. 그는 캐브리올* 의자에 앉아 있었다. 추측건대 순전히 장식용으로 복도에 달랑 하나 놓아두었을 것이다. 대단히 편치 않은 장소에 앉아 있는 것만으로도 응접실과 발코니 주변에서의 자연스러운 만남들로부터 해방될 수 있었다. 턱시도를 차려입은 세 명의 작가가 프레이에게 이야기를 건네러 다가오려 했다. 그러나 웨이터들의 움직임 때문에 그 작가들은 번거롭게 요리조리 움직여야 했고, 결국 다가오는 것을 포기했다. 재킷과 양손으로 잡고 있는 술잔

---

* 의자다리가 길쭉한 S자 형태로 굽어 있는 양식.

을 제외하면 페데리코 프레이는 책 뒷면의 흑백사진과 놀라울 정도로 판박이였다. 정오에 서재에서 속이 뒤집힌 다음에 소설 안쪽 페이지에서 사진사 이력을 찾아 그와 만나면 자신이 허물어지기 시작한 날짜를 알아낼 수 있을 거라는 생각을 했다. 다른 사람은 속여도 자기 자신은 속일 수 없었다. 책 뒷면의 사진을 보았을 때 우주가 뒤틀린 듯한 느낌을 받았다. 겉보기에만 평화롭고 근엄한 페데리코 프레이의 얼굴은 그의 총기(聰氣)가 두려울 정도로 빨리 상실되고 있다는 고통스러운 증거였다. 눈에 띄게 처진 턱과 공허한 시선에는 발작적인 두려움이 서려 있었다. 그 점이 아침에 그를 토하게 만들었다. 자신의 삶을 되돌아볼 날이 얼마나 가까이 다가왔는지를 인정하고 철학의 근본적인 질문에 답해야만 한다는 점이. 셀로판지 한 통을 질식할 만큼 칭칭 감아놓은 듯한 번뇌가 자신의 용모를 일그러뜨리고 있다는 사실을 복도의 캐브리올 의자에 앉아 양손으로 술잔을 지탱하고 있는 그 순간에는 알아차릴 방도가 없었다.

다른 페데리코 프레이가 화장실에서 나왔을 법한 순간이었다. 그는 그곳에서 나와서, 실제로는 정치적인 그 모임에 초대된 사람들을 피할 목적으로 부엌으로 발걸음을 옮겼을 것이다. 그는 공항에서의 차림 그대로 외투와 검은 바지를 입고 있었다. 삼십 시간 동안 도시를 방랑한 다음에 그 아파트 7층에 나타난 것이었다. 잠도 자지 않고 형편없는 차림으로 술이 좀 오른 채였다. 그는 응접실로 가려고 복도로 접어들었다가 그 좁은 곳에서 장식용 캐브리올 의자와 부딪쳤고, 의자가 쓰러졌다. 양탄자 덕분에 소리는 나지 않았다. 그러나 페데리코 프레이는 다시 의자를 세우려는 노력을 조금도 하지 않았다. 그는 발코니로, 난간 위에서 위태롭게 균형을 잡고 서 있는 위스키잔으로, 유리문 너머에서 한참을 자신을 바라보고 있는 아가씨의 눈으로 돌아갔다.

추억에 젖어 그렇게 했다. 페데리코 프레이는 그녀를 바라보면서 거의 감사의 표시로 가볍게 잔을 들어 보였다. 이를 굴욕으로 받아들이지 않은 세 명의 젊은이가 그에게 다가왔다. 기골은 장대한데 배포는 좁쌀만 한 젊은이들이라 페데리코 프레이가 이를 이용했다.

"너희들은 병자야, 비참한 병자들이야. 내게로 오면 자네들의 병은 더 위중해지고 치명적이 될 걸세."

그가 잔을 들면서 지나치게 큰 목소리로 예언했다. 위스키를 들이켤 때 술 한 줄기가 턱으로 흘러내리자 팔뚝으로 훔쳤다. 그러나 젊은이들은 그의 허세에 맞장구치지 않았다. 두 사람은 팔을 구부린 채 잔을 까닥도 하지 않았고, 다른 한 명은 술병을 다른 손에 바꿔 잡고 양복과 조끼 사이에서 책을 꺼냈다.

그 아파트에 세번째 페데리코 프레이가 있었을 가능성을 상상해야 한다. 귀국하고 하루 반 동안 소설과 마주치지 않은, 비록 기가 찼던 외동딸 방문이 남긴 불쾌함에서는 자유롭지 못했으나 책과의 만남은 기적적으로 피할 수 있었던 페데리코 프레이를. 이해할 수 없는 일투성이였던 방문 마지막 날 저녁에 딸은 "아빠, 집에 일찍 갈 수 없어요. 하지만 그런 일로 번거롭게 해드리지는 않을게요"라고 하면서, 자신이 집을 비울 동안 아이를 재우고 같이 잘 보모를 불렀다. '그런 일'이란 아이, 즉 프레이의 손자였다. 그때까지는 무사했던 그 페데리코 프레이를 상상해야만 하고, 그가 마침내 소설과 마주쳤을 때 받은 불길한 느낌을 헤아려보아야 한다. 작품이 살아 있는 생물인 양 아무런 도움 없이 저절로 성장하는 데 익숙해져 있던 그는, 이름이란 것이 그렇듯이, 자신의 이름도 점점 그에게서 벗어나고, 전율을 느낄 만큼 점점 독립하고 있다고 느꼈다. 수줍어하는 청년의 손에서 하루 이상을 자신을 찾아 헤매던 책을 갑자기 받게 된 페데리코 프레이를 상상해야만 한다. 이미 술에 떡이 되어 있고, 그 기나긴 시간을 자지 않고 오직 소설을 읽고 또 읽어서 쇠잔해 있는 또다른 페데리코 프레이를 엄습한 비슷한 경악을 이해하려면, 책을 받아들고 커다란 붉은색 글씨로 표지에 '아이들'이라고 쓰여 있는 제목을 보았을 때의 이 페데리코 프레이를 상상해보아야만 한다.

'아이들'이라고만 되어 있을 뿐이었다.

페데리코 프레이는 눈을 감았다. 냉엄하고 견디기 힘든 고통에 빠져들었다. 그 고통이 경감되리라는 위안도 없고 그런 기대도 할 수 없는 상황이었다. 그는 혼자였고, 꼿꼿하던 자세가 흐트러지고, 손목이 달아올랐다. 머릿속의 섬뜩한 포효가 잦아들기 전까지는 아무 말도 들리지 않았다. 포효가 가라앉자 목소리가 들렸다.

"자네 동의하겠지, 그렇지?"

페데리코 프레이가 눈을 뜨니 젊은이들은 보이지 않았다. 알이 두꺼운 금테 안경을 쓴 대머리 남자가 콧수염을 매만지고 있었다.

"나는 자네 추리소설의 유희를 받아들였다니까. 살인자가 누군지 알아내려고 다시 읽기 시작했어."

페데리코 프레이는 난간을 꽉 잡아야 했다.

한 여인이 낯익은 미소로 덧붙였다.

"우리는 '고통스러운 이들을 위해, 자신의 영혼으로부터 추방당한 사람들을 위해'서 당신의 책에 대해 이야기했어요. 당신이 생각하지 못한 것에 대해서요. '무슨 일이'와 '누가'를 말이에요. 당신이 이야기 속에서 대답하지 않은 질문들이죠. 소설의 논리적인 흐름은 필연적으로 그 두 가지를 겨냥하고 있어요. 아이들에게 어떤 일이 일어났고 누가 그랬는지. 하지만 당신은 마지막 장을 책에 포함시키지 않은 거죠, 그렇죠? 써놓고 빼버린 거예요."

대머리 남자가 여인에게 키스를 하며 말했다.

"페데리코, 아무 말도 하면 안 돼. 이 끈질긴 여자에게 설명해주었거든. 한계와 규칙을 존중해야 한다고. 살인자를 찾아내는 데 필요한 모든 것이 다 책 속에 있다고."

페데리코 프레이가 거의 들리지도 않는 목소리로 뭐라고 웅얼거렸기 때문에 대머리 남자는 무슨 말인가 싶어 가까이 가야만 했다.

"도둑?…… 아, 그래…… 좋은 작품을 썼어, 인정한다고. '진실을 이용해 할 수 있는 유일한 일은 진실을 묻어버리는 일이다.' 그래서 다시 읽고 있는 거야. 각 장이 살인자에 대한 점진적인 접근인 것 같아. 실제로는 살인자가 모든 장에 다 출현하지만. 파티에서, 캠프에서, 심지어 안경 쓴 그 아이가 커다란 종이를 끼고 나오고 살인자가 뒤를 밟았을 그 문방구에서. 각각의 아이 주위에 있는 수많은 밋밋한 인물들 중 누군가가 살인자겠지. 정체를 감추고 반복해서 등장하는 그 누군가가 말이야, 안 그런가?"

페데리코 프레이는 듣고 있지 않았다. 그는 창백해져 있었다. 자신을 둘러싸고 있는 남자와 여자 사이로 아까 그를 바라보던 여인, 젊은 여자라고 생각했던 그 여인이 보였다. 그녀는 튀는 미니스커트에 망사 스타킹을 신고 응접실 소파에 앉아 있었다. 하지만 열두 살이 넘지 않은 소녀에 불과했다.

여인이 대머리 남자에게 말을 건네며 끼어들었다.

"다시 말하지만 당신은 우리에게 살인자를 감추려고 유희를 벌이는 전지적 작가를 생각하고 있는 거잖아요. 만일 전지적 작가가 아니라면요? 페데리코 씨가 제한된 의식의 목소리를 창조했고, 이 목소리 역시 범인이 누구인지 모른다면요? 그런 생각을 해보기라도 한 거예요?"

그 뒤로 밤의 몇 시간과 아침나절의 몇 시간과 실신에 가까운 무의식 상태로 몇 시간이 지났다. 눈을 뜬 페데리코 프레이는 다른 페데리코 프레이의 연속일 수도 있고 파티의 페데리코 프레이의 연속일 수도 있다. 그는 매트리스 바깥으로 나와 있는 양다리에 구두를 신은 채 좁은 침대에 기대어 있었다. 몸을 일으키자 목덜미가 쑤셔서 신음 소리가 흘러나왔다. 푸른색 방 안에 상자와 장난감 여러 개가 보였고, 거울 속에는 벌거벗은 자신이 있었다.

문 저편 어딘가에서 여자 목소리가 들렸다.

"맙소사, 무슨 일이 있었는지…… 그래요, 저기 내 방 창문…… 그래요, 네, 프레이 씨는 아직 여기 있어요. 제가 알론소의 옷방을 내주었어요."

페데리코 프레이는 자기 옷이 흔들의자에 개켜져 있는 것을 보았다.

"모르겠어요, 괜찮았는데. 평소처럼 조금 까칠했어요. 나를 기억한다면서 그저 잠시 들어와 앉아 있고 싶다고 말했어요."

페데리코 프레이는 셔츠와 셔츠의 퀴퀴한 냄새를 입었다. 넥타이는 의자에도 상자에도 침구 사이에서도 보이지 않았다. 양말을 집으려고 몸을 숙였을 때 침대 밑에 반쯤 감추어진 위스키 병을 발견했다. 마침내 바지를 입었다.

"처음에는 잠자코 있었어요. 제가 알론소에게 올라가 자라고 말하자 프레이 씨가 '애를 보살펴주시죠'라고 중얼거렸어요. 뭘 드시게 하려고 했는데 프레이 씨가 마다하셨어요. 내게 술을 권하고 문학에 대해서 이야기하기 시작했어요. 늘 그렇듯이 투덜댔어요. 불멸성이 눈곱만큼이라도 있는 작품은 하나도 없고, 글쓰기의 궁극적인 목적, 즉 인류가 망각해버린 것을 복구하고 추상화된 것을 재정복하는 일을 아무도 이해하지 못한다고요. 그런 이야기들을 늘어놓더니 자기 소설을 꺼냈어요."

페데리코 프레이는 침대에 철퍼덕 주저앉더니 그 상태로 허벽지 사이에 병을 끼고 처음으로 바깥에서 하는 이야기에 주의를 기울였다.

"아주 이상했어요. 글쎄요. 소설에 대해 이야기하는데 마치…… 자기가 쓴 소설이잖아요. 무엇 때문에 설명하는 거죠? 내가 소설을 읽지 않았다고 생각한 것 같아요. 작품에 긴장이 없다고, 독자들만이 유일하게 알고 있다고 말했어요. 범인을 식별하려고 유리창 너머에 자리하고 있는 형국이지만, 한 장 한 장이 지나감에 따라 그저 알려주고, 소리치고, 구해주고 싶을 뿐이라고도 했어요. 하지만, 진열창, 유리창……"

페데리코 프레이는 병뚜껑을 열었다 닫았다 하면서 반쯤 열린 문 사이로 들려오는 이야기를 들었다.

"작품에 겁을 내고 있는 것 같아요. 그런 느낌을 받았어요. 자신이 쓴 것에 놀라고 있어요. 소설은 무력함을 다루고 있어요. 어른들은 보지 못해요. 하지만 아이들도 마찬가지죠. 보이지 않지만 영원히 보이는 것이기도 한 것을 못 보는 무력감이에요. 보지 못하고, 호명하지 못하고, 식별하지 못한다는 무력감…… 그러고는 나더러 혼동하지는 말라고 덧붙였어요. 무능력을 말하는 게 아니라고요. 그것이 작품에서 믿기 힘든 일이라고. 상상을 해보라고 말했어요. 내가 그의 말을 끊고 책을 읽었다고 밝혔죠. 내 말은 듣지 않고 상상을 해보라고 되풀이했어요. '당신이 가게

혹은 학교 밖에서 알론소를 잃어버려 기다리는 일만 남았어. 내가 지금 앉아 있는 소파에 앉아서 전화기 옆에서, 다리 위에 쓸모없는 손을 얹어놓고 당신이 한눈을 판 것이 아니기를, 아이에게 눈을 떼지 않은 것이기를 무능력하게 바라고 있어. 그때 기적처럼 당신이 다시 가게나 학교에 나타나는데 알론소가 옆에 있고 잘못한 사람이 당신이 될 무서운 기회가 제공된 거야. 이것이 이 책이 우리에게 하고 있는 일이오. 비극 직전의 순간으로 우리를 몰고 가요. 실제로는 우리도 공범으로, 또한 범인으로 만들면서〈실종을 방지하세요〉라고 말하는 것이나 다름없소.'"

페데리코 프레이는 점점 창백해져 듣고 있었고, 어느 순간엔가 자신도 모르게 술병을 입으로 가져갔다. 구타를 당하고 있는 느낌이었다. 눈앞이 흐려지면서 프레이는 쓰러졌다. 그리고 혐오, 지독한 메스꺼움이 엄습하더니 위스키를 토했다.

"잠깐, 잠깐…… 위에서 무슨 소리가 들리는데…… 이제 일어났을지도……"

절망한 페데리코 프레이는 다시 술을 마시려고 했지만 술병을 찾을 수 없었다. 지금 금방 양손으로 잡고 있었고, 지금 금방 입에 갖다대었다. 그런데 손에 없었다. 언뜻 보기에 옷방 어디에도 없었다.

다시 여자의 목소리가 들렸다.

"그때부터 소란을 피웠어요. 뭔가 자신의 삶을 평가하는 두서 없는 말을 하더니 갑자기 입을 다물었어요. 쉬! 쉬! 손가락을 입에 대면서 내게 '노래 들려요, 노래 들리나요?'라고 말했어요. 그리고 계단을 뛰어올라갔어요. 그때가 바로 창문에서 뛰어내리려고 할 때였어요."

페데리코 프레이는 창문 쪽으로 몸을 돌리지 않고는 도저히 참을 수 없는 상태가 되었다. 아이 방이라 창문에는 창살이 있었다. 그는 '딸애 집처럼, 딸애 집처럼' 하고 생각했다. 그리고 울기 시작했다.

그후 서점에 소설을 가지고 오지 않은 사람은 헛소리를 덜 하는 페데리코 프레이였다. 문학센터의 마호가니 책상에 소설을 두었든지 혹은 잊어먹고 공원 벤치에 놔두고 왔든지 했을 것이다. 아니면 도저히 책을 잃어버릴 수 없는 상황이기에 그저 눈에 띄지 않는 것일 수도 있다. 차 트렁크에 넣었나 기억을 더듬어보다가, 그저 차 안에 있는데 찾아내지 못하는 것임을 깨닫고 차를 세웠다. 그리고 마치 책은 그렇게밖에 잃어버릴 수 없다는 식으로 자동차등록증, 사용 설명서 두어 권, 주유소 종이 쪼가리들 사이를 바보처럼 뒤적였다.

머리를 잘 빗질하고 아직까지도 샤워를 한 티가 나고 로션 냄새를 풍기는 이 페데리코 프레이는 신간서적 진열대로 왔다가

아이들 도둑 141

그 소설을 발견하지 못해서 당혹스러웠을 것이다.

페데리코 프레이는 기분이 상했다. 여점원이 그에게 제목을 되풀이하게 해서 굴욕이 배가되었다.

"『아이들 도둑』이요."

그가 툴툴거렸다. 대수롭지 않은 일 가지고 바보 같은 상황을 연출한 셈이다. 그러나 페데리코 프레이는, 대수롭지 않은 인생의 상당 시간을 책에 둘러싸여 보낸 이 아가씨가 자신을 알아보지 못한다는 사실이 가슴 아팠다. 심지어 안경을 벗어 보이기까지 했다.

여점원이 컴퓨터 자판을 쳐보고 페데리코 프레이 쪽으로 몸을 돌리며 말했다.

"아닌 것 같은데요. 페데리코 프레이 작품이 확실한가요? 그의 작품 세 편을 읽어보았는데 그중 하나는 분명 아닌데요."

페데리코 프레이는 대꾸도 없이 대놓고 인상을 그었다. 하지만 그녀는 놀라는 기색 없이 그를 쳐다보았다. 그저 약간의 이해를 구한다는 정도였다. 책이 존재한다고 화면에 떴을 때 이렇게 말했을 뿐이다.

"올해의 사건이네요. 손님이 이겼습니다."

점원은 창고에 간다면서 "손님, 금방 오겠습니다" 하더니 기다려달라고 말했다. 그러더니 단지 『아이들 도둑』은 아니라는 말을 하려고 복도에서 가던 길을 멈추고 섰다.

"제목은 틀렸어요. 『아이들』…… 『아이들』이라고만 되어 있어요."

페데리코 프레이는 그런 상황이 아니었다면 서점에 머무르지 않았을 것이다. 위층에 있는 서점 카페에서는 머리도 빗지 않고 향수 냄새도 나지 않는 또다른 페데리코 프레이가 서점 여직원이 '프레이의 걸작' 스무 권을 신간 진열대에 쌓고 있는 것을 계단 난간 사이로 내려다보았다.

그 젊은 여직원은 손님들 중에서 누군가를 찾느라 당혹스러워하고 있는 것 같았다.

이 다른 페데리코 프레이가 중얼거렸다.

"나는 그 소설을 쓰지 않았어."

그는 오후 그 시간이면 다소 붐비는 매장에서 가장 구석진 곳을 찾았다. 그곳에서 그는 책이 든 비닐봉지를 찢어발기고 띠지를 허겁지겁 잡아 뜯었다. 책 제목이 다르고, 이제는 삼백이십이 쪽짜리가 아니고, 전에는 못 보았는지 아니면 원래 없었는지 도무지 모를 일이지만 '나에게'라는 유치한 헌사가 있었기 때문이다.

몇 분 동안 페데리코 프레이는 생각이 정지된 머리를 양손으로 감싸쥐고, 입 안에 심한 고통을 겪고 있는 사람 같은 일그러진 표정으로 몇 분 동안 있었다. 그대로 굳은 채 웨이터가 메뉴판과 주문지를 들고 다가온 것도 알아채지 못한 것 같았다. 그는 따뜻한 차 한 잔 곁들이지 않고 책을 다시 읽어내려갔다. 헌사를 읽고 나서는 완전히 책에 몰입해 범접하기 힘든 엄숙한 태도로 헌사 및 나머지 페이지들을 계속 넘기면서 주위의 소음이나 커피 주문 따위에는 아랑곳하지 않았다.

세 시간이 지났을 때 페데리코 프레이는 정신을 차리고 싶어지고, 원기를 되찾고 싶어지고, 논리적이고 싶어졌다. 이야기에 한탄스러운 변화가 있었음에도 불구하고 책을 읽었다. 제목을 짧게 줄이면서, 하지만 또한 각각의 에피소드를 복구하기 힘들 정도로 쳐내서 비극의 임박함을 없애버린 탓에 도둑이 제거되었다. 병적인 분위기를 응축시키던 예전의 섬세한 서술, 가령 화장실에 더이상 발걸음 소리가 들리지 않는 대목 같은 것이 사라지자, 원래 판본에 있던 도둑의 냄새나 목소리 같은 유일하고 명백한 위협 요소들 역시 이제는 두드러져 보이지 않았다. 페데리코 프레이가 책을 읽다가 작품을 무력화시켜버린 용서할 수 없는 행태를 못 견뎌 그렇게 적고 있었다. 그는 양복 안주머니에서 만년필을 꺼내 책 여백에다 휘갈겨 쓰면서 이야기를 복원하기 시작했다. 제거된 부분을 종합하는 내용으로, 마지막 장까지 책을 계속 읽으면서 써내려갔다. 마지막 장에서는 진료실에 퍼지는 끈적거리는 향기를 더이상 볼 수 없었고, 금발 소년의 뒷덜미를 가격하는 일도 없었고, 기절했다가 막 정신을 차린 그 소년에게 점점 다가오면서 누군가가 되풀이하는 그 결코 혼동할 수 없는 친숙한 아이들 노래로 작품이 끝나지도 않았다.

페데리코 프레이는 책 표지—질끈 동여맨 눈, 반쯤 벌어진 입술, 발그레한 뺨, 부드러운 광대뼈, 헝겊 위로 눈썹 일부분이 드러난 아이 얼굴—를 바라보고 있는 동안 별안간 우울해졌다. 손가락을 아이 얼굴로 미끄러뜨렸다. 공포에 질린 시선이 드러날 헝겊을 벗겨내려는 순진한 시도를 연상시키는 어루만짐이었다. 페데리코 프레이는 별안간, 등골을 타고 솟구치는 눈물을 금방이라도 쏟아내고 싶고, 자기 자신을 발가벗기는 것을 내버려둘 필요성을 견딜 수 없고, 그의 삶 전체의 혹은 모든 페데리코 프레이들의 삶 전체의 고갈에 굴복하고 싶었다. 왜냐하면 그는 지고 있었기 때문이다. 만년필을 집어 종이 끄트머리에 '화자'라고 썼을 때 이미 지고 있었기 때문이다.

그 뒤로는 빨리 진행되었다.

페데리코 프레이는 덧붙였다.

화자는 모든 장에 등장하는 유일한 사람이다. 그는 누구인가? 누가 이야기를 하는가? 그것이 핵심이다. 비록 소설에서 제거된 부분들이 있다 하더라도 우리가 보지 못하는 이 화자는 나중에는 윤곽이 잡힐 수 있다. 화자가 보는 것과 보는 방식을 연구하고, 그가 말하지 않은 것, 그의 의도적인 침묵도 밝혀내야 한다. 이유를 우리 자신에게 물어보아야 하고……

더 쓸 공간이 없어서 페이지를 넘겼는데 그러자 생각이 희미해졌다. 만년필이 탁자 위에 떨어지면서 소리가 났고 매장이 조용해서 크게 울렸다. 뒷면에 계단, 난간, 계단을 내려오면서 난간 사이로 보이는 다리가 그려진 종이가 책 옆에 있었다. 스케치 아래에는 "나는 눈을 뜨고, 누군가가 계속 내려온다. 나는 눈을 감고, 누군가가 계속 내려온다"라는 유치한 시가 적혀 있었다.

페데리코 프레이는 의자를 밀고, 카페의 빈 탁자들 사이를 지나고, 계단 쪽으로 꺾어지면서 찻잔 여러 개를 엎어버리고, 아래층에서 신간 진열대에 쌓아놓은 자기 소설이 다시 사라진 것을 보고, 거리에서 자기 차를 찾지 못하고, 경찰이 메르세데스 벤츠가 오후 내내 한 대도 그곳에 주차하지 않았다고 소리 지르며 대답하는 것을 듣고, 차 열쇠를 움켜쥐고 서 있다가 공중전화부스로 황급히 가서 딸에게 더듬더듬 말했다.

"애는 괜찮아, 괜찮은 거야?"

"아버지."

"괜찮은 거냐고!"

"아빠가 뭘 어쨌다고요, 맙소사. 보모 잘못이에요. 잠들면 안 되는 거였는데. 저라도 자지 말아야 했어요, 아빠. 제가 방에 들어갔을 때 아빠는 아이를 쓰다듬고 계셨죠. 단지 쓰다듬기만 하셨을 뿐이에요. 아시겠어요? 아시겠어요, 아빠?"

페데리코 프레이는 공중전화부스 유리를 통해 태양을 바라보고 있었다. 태양에 무슨 일인가가 있었다. 태양 자체 내에서 날이 저물고 있기라도 한 듯 흐릿해 보였다. 페데리코 프레이가 멀리서 나지막이 말했다.

"옆에 꼭 붙어 있어. 내가 그리 갈 때까지 보살펴주라고."

그러고는 애처롭게 뛰기 시작했다. 그러는 동안 페데리코 프레이들 중 또다른 한 명, 운이 더 좋은 프레이는 택시를 타고 가고 있었다. 처음에는 대기에 구멍이 숭숭 뚫려 있는 듯한 느낌을 받지 못했다. 카페에 소설을 놔두고 온 이 페데리코 프레이는 이윽고 그런 느낌을 받아서 차를 세우게 하고 담벼락에 기댔다. 눈이 풀리고, '누구야?'라는 생각만 둥둥 떠다니는 하얀 바다에 천천히 포위되어가는 것 같았다.

택시를 타고 공항으로 가지도 않고 길에서 개처럼 헐떡거리고 있지도 않은 세번째 페데리코 프레이는 이미 자기 집이 아닌 집에 도착했다. 가운을 입은 한 남자가 문을 열어주었고, 그 사람의 부인이 부엌에서 바라보고 있었다. 문틈으로 중앙의 탁자, 수많은 인공 식물, TV, 6인용 식탁이 보였다. 이 페데리코 프레이는 남자를 밀어젖히고, 후다닥 계단을 뛰어올라 자기 서재 문을 벌컥 열고 몇 개의 침대와 네 개의 얼굴과 맞닥뜨렸다. 놀란 얼굴이었다. 비록 페데리코 프레이가 퍼뜩 멈춰 서서 떨리는 새하얀 두 손을 들어올렸고, 양탄자 위에서 놀던 아이들은 그 커다랗고 새하얀 손을 보면서 그 남자, 세번째 페데리코 프레이가 "제발, 겁먹지들 마라"라고 간절히 부탁하는 소리를 들었다지만 놀란 얼굴이었다. 기겁을 한 얼굴들은 아니었지만.

"제발" 하고 이 페데리코 프레이와 가장 가까운 데 있는 페데리코 프레이도 말했다. 이 페데리코 프레이는 아래층에서 그 집 부부 옆에서 이미 자기 거실이 아닌 거실의 전화로 열세 자리 숫자를 누르고, 반대편에서 더이상 딸 목소리가 아닌 날카로운 목소리가 들릴 때마다 그 말을 반복했다. "딸애가 맞아야만 해, 오 하느님, 딸애가 맞아야만 해." 그 페데리코 프레이가 다시 전화를 걸기 전에 중얼거렸다.

"제발, 나야, 네 아버지, 너의 아빠, 제발 겁내지 마, 애야."

상대방이 말했다.

"여기 파비올라 프레이라는 사람이 살지 않는다고, 살았던 적도 없다고 하잖아요."

심지어 경이롭게도 이틀씩이나 책에 대해서 모르던 그 복 많은 페데리코 프레이도 네 작품 다 컴퓨터에 뜨지 않는다고 되풀이해 말하는 서점 여직원 말을 관대하게 들었다. "그 소설들이 손님 작품이라고요?" 그녀는 프레이라는 성도 발견하지 못했다. "페데리코 프레이 씨라고 하셨나요?" 하지만 페데리코 프레이는 점점 더 어두워지는 하늘에서 별들이 꺼져가는 것을 진열창을 통해 보았기 때문에 이미 그녀의 말이 들리지 않았다.

또한 공원의 그 페데리코 프레이, 체크무늬 바지의 소년이 다시 나가지는 않았다는 확신이 별안간 들어서 울타리를 응시하면서 벤치에 머물러 있던 페데리코 프레이는 자신이 왜 그러는지도 모르면서 어리석게도 이십사 시간 이상을 그 아이를 기다렸다. 이 페데리코 프레이 역시 별들이 사라지는 것을 보고, 귀뚜라미 노랫소리가 슬금슬금 잦아드는 것을 듣고, 하늘이 함정에 빠지는 듯이 닫히는 것을 경이롭게 바라보았다. 그의 다리에는 『아이들』이 놓여 있었다. 시선을 내리깔았을 때, 페데리코 프레이는 책 뒷면의 자기 사진을 바라보았고, 이윽고 그의 윤곽이 책과 다리와 벤치와 함께 평화롭게 희미해졌다.

모든 페데리코 프레이가 칠흑 같은 어둠 속에 홀로 남아 키와 나이가 줄어들었다. 그들은 손목에서 발산하는 열기와 등 뒤에서 응고되고 있는 추위만이 자신들을 부여잡고 있는 상태에서

이를 느낄 수 있었다. 모든 페데리코 프레이가 자신의 불규칙한 호흡소리를 듣고, 눈을 덮고 있는 헝겊을 풀려고 머리카락으로 파고드는 손을 느끼고, 누군가가 흥얼거리는 "너는 눈을 뜨고, 나는 계속 내려온다. 너는 눈을 감고, 나는 계속 내려온다"라는 결코 혼동할 수 없는 친숙한 그 노래 가사를 분간할 수 있었다. 하지만 오직 한 사람, 아마도 손자의 창문 창살을 붙들고 있는 페데리코 프레이 오직 그 사람만이 눈가리개가 벗겨졌을 때, 눈을 계속 질끈 감은 채로 "너를 용서할 수 있도록" 하고 아이 목소리로 중얼거렸다.

고비 사막의 에든버러

Las antípodas y el siglo

이그나시오 파디야 Ignacio Padilla (멕시코, 1968~)
우석균 옮김

그들에게 에든버러는 이미 낯선 이름이 아니라 태초부터 그들에게 점지된 성스러운 도시를 부르는 은밀한 말이었다. 사람들은 사십 일 동안 밤낮으로 가순* 일대의 사막에 깊숙이 들어가 낙타들이 죽어갈 때까지, 아니 낙타들을 죽여버릴 때까지 채찍질하기도 했다. 사람들도 짐승들도 하나씩 하나씩 모래언덕에 지쳐 쓰러져 최후를 맞이하면서 간절한 기도를 중얼거렸다. 그러나 순례의 무리들이 영혼을 바치는 그 순간 무슨 언어를 선택했는지는 누구도 알 수 없었다. 돌과 소금으로 점철된 무한한 공간을 마냥 적시느라 말라비틀어진 그들의 눈이 갑자기 다시 촉

---

* 고비사막의 한 지역.

촉해지고, 스코틀랜드의 수도가 마치 영원한 호박(琥珀) 궁전처럼 순간적으로 눈동자에서 빛나기도 했다. 누군가가 그들의 망막에다 거리와 교량과 창문들이 있는 거대한 성채를 파놓아, 마치 다른 세기를 살았던 다른 눈들처럼 모래 무덤 아래에서 행복하게 감기는 그들의 눈을 바라보고 있다고 할 일이다. 단지 그때에야 생존자들은 죽은 이들을 질투하지 않고 놔둘 수 있었다. 만리장성 너머에서 자신들을 기다리고 있을 도시에서, 야크의 방광으로 손수 만든 백파이프와 작은 파이프 같은 퉁소에 맞춰 춤을 추면서 여행의 갈증을 해소할 그곳에서 장차 승자와 패자가 다시 만나게 되리라고 확신하면서.

여행자들은 수많은 사망자와 간절한 열망에 짓눌려, 두고 온 시절을 생각할 여력이 거의 없었다. 그들의 머릿속에는 베이징의 허술한 기와지붕, 논에서 느끼던 오금의 통증, 그들이 여행 준비를 하는 것을 눈여겨보고 다가와 행선지를 영어로 캐묻던 어느 경솔한 외국인에 대한 기억은 거의 남아 있지 않았다. 안내인 한 사람이 서쪽 산악을 가리키면서, 금발의 질문자가 잘못 들었나 싶을 정도로 완벽한 켈트어 강세로 비밀스런 도시 이름을 속삭이며 그 질문에 모호하게 대답한 적이 있었다는 사실도 이제는 별로 재미있는 기억으로 남아 있지 않았다. 그때 그 안내인은 기도 시간을 알리는 직책을 맡고 있는 이슬람인의 무표정한 얼굴로 에든-버러라고 되풀이 말하고는 황급히 그곳을 떴다. 마치 그 단어를 언급하는 게 옆구리에 박차를 가하는 일이라도 되는 것처럼.

사실 그토록 크나큰 광란의 대상인 그 도시가 정확히 어디쯤 있는지는 아무도 몰랐다. 이따금 대상(隊商)을 안내하는 사람들조차도 허공과 경계를 이루는 가느다란 선 너머로는 잘 가려 하지 않았다. 반석에 난 거룩한 상처*와도 같은 그 지점에 다다라야 비로소, 신기루인지도 모를 탑들의 희미한 광채가 어렴풋이 보였다. 그 지점을 통과한 이들은 영원히 사라졌다. 그리고 언젠가는 안내인들마저 여행자들한테 휩쓸려가버리는 바람에, 베이징에서는 사람들이 반석에 난 가느다란 상처 너머에 도달했는지, 아니면 태양과 갈증과 모래 폭풍이 마치 땅바닥을 줄지어 행진하는 벌레들을 쓸어버리듯이 그들을 중도에서 지워버렸는지 전혀 알 도리가 없었다. 그러면 사람들은 또다시 도시의 자취를 수소문해야 했고, 아편 환자의 막연한 이야기나 혹은 격정적인 밤을 보내며 욕구를 채운 어느 유목민이 창녀에게 필요 이상으로 흘린 부정확한 정보 속에서 대략의 위치를 추적해내야만 했다. 그러나 가끔은 비밀의 장막이나 그 비밀을 알고 있는 사람들

---

*「출애굽기」에서 모세가 물을 얻은 반석을 말한다.

의 질투 때문에 동이 틀 때 발설자의 머리가 저잣거리 효수대에 내걸릴 때도 있었다. 에든버러를 찾아 떠나갈 축복받은 날을 꿈꾸는 사람들의 묵인하에 본보기로 영원히 입을 다물게 만드는 것이다. 로마로 보내는 편지에서 고비사막 한가운데에서 이 세상 크기만 한 지도가 생성중이라고 밝힌 독일인 예수회 신부의 유령이 오늘날까지도 몽골의 이 마을 저 마을을 떠돌아다닌다는 말도 있었다. 실체가 있으면서도 불분명한 우주의 디오라마*인 그 지도의 중심은 스코틀랜드 수도의 복사판이 될 것이다. 그러나 사막 사람들은, 이는 신부 및 신부의 책과 헛소리가 너무 빨리 아련해져서 확인할 길 없는 말이라고 덧붙였다. 어쨌든 고비사막 사람들에게 그들의 도시는 복사판도, 환영도 아니었다. 백악기에 형성된 볼품없는 두 개의 강 덕분에 삶이 존재했을 뿐 아직 초지 언덕에 불과했던 오십여 년 전에 신의 사자가 사막에 세우라고 명한 단 하나뿐이고 실체적인 보금자리였던 것이다.

지금은 아스라하기만 한 시절에 그 신의 사자는 아직 도널드 캠벨이라고 불렸다. 그는 지리학회에서 최고로 저명한 회원으로

---

* 원래는 '투시화' 혹은 '투시도'라는 뜻이며, 여기서는 우주 전체가 담겨 있을 만큼 큰 지도라서 지도를 통해 우주의 형상을 짐작할 수 있다는 의미로 사용되었다.

중국에 너무 늦게 와서 영허즈번드*의 전설적인 탐험에 합류할 수 없었다. 캠벨은 마르코 폴로의 발자취를 재창조한 그 잉글랜드인을 일간 따라잡겠다는 희망을 품고 사막에서 홀로 길을 재촉했다. 그를 그렇게 만든 것이 사막이 자아내는 현기증인지 아니면 단지 의무감이었는지는 모를 일이다. 그러나 영허즈번드는 끝내 스코틀랜드인 추격자를 보지 못했다. 티베트 수비대가 캠벨을 반 익사 상태로 피 웅덩이에 담가놓았을 때, 캠벨은 백 마일도 채 가기 전이었을 것이다. 살갗과 머리가 태양 아래에서 익어가는 동안 그가 얼마나 오랫동안 또 어떤 방법으로 스코틀랜드의 바람을 그리워했는지는 아무도 모른다. 확실한 것은 어느 운 좋은 날 오후에 유목민인 키르기스 족이 마침내 그를 죽음에서 구해 쿨란**에 앉혀서 불운했던 여정의 출발점 혹은 목적지로 보내버렸다는 사실이다.

아마 바로 그때 그 스코틀랜드인 건축가가 망각이라는 축복을 상실하여, 마침내는 모든 시대와 우주가 그의 신들린 머릿속에서 융합되었을 것이다. 갑자기 모든 것이 캠벨이 바라던 현실들의 반죽이 되어버렸고, 그의 오락가락하는 머리는 자신이 사막에 있다는 사실을 기억할 수도 없었고, 기억하고 싶어하지도

---

* 고비사막을 탐험한 영국인 탐험가. 티베트도 정복했다.
** 당나귀의 일종.

않았다. 햇볕에 익어버린 그의 머릿속에서는 자신의 목숨을 구해준 이들은 키르기스인들이 아니었다. 어느 선발대 대대가 모래 틈에서 실신 상태의 몸을 발견하고, 부대 외과의가 상처를 치료하고, 함대 소속의 배 한 척이 소지품과 함께 사랑하는 에든버러로 자신을 되돌려 보내준 것으로 기억했다. 아마 처음에는 그의 도시와 주위의 사물과 론마켓 지구의 저택에서 자신을 맞이해준 얼굴들이 흐리멍덩하게 보였을지도 모른다. 마치 중국에서의 유쾌하지 않은 기억, 탑과 얼굴들과 언어가 그의 아픈 머리를 계속 혼란스럽게 만드는 그 기억에 아직도 감염되어 있는 것처럼. 어느 날 아침에는 병실로 사용하는 방이 가죽으로 도배해놓은 것처럼 느껴지고, 북해의 파도가 경의를 표하느라 모래 빛으로 반짝여서, 고비사막에서 죽어가던 때의 잔상이려니 했다. 그러나 캠벨은 오래지 않아 올드 칼리지의 교수직에 복귀했다. 이따금 눈이 찢어진 학생 얼굴에 놀라기는 했지만, 만사가 마침내 제자리로 돌아왔다고 확신하게 되었다. 사막은 그의 머릿속에서는 그저, 탐스런 미라가 될 뻔한 그 농담 같은 기억을 가끔씩 떠올리는 정도로 남았을 뿐이라고 캠벨은 확신했을 것이다.

그 사이 키르기스인들은 사막이 인계해준 예언자의 신들린 목소리를 참을성 있게 해독하는 데 헌신했다. 세상 구경을 해본 적이 있는 사람들과 만리장성 너머에 거주하는 사람들의 도움으로 예언자의 말씀을 하나하나 필사하여 나무판에 정성스럽게 옮기고, 정착민으로 자리 잡을 때까지도 그 말씀을 간직했다. 결코 잠에서 깨어나지 않는 수행승처럼 미소만 짓고 있어 여전히 범접하기 힘든 캠벨에게 그들은 그제야 용기를 내어 물었다. 이리하여 몇 달 만에 그들은 초월적인 세계의 자비로운 신이 그의 계획을 알려주려고 자신들을 선택했다는 확신을 가지고 캠벨의 영을 따르기도 하고 그와 동일한 소망을 품기도 했다. 후에 하늘의 사자가 회복의 기미를 보였을 때 그들은 커다란 삼나무 판을 구해 와 불에 검게 그을린 뿔 조각과 함께 캠벨에게 바쳤다. 캠벨이 며칠 전부터 천막 속에서, 오묘한 깨달음을 설파하는 고승처럼 허공에 열정적으로 그리기 시작한 도형과 치수를 적을 수 있도록. 이렇게 하여 키르기스인들은 인내심과 신앙심으로 에든버러 성이 땅에서 몇 피트나 솟아 있으며, 하이 스트리트와 위벌리 역을 잇는 다리의 길이가 정확히 얼마나 되고, 캐넌게이트 공동묘지의 둘레나 세인트 자일스 대성당의 두 첨탑 사이의 정확한 거리를 어떻게 하면 실수 없이 잴 수 있는가를 조금씩 알게 되었다.

  허공에 그려진 그 선들은 오래지 않아 고비사막의 바위 틈에서 형체를 갖추기 시작했다. 신의 목소리가 사막 끝에 자리하고 있다는 소문은 새로운 종교, 희망을 주는 신앙을 위한 거대한 성소 건립에 스스로를 고스란히 바칠 용의가 있는 수많은 남녀를 매혹시켰다. 새로운 종교의 성전기사단 의식은 에든버러의 새 주민들이 수십 년 동안 묵묵히 건축해놓은 건물의 기울기, 방위선, 포물선 등의 무수한 공간적인 작업에서 읽을 수 있었다. 만족을 모르는 그들의 사랑스러운 손은 쉬지 않고 모래를 파헤치고 바위를 다듬었다. 그들은 마치 대지가 수세기 동안 품 안에 잉태하고 있던 보금자리를 마침내 출산하는 것을 돕는 듯했다. 예언자의 자연적인 노화 이외에는 서둘 일이 전혀 없었다. 그들은 이미 상당 기간 그 순간을 기다려왔고, 그래서 그들의 삶은 풍경을 관조하는 데 오랜 세월을 보낸 종족에게서만 찾아볼 수 있는 위대한 활력을 뿜어냈다. 그들은 지금 건설중인 도시에서 어떻게 살고 죽어야 할지 장차 쉽게 배우리라고 확신하고들 있었다. 그들의 캐넌게이트에서는 세 여인을 터무니없는 종교재판의 희생양으로 만들기 위해 그들에게 세례를 준 뒤 화형에 처해버리고, 길쭉한 도자기 그릇에 루트 비어*를 마실 것이었다. 요정과 난쟁이 정령을 믿는 그들의 자손들은 스코틀랜드인들보다 더 잉글랜드인들을 증오하게 될 것이었다. 비록 잉글랜드인처럼

---

* 사르사파릴라 혹은 사사프라스 뿌리로 만든 맥주로 알코올 성분이 거의 없다. 스코틀랜드의 별칭이기도 하다.

옷을 입기 시작하고 칼레도니아* 강세로 영어를 말하게 되겠지만. 또한 올드 칼리지 학생들이 부추기는 꿈을 꾸곤 하던 캠벨이 오후마다 왼손을 허공에 뻗은 채 그들에게 읽어주던 시구를 좋아하게 되겠지만. 캠벨이 한 단어 한 단어 읊조리던 우주의 기원은 캠벨을 기리며 그들의 돌과 기억에 새겨질 것이었다.

캠벨은 사십 년간 올드 칼리지의 건축학 강의실에서 그의 지식을 쏟아부었다. 자신의 말이 허공으로 사라지지 않고 그의 앞을 지나간 수천 개 얼굴의 갈증을 씻어주리라는 것을 직감한 이의 열정으로 에든버러에 바쳤던 지복의 세월이었다. 그는 점점 자신의 삶에서 일요일을 배제했고 하루라도 제자를 돌보지 않는 날이 없었다. 그들을 정말 사랑했고, 또 자신의 사고(思考)가 대지를 딛고 있으려면 그들과의 대화가 절실하다는 것을 발견했기 때문이다. 불행하게 끝난 젊은 날의 중국 사막 횡단에서 비롯된 망령과 악몽으로 비현실적이 된 캠벨의 사고는 끈질기게 스스로를 배신하려고 했던 것이다.

마침내 어느 날, 정신적으로만 자신의 요람을 주유하느라 소진되어버린 캠벨의 육신이 그날 아침이 인생의 마지막 날이 되

---

* 영국의 옛 지명으로 지금의 스코틀랜드와 거의 일치함.

리라는 사실을 알렸을 때, 그는 올드 칼리지 강의실로 가서 제자들에게 바다와 작별을 하고 싶다고 말했다. 그러자 수백 개의 손이 캠벨을 칼튼힐로 공손하게 모시고 갔다. 그곳에서 건축학 교수는 북해의 파도를 마주하고 자신의 행운에 눈물을 흘릴 수 있었다. 그러는 사이 사랑하는 제자들은 멀리서 한 줄기 회오리 모래 바람이 일어나는 것을 보았다. 폭풍의 전조일지도 모를 그 회오리바람은 곧 그 세기를 휩쓸고 가서 거대하고 말 없는 모래언덕 아래 파묻어버릴 것이었다.

마지막 기호

El último signo

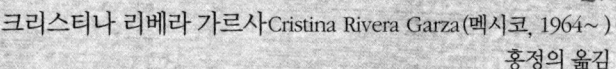

크리스티나 리베라 가르사 Cristina Rivera Garza(멕시코, 1964~)
홍정의 옮김

거사를 실행에 옮길 사람이라면
그 일을 이미 온전히 해냈다고 생각해야 한다.
마치 지나버린 과거인 양
되돌릴 수 없는 미래를 향해 나아가야 한다.
—호르헤 루이스 보르헤스,
「끝없이 두 갈래로 갈라지는 길들이 있는 정원」

느닷없이 회오리바람이 불어왔다. 그들은 천천히 길을 건너고 있었다. 갑자기 나뭇잎과 신문지 조각, 플라스틱 빈 병들이 나선형을 그리며 소용돌이쳐 올랐다. 그는 먼지 때문에 눈을 감을 수밖에 없었다. 순간적으로 포플러의 가녀린 가지를 꼭 붙잡았다. 나무를 꼭 껴안았다. 시간이 지나, 길 건너에서 그 광경을 보고 있던 한 사람은 나무를 껴안은 남자의 모습이 퍽 아름답게 보였다고 했을 것이다. 한 손에 서류가방을 들고 하늘색 얇은 넥타이를 맨 그 남자가 곤두선 머리카락과 함께 하늘로 날아가버릴 것 같았다고. 당시 상황 자체가 왠지 모를 고독감을 풍겼다고. 그 자리에 남고자 하는 의지, 난파된 배의 잔재처럼.

마지막 기호

시인처럼 멋지게 말을 이어가던 행인은 그 여자에 대해서는 한마디도 하지 않을 것이다.

눈을 뜨자마자, 나무의 남자는 그녀에게 향했다. 다시 만난 그녀에게 미소를 띠며 어린 시절에 들은 이야기를 해주고 싶었다. 이런 종류의 회오리바람, 작지만 갑작스럽고 격렬하게 발달하는 회오리바람은 악마가 근처에 있다는 사실을 알려주는 것이라고. 이 말을 들은 그녀가 두 입술을 벌려 축축한 몸속에서부터 숨을 내쉬면서 시원하게 웃어버릴 것이라고 생각했다. 왠지 듣기만 해도 즐거워지는 웃음소리로 자신을 맞을 것이라고. 웃음을 멈추지 못한 채, 고개를 가로저으며 자신의 손을 잡고 다시 가던 길을 가게 될 것이라고 상상했다. 둘이 함께 걷는 것을 생각했다. 그러나 그녀는 어디에도 보이지 않았다.

아주 멀리에서 온 그녀는 이런 날씨에 익숙하지 않기 때문에 회오리바람에 놀라 집 안으로 몸을 숨겼으리라 생각했다. 거친 바람 때문에 길을 잃어 가까이에 있는 아무 집 현관에 몸을 피했을 거라고 생각했다. 아니면 근처 상점에서 음반을 뒤적이며 눈을 반쯤 감고 있는 그녀를 발견하게 될 거라고 생각했다. 한순간이었지만 회오리바람이 그녀의 허리를 낚아채 악마의 집으로 데려가버렸을지 모른다는 생각도 들었다. 그는 다시 미소 지었다. 걱정을 떨치고 집으로 향했다.

그가 첫번째로 전화를 걸었을 때, 그녀의 목소리를 들을 수는 없었지만 그래도 그녀가 거기 있다는 느낌이 들었다. 수도관을 따라 흘러나오는 물줄기 아래 그녀의 두 손이 접시 하나, 찻잔 하나, 숟가락 하나를 씻고 있으리라. 그녀의 절제된 몸짓 하나하나가 좋았다. 그녀만의 방식, 부서질세라 조심스럽게 사물들 사이를 오가는 것이 좋았다. 차분한 목소리. 칭찬에 시선을 내리까는 모습. 매혹 혹은 수줍음. 마룻바닥 위의 잰걸음. 두번째로 다이얼을 돌렸을 때, 회오리바람이 지나간 거리에서 머릿속으로 그려보았던 그녀의 몸, 악마의 팔에 감긴 가녀린 그녀의 허리를 상상했다. 밤하늘을 올려다보았다. 저 높은 곳에 가느다란 연기처럼 엮인 두 허리가 있었다. 저 멀리 사라져가는 연기처럼. 녹차를 마셨다. 그녀가 작은 주석 깡통에 녹차 잎을 담아 가져다주었다. 나중에 녹차를 우려내고 올바르게 음미하는 방법을 가르쳐주었다. 그녀의 이름을 소리 내어 불러보았다. 시안. 그리고 수화기를 다시 들었다. 그녀가 걱정되기 시작했을 때 시간은 벌써 자정을 넘기고 있었다.

사건을 맡은 **여형사**에게 회오리바람이 일었던 그날 여자의 행동에 특별히 이상한 점은 없었다고 강조했다. 두 사람은 늘 즐겨 찾던 레스토랑에서 만났다. 작고 소박한 곳이었다. 따로 주문을 하지 않아도 다양한 메뉴의 맛있는 음식들을 내오는 곳이라 두 사람은 곧 단골이 되었다. 한 입, 한 입 음식을 먹으며 늘 그랬듯이 일상적인 대화가 오갔다. 날씨, 교통체증, 음식에 들어간 후추와 향료와 마늘의 뒷맛에 대해. 언제나처럼 커피를 마시고 집까지 걸어가기로 했다. 그는 서류가방을, 그녀는 핸드백을 집어들었다. 큰길을 건넜다. 그곳에서, 포플러가 있는 길가에서 회오리바람이 일었다. 갑자기, 느닷없이. 그는 눈을 감았고 순간적으로 피할 데를 찾았다. 몇 초 후, 나무줄기를 붙잡았다는 사실을 깨달았다. 그녀도 그렇게 똑같이 했을 것이라고 생각했다.

"그날 당신의 여자친구와 관련된 사람이 후난 성에서 죽었다는 사실을 알고 있습니까?"

여형사가 커피잔 뒤로 눈을 숨기며 그에게 물었을 것이다.

"양 후아니*라는 사람 말입니까?"

---

* 실제로 지난 2004년 9월 20일, 누슈를 사용할 줄 아는 마지막 여성이었던 양 후아니가 98세를 일기로 사망했다고 〈차이나 데일리〉 지가 전한 바 있다. 누슈는 세계에서 유일한 여성들만의 언어로 중국 여성들 사이에서 사용되었다.

그는 믿을 수 없다는 듯 되물었을 것이다.

"그래요."

이렇게 말하며 아주 얇은 누런 종이를 내밀었을 것이다. 그는 이 역시 믿을 수 없었다. 전보였다.

"이제 이런 건 안 쓰는 줄 알았는데……"

종이를 손에 들고 중얼거렸을 것이다.

"전보라니, 그러니까 제 말은 이런 종류의 통신기기를 말예요."

그는 부끄러움에 굳어졌을 것이다. 믿을 수 없었던 것이다. 시안의 실종 사건에 매달려 있으면서도 이렇게 사소하고 동떨어진 일까지 신경을 쓸 수 있는 자신이 믿기지 않았으리라.

여형사는 시선을 아래로 내리깔았을 것이다. 나무의 남자도 똑같이 시선을 아래로 향할 수밖에 없었을 것이다. 그는 수줍은 듯하면서도 동시에 눈에 띄는 이 몸짓을 동경했다. 어딘지 시안을 떠올리게 하는 몸짓이었다. 도저히 눈치 채지 않을 수 없는 몸짓이었다. 더구나 자기 일을 가진 여성의 경우라면. 그런 태도는 단지 아주 먼 곳, 사라져가는 세계의 한쪽에서나 존재할 법한 고전적인 몸짓이었다. 시안은 바로 그런 존재였다. 그는 아득한 세계가 사라져가고 있다는 사실을 깨달았을 것이다. 멸종 위기에 처한 종. 그리고 지금 시안은 정말로 사라져버렸다. 이제 시안은 아무도 그녀에게 제안하지 않았던 약속을 지킨 셈이 되었다.

"무엇이든 생각나는 게 있다면 큰 도움이 될 겁니다."
 여형사가 일어나기 전에 명함을 내밀며 말했을 것이다. 그녀는 악수를 건네며 인사를 하고 빠른 걸음으로 길을 건너갔을 것이다.

 오후의 끈적거리는 불빛 아래 뒤섞인 행인들 사이로 시안을 찾으며 그가 기억한 것이라고는 귓속을 맴도는 회오리바람 소리뿐이었다. 아련한 떨림. 날카로운 소리. 작고 미세한 물체들이 부딪치는 소리. 거리에 나뒹굴던 잡동사니들의 춤사위. 그 훨씬 전에, 이미 두려움이 몸 구석구석에, 심장 박동 소리에, 부딪치는 치아 사이에 자리를 잡은 그 순간. 먼지와 침이 뒤섞였다. 서걱거리는 흙먼지. 고문과도 같았다. 아주 오래전에 다른 장소에 있던 자신을 기억했을지도 모른다. 모래 바람이 불었던 때를 기억해냈을 것이다. 어두운 빛의 언저리에 머물곤 했던 때를 기억해냈을 것이다. 바람에 휩쓸리는, 바람이 자신을 들어올리는 상상을 피하기 위해서. 마른 나뭇가지들과 삼륜차, 온갖 쓰레기들이 나뒹구는 큰 거리들을 기억하였을 것이다. 그의 몸짓에서 두려움이 그대로 드러났을 것이다. 회오리바람의 어렴풋한 징조가 나타나기 전에 무언가를 꼭 붙잡았다. 고독의 징조가 나타나기 전에. 이 모든 일이 있기 전에.

"시안."
아무도 없는데 그가 큰 소리로 말한다.
"시안은 알 수 없는 여자야."
그리고 천천히 집으로 발길을 돌렸을 것이다.

며칠 후, 시안의 이웃집에 사는 남자는 이미 늦었지만, 열쇠구멍으로 문 앞에 서 있던 남자를 보았다고 진술했을 것이다. 물론, 자주 보았던 사람이었다. 문 앞의 남자는 재킷 주머니에서 열쇠 한 쌍을 꺼내 그중 하나를 자물쇠에 넣었다. 그리고 안으로 들어가기 위해 필요한 절차를 밟아갔다. 이웃집 남자는 그 사람이 말이 없고 조용하고 피곤해 보였다고 진술했을 것이다. 그러고는 아무 소리도 들리지 않았으니 그 남자는 편안하고 아름다운 금빛으로 수놓인 빨간 거실 의자에 쓰러지듯이 앉는 것 이외에 다른 일은 하지 않았을 거라고 말했을 것이다. 잠이 들었을 가능성도 있긴 하지만 아마도 천장을 바라보면서 휴식을 취하지 않았겠느냐고 진술했을 것이다. 이웃집 남자는 낮은 목소리로 반복해서 말했을 것이다. 쓰러지듯이 앉았겠죠. 그 남자가 그렇게 했을 것이라고 생각했다. 물론 이웃집 남자는 그 모든 것이 수상해 보였다.

　언제, 어떻게, 무엇 때문에 그런 결정을 했는지 모르지만 집으로 가는 대신 시안의 집으로 향하고 있었을 것이다. 바람 때문인지, 어쩌면 갑작스러운 그리움 때문인지. 몇 개의 열쇠를 맞추어 보고 나자 문이 열렸다. 얼마 동안이나 그곳에 머물렀는지 알 수 없었다. 집에서 나서자 이미 한밤중이었다. 깜깜한 한밤중이었다. 셔츠 오른쪽 주머니에 손수건이 있었다. 찾으려고만 했다면 쉽게 찾아냈을 것이다. 그렇지만 어느 누구도 손수건이 셔츠 주머니에 있을 거라고 생각지 못했다. 그의 몸에서 그토록 가까운 곳에. 그의 가슴에.*

　회오리바람을 두려워했던 남자는 누슈가 비밀의 언어라는 것을 알았을 것이다. 아니 언어였다는 것을, 이미 과거 속에 묻힌 언어라는 것을 말이다. 그는 후난 성의 여자들이 3세기에 누슈를 만들었다는 것을 알았을 것이다. 그때부터 누슈는 세대를 거쳐 여성들 사이에서 공공연한 비밀처럼 전해왔다. 여성들 사이의 비밀스러운 언어, 누슈에 관한 모든 것을 시안으로부터 들었을

---

* 손수건은 사라져버린 언어인 누슈에 대한 유비(類比)이다.

것이다. 그것은 여성들에게 강요된 남성적 소통 방식 안에서 찾아낸 하나의 돌파구, 또다른 표현 방식이었다. 종이에 쓰기도 하고 부채에 그려넣기도 했다. 손수건에 수를 놓기도 했다. 친구들과 가족들이 인생의 충고를 담아 갓 결혼한 새댁에게 보내던 '삼조서(三朝書)'*는 누슈로 채워졌다. 가족과 친구들을 떠나 남의 집 사람이 된 새댁에게 말이다. 그는 누슈가 가녀리고 섬세한 모양을 한 언어라는 것을 알았을 것이다. 그 모양에 매료되었다. 물론, 후난 성과 시안의 진시황 병마용 사이의 거리가 삶과 죽음의 심연만큼이나 멀다는 것을 알고 있었기에 그녀가 하는 말을 전혀 믿지 않았을 것이다. 그래서 아마도 그녀가 하는 이야기를 가만히 듣고만 있었을 것이다.

시간이 지났지만 사건 당시 목격자는 **나무를 끌어안았던 남자** 옆에 여자는 없었다고 거듭 진술했을 것이다. 다시 한번 강조해서 말했다. 여자라고는 없었어요. 확실해요.

---

* 중국 여성들은 자신의 딸이나 의자매가 결혼을 하면 혼례 후 삼 일째 되는 날 누슈로 지은 시 등을 건네주었는데 이를 '삼조서'라 한다. 결혼한 여성의 앞날에 축복을 빌어주고 마을에 남은 다른 여성이 헤어짐을 안타까워하는 내용이 주를 이룬다.

며칠 후, 사건에 도움이 될 만한 것을 기억해냈다는 이웃집 남자로부터 전화가 걸려왔을 것이다. 핵심은 이상한 속삭임이 들렸다는 것이었다. 당시에 바로 알아채지도 못했을뿐더러 그곳에 그들이 있는 동안에도 몰랐다고 했다. 무언가 소리가 들리고 있었다는 사실을 깨닫게 된 것도 그 소리가 멈췄을 때였다. 그 소리가 사라진 후에야 소리가 나고 있었다는 사실을 알아차렸던 것이다. 이제야 기억이 났다고 말했을 것이다. 정확히 그 이상한 소리는 오후쯤에 시작되었고, 밤으로 접어들 때까지 계속 이어지는 것이 전혀 이상하지도 않았다. 가끔 이상한 소리에 새벽잠을 깨기도 했다. 곧 말을 바꾸어, 잘 들리지도 않는 그 소리에 잠이 깼다기보다 이불 밑에서 아내가 다리를 갑자기 움직이는 바람에, 그게 아니면 악몽을 꾸는 바람에 몸을 떨며 일어났다고 했을 것이다. 그리고 잠이 깬 후에 그 소리가 계속 들려왔지만 잠에서 깬 지 몇 분이 지나서야, 밤이 제 리듬을 되찾았을 때, 눈을 뜨고 천장을 쳐다보다가 그때에야 소리가 나고 있다는 사실을 깨달을 수 있었다고. 두 사람의 속삭임. 두 목소리. 형언할 수 없는 단 하나의 부드러움으로부터 갈라져나온 두 육체, 두 목소리 같았다고. 자장가나 기도문을 읊조리는 듯했다고. 그 소리에 다시 잠이 들었다고 했다. 두 목소리가 속삭이는 소리가 아무렇지도 않게 잠 속에 빠져들게 만들었다고.

아주 먼 곳에서 있었던 일이라면 좋겠다. 하얀 뭉게구름과 잿빛 뭉게구름으로 뒤덮인 작은 마을에서. 습기가 가득한 어느 날. 일기의 첫 마디는 이렇게 시작했다. 몇 시간 후 '회오리바람에 사라져버린 여인 사건'이라고 이름 붙여진 이 사건의 증거물로 가져온 일기장이었다. 네가 중국 여자였으면 하고 바랐다.

그는 항상 중국 여자들을 좋아했다. 금방이라도 부서져버릴 듯한 가냘픈 손목과 발목, 생머리, 연한 갈색 눈동자, 섬세한 골격. 그녀를 안을 때면 그 가녀린 몸을 관통할 수 있을 것만 같았다. 그녀의 몸을 뚫고 지나가는 것은 시간문제라고 상상하곤 했다. 코르크판에 실로 고정된 한 마리 나비, 실험실의 먼지 하나 없는 탁자를 갉아먹는 한 마리 벌레, 차례로 이어진 비즈 구슬, 화려한 색감들이 선보이는 격정. 회오리바람을 두려워했던 남자는 이런 이야기를 여형사에게 하지 않았다. 그러나 이 정도 정보라면 여형사도 며칠 후 알게 될 것이었다. 사건 증거물을 개인적으로 소장해서는 안 되지만 자신의 책상 서랍에 다홍색 새틴 커버의 일기장을 보관해두었던 것이다. 일기를 읽으면서 남자의 취향을 추론했을 것이다. 두 사람 사이에 오간 글만큼이나 그 자체로도 아름다운 노트였다. 일기장을 쓰고 있는 두 사람 중 하나는 이 이야기가 어딘가 아득히 먼 곳, 습기가 가득한 어디에선가에서 일어나기를 원했다. 두 사람이 함께하는 일상의 사건들은 하나의 차원이기보다 그 너머에 존재하는 것이었다. 처음으로 일기장을 펼쳤을 때, 여형사는 완전히 빠져들 수밖에 없었다. 읽을수록 호기심이 더 커졌다. 책을 읽는다기보다 한 장 한 장 소화시켜나가는 것에 가까웠다. 한 쌍의 연인의 욕망이 얽히고설켜 있는 그 일기가 또다른, 새로운 욕망의 원천이 되었다. 하나의 욕망하는 기계. 욕망은 시간이 갈수록 더욱 확연해졌다. 뒤섞이는 욕망. 욕망은 매 순간 더 분명하게, 날카롭게 모습을 드러냈다. 마음이 아려오는 욕망은 앵둣빛의 촘촘한 번짐 사이로 섬세한 와인 향기를 떠올리게 하는 잉크 향이 밴 종이 속으로 깊이 파고들었다. 하루 종일, 어떤 때는 밤을 지새워가며 일기를 읽어나갔다. 일기장에 완전히 사로잡힌 여형사가 어질러진 책상에 그대로 앉아 책을 읽고 있는 모습은 정말이지 무언가를 먹고 있는 사람처럼 보였을 것이다. 사실 마땅히 다른 음식을 먹는 것도 아니었으니, 식사를 하는 것이나 마찬가지였으리라.

며칠 후, 사람들이 이 사건에 대해 이러쿵저러쿵 말이 많아질 때쯤 되었을 때 석간신문에 〈회오리바람의 미스터리, 사라진 중국 여인〉이라는 기사가 실렸을 것이다.

너의 등에 새긴다. 너의 등에 표지를 남긴다. 너의 등에 너의 살결에 길을 만든다. 너의 등을 깨문다. 너의 등을 타고 오른다. 너의 등에 촘촘히 새기는 작은 상처들. 너의 등을 타고 떨어지는 붉은 피 한 방울. 너의 등을 핥는다. 너의 등에 새긴다. 너의 등에 남는다.

나의 등에 새겨진 기호, 열린 작은 상처. 그 기호는 너의 등이기도 한 나의 등에 남은 상처다. 등에 새기고 등에 난 상처를 빤다. 그 자리에 남은 흔적. 한 두둑을 지나 한 고랑. 한 이랑. 등. 칼. 덴 자국.

몇 주가 지나, 시안의 방을 청소했던 독특한 억양을 가진 여자가 시안이 부엌 뒤에 있는 빨래터에서 피 묻은 침대보를 빨았다고 말했을 것이다. 워낙 시간도 오래 걸리고 고단한 일인데도 시안은 늘 손빨래를 고집했다고 전했다. 그때마다 라벤더 향이 나는 비누를 사용했고. 옥상에 침대보를 널고 나서 그 향기를 맡아보길 즐겼고, 침대보 그림자들이 하얀 유령들 사이로 춤추듯 너울거렸다고 회상했을 것이다. 그때까지만 해도 대체 무슨 일이 있었는지 궁금하지 않았다고 했을 것이다. 시큼한 냄새를 풍기는 그 얼룩은 무엇을 말하는 것이었을까. 답을 찾을 수 없었다. 소리 내어 물어본 적도 없었다.

너의 허벅지를 만진다. 너의 허벅지를 적신다. 너의 허벅지를 문지른다. 죽은 자의 살가죽에 새기듯이 너의 허벅지에 새긴다.

달구어진 쇠의 열기. 그 힘. 문신. 비명. 갑작스러운 들숨. 미세하게 떨리는 날숨.

너의 허벅지를 만진다. 너의 허벅지를 적신다. 너의 허벅지를 문지른다. 죽은 자의 살가죽에 새기듯이 너의 허벅지에 새긴다. 너의 살결을 되살린다.

허벅지. 추방.

두 사람이 쓴 글이었다. 여형사는 나중에 문 앞에 서서 자신을 유심히 쳐다보던 젊은 경관에게 이 사실을 설명했을 것이다. 꼬고 있는 두 다리. 검은 구두. 폭이 좁은 바지 깃이 젊은 경관의 허벅지를 드러냈다. 두 사람이 썼다는 것은 분명했지만 어느 것이 남자 것이고 어느 것이 여자 것인지는 알 수 없었다. 누가 누구에게 무엇을 했는지, 누가 그렇게 하도록 놔두었는지, 누가 원했는지, 누가 더 많이 원했는지 도저히 알아낼 수 없었다.

"말씀해주시죠." 문 앞에 꼼짝 않고 서 있던 젊은 경관이 되물었다. 경관의 모습은 로마의 조각상을 연상시켰다.

"누가 한 말일까?"

여형사는 모든 질문에 눈을 반쯤 감은 채 더듬거리며 답했을 것이다.

"그걸 알아내야 하는데."

다시 한번 말했을 것이다. 그러고선 경관에게 말한다기보다 혼잣말처럼 덧붙였을 것이다.

"문장의 주어가 누구인지 도무지 알 수가 없어."

"아, 그거요."

그가 중얼거렸을 것이다.

"문장."

세월이 지나, 중국 여인을 잃었다고 주장하던 남자는 왜 그때 문신을 했는지 스스로 반문하게 되었을 것이다. 석양에 물든 창문 너머로 비가 내리는 모습을 바라볼 때면 끈질기게 반문했을 것이다. 처음부터 종잡을 수 없는 열정이라고 생각하긴 했지만 남자는 하필이면 여형사와 젊은 경관이 실종 사건을 수사하던 그때에야, 왼쪽 귓불 뒤에 이해할 수 없는 표지를 새겨넣었던 이유를 스스로 되물었을 것이다.

남자의 귓불 뒤에 새겨진 네잎 클로버를 보자마자, 여형사는 미간을 찌푸리며 생각에 빠졌을 것이다. 사실 그녀는 자기 앞에 앉아 있는 남자에 대해서 알고 있는 것이 하나도 없었다. 줄무늬 셔츠를 입은 남자는 평범해 보였다. 하지만 겉모습이라는 것이 한 사람을 알아가기 위한 첫걸음이긴 해도 그 사람의 모든 것이라고는 할 수 없었다. 서로를 알기 위해서는 아직도 어둡고 긴 터널이 남아 있었다.

"그건 뭐죠?"

도저히 물어보지 않을 수 없었다. 왼쪽 목덜미를 가리키며 애써 대수롭지 않은 듯이 물었다.

남자는 목 뒤에 손을 가져가며 미소를 짓는가 싶더니 이내 침묵을 지켰을 것이다. 남자는 갑자기 굳어진 채 여형사를 쳐다보았을 것이다. 예상치 않은 행동에 담긴 의미를 추측하는 것에 익숙한 여형사는 실은 그 남자가 어떻게 대답해야 할지 모르고 있음을 알아차렸다. 분명히 여형사 앞에 앉아 있는 남자는 대답이 없는 남자였다.

문신으로 새겨넣을 문양을 결정할 때, 남자는 남쪽 바다를 생각했을 것이다. 그 순간 무한이라는 단어가 들려왔을 것이다. 메아리. 둘. 살갗에 새기는 표지라는 뜻의 타타우*라는 단어를 들어본 적이 있었을 것이다. 폴리네시아를 떠올렸으리라. 마오리족을 생각했으리라. 마오리 족들은 얼굴에 새긴 문신으로 신분의 차이를 구별했다. 머릿속 한구석에 XVIII이라고 써넣었다. 18세기를 의미하는 것이었다. 제임스 쿡을 태운 배를 상상했으리라. 남쪽 바다라는 단순한 생각이 그에게 불러일으킨 욕망만큼이나 무한히 그곳에 가기를 원했을 것이다. 배에 몸을 맡겨 그곳에 이르는 꿈.

내게 너를 새긴다. 내 안에 너를 새긴다. 너와 함께 나를 새긴다.
상처를 낸다. 벌어진 상처. 살결에 스며든다. 잉크가 배어난다.
잉크로 너를 새긴다. 너를 적신다. 너를 깨문다. 너를 삼킨다.
잉크로 너를 다시 세운다. 너를 뒤덮는다.

중국 여인을 잃었다고 주장하던 남자는 일 년 후, 회오리바람이 일자, 그 모든 일이 실제로 일어났던 건지 되물었다. 멀리서 차

---

* 1769년 제임스 쿡 선장은 일기에서 타히티 사람들은 남녀 모두 문신을 하고 있다고 적고 있다. 또한 문신을 뜻하는 tattoo라는 단어가 타히티의 tatau(때리다)라는 말에서 유래되었다는 설도 있다.

창 너머로 회오리바람을 바라보았다. 그 어떤 위협도 느낄 수 없는 안전한 거리에서. 남자는 말했다. 악마. 그리고 액셀을 밟았다. 백미러에 비치는 먼지 구름을 외면했다.

 회오리바람에 사라져버린 여인 사건에 대한 사람들의 관심이 잦아들었을 때, 여형사는 새틴 침대 위에 몸을 누인 두 사람을 상상했을 것이다. 새틴 침구의 가장자리에 보일 듯 말 듯한 종아리. 서로 문장을 받아 적고 있는 두 사람. 어느 날 아침. 여형사는 그 모습에 너무나도 집중한 나머지 차문을 열고 시동을 걸어 길에 나서면서도 그들의 몸에서 나는 향을 맡을 수 있었다. 정액과 잉크, 땀과 와인이 뒤섞인 희미한 냄새. 신호등에 빨간 불이 들어오고 여형사는 브레이크를 밟았다. 그때 여형사는 자신의 욕망을 깨달았다. 삿되고 부질없는 그녀의 바람. 그녀 스스로 자초한 형벌. 그 순간 그것을 인정해야만 했다. 여형사는 그 두 사람을 원했다. 두 사람 중 하나가 되고 싶었다. 그들이 누운 침대에, 그곳에 있고 싶었다. 그 일의 일부가 되고 싶었다. 그렇게 격렬하게, 조심스럽게 또 장난기 어린 유희처럼 자신의 몸에도 문신을 새기고 싶었다. 그래서 일기장을 손에서 놓을 수 없었다. 네가 중국 여인이라면 좋으련만. 내 입 안에 너를 품고 싶다. 매끄러운 벌거숭이. 칼 한 자루. 부딪침의 뜨거운 희열과 상처를 여는 은근한 고통을 원한다. 날카로운 핀. 손톱. 뾰족한 핀. 그 글자들을 내 몸에 새기고 싶다.

여형사는 아침에 갑작스럽게 찾아온 뜻밖의 상상이 활짝 핀 꽃에 다가선 벌새의 모습을 본 것에서 비롯되었다고 생각했을 것이다. 그날 아침, 벌새의 날갯짓이 그녀를 조바심나게 했다. 쉼 없는 날갯짓. 새틴 침대 위에 남자와 여자. 절망적인 몸짓. 서로에게 상처를, 글자를 새기는 남자와 여자. 피할 수 없는 날갯짓. 서로의 슬픔, 욕망, 희망을 받아 적는 남자와 여자. 날갯짓. 그것 말고는 설명할 방법이 없다. 그날, 젊은 경관에게 일기장의 매 페이지가 보여주는 매혹에 대해 이야기했다. 알 수 없는 무엇. 문장의 주어는 암흑 속에 묻혀 있었다. 단지 일기장, 그 안에 담긴 글이 두 사람의 완벽한 가면놀이인 동시에 가장 내밀한 자기 현시라고 표현할밖에 도리가 없었다. 그들의 속삭임을 표현할 방법은 그것 하나였다. 그들이 함께한 노을 녘, 그들이 함께한 밤. 벽에 기대어 귀 기울이는 불면증에 걸린 이웃.

너는 곧 나, 나는 곧 너.

너 그리고 나에게서 받는 영감. 내 안에 그리고 네 안에. 그곳에. 만일 네가 중국 여인이라면.

습기를 머금은 곳. 너 그리고 나. 너의 것.

"그렇지만 이건 클로버가 아닌데요!"

여형사는 그 불길한 나날들 중 어느 하루의 시작, 아니 끝이었던 새벽에 놀라서 중얼거렸을 것이다. 그때까지도 사건을 해결할 수 있으리라 믿었다. 그때까지도 회오리바람에 사라져버린 여인 사건을 해결할 무슨 방도가 있으리라 생각했다. 긴 손가락, 단정하게 손질한 손톱. 남자의 살갗에 새겨진 문신 위에, 일종의 전율. 긴 기대.

"정확히 말하자면…… 클로버가 아니에요."

남자는 졸린 듯이, 그렇지만 강단지게 답했을 것이다.

그러고는 그녀를 다시 쳐다보았다. 벌어진 입. 다듬지 않은 머리카락. 잔인한 기대. 그제야 여형사가 야자나무처럼 휘어진 만돌린의 팽팽한 줄처럼 섬세하고 위태로운 사람이라는 사실을 깨달았다. 정신적으로 이상한 상태에 사로잡혀 있는 그녀. 이 모든 상황 앞에, 이 모든 속도들의 집합 앞에 위태로운 여자, 곧 깨져버릴 것만 같은 여자라는 것을. 그는 남쪽 바다, 타타우, 마오리 족 같은 단어들을 내뱉고 싶은 강한 욕구에 사로잡혔으리라. 하지만 그렇게 하지 않았을 것이다.

"누슈예요."

여형사의 귓가에 속삭였을 것이다.

"관음."

그리고 다시 그녀를 마주보기 위해 조금 몸을 뒤로 가져가면서 여형사가 기대감에 조급해하는 모습을 즐겼을 것이다.

"보살이죠."

"사라져버린 문자 말인가요?"

왼쪽 눈을 찡긋하며 여형사가 물었다. 되돌아오는 충격. 침묵, 그 침묵에, 순간의 충격이 진동처럼 문신한 남자의 광대뼈에 와서 부딪힌다. 부딪히는 소리. 그 소리에, 모자이크 조각들에 머리가 부딪히는 건조한 소리가 울린다.

"그 여자 이름이 정말 시안이었나요?"

나중에 조심스럽게 물었을 것이다. 새틴 침대 위에 남자의 몸. 창문 너머 종종거리는 벌새. 복수심에 떠나버린 여인.

몇 차례 진술했던 행인은 당시 그곳에서 여자라고는 본 일이 없었노라고 누차 못 박아 말했을 것이다. 회오리바람이 몰아쳤던 그 순간에 여자는 없었노라고.

젊은 경관은 일과가 끝나갈 때쯤 여형사에게 누슈에 관해 조사한 내용을 보고했을 것이다. 정확하게 말해서 누슈라는 언어는 실존한다기보다 이미 사라져버린, 과거에 존재했던 언어라고 했을 것이다. 후난 성의 여성들이 만들어낸 일종의 비밀 기호였고, 3세기부터 대대로 전해진 언어라고. 그는 여형사에게 한자와 누슈를 비교한 종이 한 장을 내밀었다. 종이를 받아든 여형사는 각진 서체와 곡선으로 이루어진 가냘픈 서체를 확연히 구분할 수 있었을 것이다. 젊은 경관은 여성들이 양피지에 글을 남겼을 뿐 아니라 손수건이나 옷에 수를 놓거나 부채는 물론 집에서 쓰는 여러 가지 가재도구에도 누슈로 글을 썼다고 덧붙였을 것이다.

"아니면 살갗에라도……" 예민한 여자는 자신이 갑자기 흥분한 것에 부끄러움을 느끼며 말끝을 흐렸을 것이다. 여형사는 얼굴을 붉히면서 시선을 내리깔았다. 바로 그 몸짓.

중국 표준어인 만다린어가 중국 문화의 기조를 이루는 권위적이고 계급주의적인 엄격함을 대표한다면 누슈는 여성들을 위한 언어로서 일상의 언어인 동시에 삶의 세밀한 감정들을 짚어내는 대자연과 꿈, 욕망을 대변하기 위해 생겨난 자발적인 언어였다며 젊은 경관이 안타까워했다. 여형사는 그가 보여주는 일종의 동정심을 그냥 지나칠 수 없었다.

그리고 뒤돌아서려던 **젊은** 경관이 불현듯, 여자들이 누슈로 '삼조서'를 썼고, 결혼생활에 관한 충고들을 모아 천에 수놓아 주기도 했다고 말했을 것이다. 이런 편지들은 결혼식을 치르고 삼 일째 되는 날 신부에게 보냈다. 가족과 친구들을 떠나 남의 집 사람이 된 새댁에게.

두 사람은 이런 이야기를 나눈 적이 있었다. 남자는 그 사실을 나중에, 아주 나중에야 기억해냈을 것이다. 문신으로 새길 문양을 고른 후에 그 생각이 났다. 문신 업소를 나서서, 여형사가 호기심에 가득 찬 눈으로 자신의 귀 뒤에 새겨진 문양을 살펴보고 나서, 시안이 정말 그 여자의 이름이 맞느냐고, **회오리바람에 사라져버린 여인의 이름이 시안이었느냐고** 물어보고 나서야 그 사실이 떠올랐을 것이다. 어느 날 오후 차 안에 앉아 있는 동안 그 생각이 떠올랐을 것이다. 고장 난 신호등 앞에서. 드문드문 보이는 구름 사이로 사방에서 연기가 피어오르는 가운데. 남자는 두 사람이 문신에 대해 이야기를 나눈 적이 있었다는 사실을 기억해냈을 것이다. 사라져버린 단어에 대해서. 나중에, 상상할 수조차 없는 미래에 '최후'라는 단어를 대신할 그 표지에 대해서. 이

일에 대해서 말이다.

"문자의 최후."
그때 그녀에게 속삭였다. 남자의 오른손은 여자의 분홍빛 젖꼭지를, 재스민 내음을 머금은 입술은 그녀의 목덜미를 더듬고 있었다.

"모든 것의 최후."
두 사람 중 하나가 이렇게 말했다.
"모든 것."

그녀를 잊어가고 스스로도 그 여자의 이름이 정말 시안이었는지 되묻게 되었을 즈음, 회오리바람을 두려워하던 남자는 정처 없이 방황하다가 처음으로 어느 술집에 들어갔을 것이다. 근심에 차 있긴 했지만 오후의 햇살 아래 그리 느리지도 빠르지도 않은 걸음걸이를 유지하고 있었다. 아까부터 쉬지 않고 걸었을 것이다. 벌써 어둠이 내렸고 아무 생각도 없었고, 특별한 조바심도 없었다. 갈증이 좀 나긴 했을 것이다. 그렇게 힘없이 문을 밀고 들어가 바가 있는 쪽으로 향했을 것이다. 검은 재킷에 배가 나온 웨이터에게 거품이 이는 끈적이는 술을 우선 한 잔 가득 달라고 했을 것이다. 아무 말 없이 술집 안 다른 손님들의 시선을 피했을 것이다. 그리고 자기 오른쪽 구두 끝을, 술집 안쪽을 비추는 커다란 거울에 묻은 얼룩을, 반대편 천장의 가장자리를 살펴보았을 것이다. 그렇게 몇 시간이고 시간을 보낼 수도 있었을 것이다. 그렇게 꼼짝하지 않고, 혼자서 무슨 석상처럼. 그러던 중 한 남자가 그의 침묵과 정적을 깨고 들어왔을 것이다. 그 남자처럼 지친 몸을 이끌고, 그 남자처럼 잔뜩 웅크린 채로. 뭐라고 말하기 힘든 그런 모습으로. 중국 여인을 잃었다고 주장하던 남자는 그렇게 방금 들어온 남자와 자신을 동일시했을 것이다. 시선을 감추는 진중한 남자와 말이다. 그리고 "당신도 집에 들어가기가 무섭나요?"라고 물으면서 자기 자신에게 던지는 질문인 양 생각했을 것이다. 남자는 웅크린 남자, 뭐라고 말하기 힘든 남자에게 이상한 무엇, 음침하면서도 별것 아닌, 뭐라 명명할 수 없는 것을 요구했을 것이다. 그러자 그 남자는 "난 내 머릿속 생각들이 무서운 걸요"라고 중얼거리며 자신의 침묵으로부터 벗어나려 했을 것이다.

"매번 더 끔찍한 생각이 드나요?"

그때 남자가 그에게 물었을 것이다. 이번에는 단지 두 사람 사이의 차이점을 알고자 함이었다. 자기 동일시의 최후.

뭐라고 말하기 힘든 남자는 시선을 아래로 내리깔며(그 몸짓) 자신에게 던져진 질문에 침묵으로 응대하며 꽤 오랫동안 몸을 숨겼을 것이다. 추위에 떠는 사람처럼 팔짱을 낀 채.

"그런 생각을 하죠."
끈적끈적한 술을 두세 모금 더 넘긴 후에 머뭇거렸을 것이다. 제대로 말을 잇지 못한 채로 입만 열었다 닫았다 하다가 이야기를 꺼냈을 것이다.
"예를 들면, 어떤 여자를 죽이는 상상을 하죠."
말끝을 흐리며 점점 잦아드는 목소리로 말했을 것이다.

"그녀의 입술, 두 눈, 가슴을 덮치는 상상을 하나요? 손으로 그녀를 짓누르고 갈기갈기 찢어버리고 할퀴는 상상은요? 피, 방울방울 미끄러져 떨어지는 피를 떠올리지는 않나요? 그녀의 몸을 가로지르는 그런 생각은요? 그녀의 몸을 양쪽으로 가르며 뚫고 나가는 상상을 하나요? 그녀의 몸을 조각내버리는 것을 생각하나요? 그녀의 마지막 숨결을 떠올려보나요?"
"어느 날 오후, 그 여자가 회오리바람과 함께 사라져버리는 상상을 하지요…… 그런 상상을 해요."

끈적끈적한 술에서 눈을 떼지 않은 채 중얼거렸다.

다른 목격자는 그때 그곳에 분명히 한 여자가 있었다고 말했을 것이다. 꽤나 인상적인 이미지라서 기억에 남아 있다고 했을 것이다. 곧장 다시 고쳐 말했을 것이다. 그 여자의 얼굴이 아주 먼 곳에서 왔을 법한 인상이었기 때문에 기억한다고. 아주 멀리서 온 것 같은 얼굴이기도 했지만 계속 더 멀리 떠날 준비가 된 사람 같았다고 말했을 것이다. 그 여자는 이 모든 것을 준비하고 있었다. 기나긴 여정. 저 먼 세계?

아무도 물어보지 않았기 때문에 이런 이야기를 해본 적이 없었다고 말했을 것이다.

시간이 지나고 자기가 맡았던 어려운 사건들 중 하나인 **거세된 남자들 사건**을 해결하려고 했을 때, 여형사는 자기 손을 쭉 뻗어 손끝이 또다른 용의자의 몸에 있는 표지에 막 닿으려는 그 순간, 그 모든 것이 다 기억났을 것이다. 정확하게 그 욕망을 느꼈을 것이다. 잔인한 베일. 끊기듯 이어지는 고통. 강풍처럼 몸속의 소리를 들리게 하는 소리. 살갗 아래 묻힌 절규의 기호. 부딪침. 그리고 그때 해독할 수 없는 문신, **회오리바람에 중국 여인을 잃어**

버렸다고 주장하던 남자의 목덜미에 새겨진, 그녀를 헤매게 만든 그 문신을 기억해냈을 것이다. 안으로. 자기 안으로. 밖으로. 그 감촉에서 (문신이 새겨진 살갗) (낙인이 찍힌 살갗) 벌어진 살갗의 느낌을 기억해냈다. 끝도 없이 추락하듯 현기증이 그녀를 또다시 감쌌을 것이다. 속도감. 사라지고 다시 나타나는 한 사람의 얼굴. 역광. 실타래처럼 감긴 공기. 목을 감고, 손목을 감고, 허리를 감아 짓누르고 또 짓누른다. 새틴 침대를 떠올렸을 것이다. 얼음장처럼 차가운 발, 허벅지를 타고 흘러내리는 주홍빛 잉크, 입술 언저리, 종아리. 배에 남은 이빨 자국, 가슴 위에 새겨진 손톱 자국, 손가락 마디마디 감긴 머리카락을 기억해냈을 것이다. 그 모든 것을 섬광처럼 기억해냈을 것이다. 꼬리를 물고 펼쳐지는 이미지. 그리고 또다른 이미지. 끊기듯이 이어지는 고통. 어디까지 갈 수 있었을까? 그 모든 것을 기억해냈을 것이다. 그리고 그때 뻗었던 손을 되돌려 주먹을 쥐고 주머니 속에 가만히 집어넣었을 것이다.

너의 살갗에 열린 고랑, 거기에 나를 넣는다. 잉크, 손, 손톱, 멍에.

너를 새긴다. 너를 새긴다. 기호, 뾰족한 조각, 핀. 여기 너를 새긴다. 너와 나의 자리, 너의 자리.

말 그대로 너를 새긴다. 너도?

예전에, 이 모든 것 이전에, 중국 여인을 잃어버렸다고 주장했을지도 모르는 남자는 회오리바람 앞에 멈추어 섰을 것이다. 처음에는 두려움을 느꼈을 것이다(일종의 현기증) (끝도 없이 추락하듯이) (끊기듯이 이어지는 고통). 그리고 곧 어린 시절 이런 종류의 회오리바람 — 작지만 급작스럽게 수직으로 불어닥치는 — 은 악마가 나타나서 무언가를 훔쳐 가는 것이라는 이야기를 들었던 기억을 떠올렸을 것이다. 그때 한눈에 모든 것이 들어왔다. 악마, 악마의 몸, 한 여인의 허리를 감아올리는 악마의 두 팔. 왈츠. 날카로운 바이올린 선율. 지상으로부터 떠오른 발.

희미한 경계
La frontera tenue

엑토르 데 마울레온 Héctor de Mauleón (멕시코, 1963~)
박은영 옮김

낙서는 어느 날 알바로 오브레곤 거리의 평범한 모퉁이에서 나타났다. 나는 그것을 매일 퇴근길에 지나가는 한 장소에서 마주쳤다. 붉은 글씨로 "내 손을 돌려주세요"라고 적혀 있었고, "프라이 베르나르디노 정신병원"이라는 문구 앞에 발급번호가 있었다.

겨우 몇 센티미터 크기에 불과했지만 그것을 못 알아보는 것은 불가능해 보였다. 광고로 가득한 회색벽 한가운데에 붉은 글씨로 쓰여 있어서 도드라져 보인 것은 아니었다. 글자가 광적일 정도로 미세하게 쓰여 있어서 마치 날카로운 치아가 벽을 갉아대는 듯한 인상을 줬기 때문이었다.

그 앞에서 겨우 일 초 정도 서 있었을 것이다. 태양이 사라지기 시작하자 오후 여섯시의 인파가 도시로 맹렬히 쏟아져나왔고, 나는 거리의 집들을 지나 오래된 카페로 갔다. 거기서 나는 펼쳐진 신문들과 이따금 피어오르는 담배 연기 사이에서 밤이 오길 기다리는 것을 좋아했다. 모든 것이 여느 때와 같았고, 여느 날과 같은 하루가 끝나가고 있는 것처럼 보였지만, 그건 아니었다. 그날 오후 나는 막 희미한 경계를 넘어서고 있었다. 그것은 삶을 완전히 다른 것으로 바꿔놓을 수 있는 그런 경계들 중 하나였다.

*

인간이라는 종의 역사는 비극적이다. 백만 년 전에는 세상의 위협에서 살아남기 위해 동굴에 갇혀야 했고, 지금의 나는 습기가 스며들기 시작한 네 개의 벽을 가진 건물의 3층에서 세상을 바라보고 있어야만 하는 것이다. 나는 사람들에게 그리 만족하지 못한 상태였다. 몇 달 전에 아나는 동굴 바닥에 도달했다. 동맥을 자르고 소독약 냄새가 진동하는 병실의 차가운 침대에서 회복중이었던 것이다. 그녀가 거기에서 나오려면 시간이 걸릴 것이다. 내가 마지막으로 그녀의 아파트에 갔을 때 그녀는 동물의 웅얼거림에 가까운 언어로 소리 높여 말하고 있었다. 내게 유대인처럼 오른쪽에서 왼쪽으로 읽는 것을 배웠다고 설명하고는 계속 그 언어로 말해댔다. 결국 나는 그녀가 단어를 거꾸로 발음하고 있다는 것을 알았다. 그녀는 이틀 후에 동맥을 끊었고, 나는 내가 홀로 남겨졌다는 것을 깨달았다.

얼마 지나지 않아 그 낙서가 나타났다. 그리고 바로 그날 밤, 우리집에서 가까운 곳에 있는 섹시바의 테이블 댄스 무대에 바니아라는 인물이 나타났다.

바니아는 흰색 라이크라 옷을 입고 있었는데 사이키 조명을 받아 처음에는 녹색이다가 나중에는 파란색, 그리고 장밋빛으로 변했다. 거울 속에 비친 자신의 모습을 바라보며 천천히 옷을 벗는 것에 익숙한 모습이었다. 그녀의 다리는 길고 가늘었고 어깨는 주근깨로 덮여 있었다. 이런 곳에서 나를 구원해줄 무언가를 찾을 수 있을지 모르겠다. 십 분 후에 한 땅딸막한 여자가 내 테이블로 다가왔다.

어느 날 밤, 자신의 아파트에 깔려 있는 낡은 양탄자 위 아나의 나신은 내게 일종의 계시처럼 보였다. 반면에 바니아에게서는 일종의 움츠림을 읽을 수 있었다. 그것은 비밀스런 것을 향해 침잠해 들어가는 어떤 것이었다. 나는 '개인용 쇼'를 볼 수 있는 티켓을 사는 대신 음료수를 주문하고 바니아에게 주의를 주었다.

희미한 경계

"첫 잔만 사주는 거야. 나머진 업소 부담이야."

바니아는 밤색 눈에 광채를 띠며 미소 지었다. 그녀는 두 모금에 잔을 비웠고, 그러고 나자 땅딸보 여자가 다가와 다른 테이블에서 그녀를 부른다고 알려주었다.

다음 날 여름이 왔고 파리들은 사방에서 검은 원을 그려댔다. 정오 무렵, 나는 사무실의 갑갑한 공기를 견디지 못하고 신선한 공기와 차가운 음료수를 찾아 아래로 내려왔다. 거리에서는 태양이 아스팔트를 녹이고 있었다. 사람들은 미치기 직전인 것 같은 모습들이었다. 나는 구름 없는 하늘, 꽃장수의 젖은 이마, 모퉁이 가판대에 진열된 〈라 프렌사〉지의 중앙 면을 장식하고 있는, 반라로 다리를 벌리고 누워 있는 소녀를 바라보았다.

이상한 사진이었다. 소녀는 잡초가 무성한 황무지의 한가운데 피 웅덩이 위에 놓여 있었다. 금발의 그 소녀는 눈이 너무 밝은 색이어서 잠시 나는 눈이 텅 비어 있다고 생각했다. 왜 이런 것들을 기억하는지, 왜 이런 방식으로 이야기하기 시작하는지 모르겠다. 왜냐하면 중요한 건 다른 것이었기 때문이다. 중요한 것은 그 시체에 뭔가가 빠져 있었다는 것이었다. 시체는 손이 잘려나가 있었다.

*

 나는 내가 있는 그대로를 이야기한 것인지 결코 확신하지 못한다. 어쩌면 전날 오후 알바로 오브레곤 거리의 벽보가 내게 어떤 생각도, 결코 어떤 느낌도 불러일으키지 않았을지도 모른다. 아마도 우리를 덮쳐오는 기호들의 회오리 사이에서 의미 없는 하나의 이미지로만 그것을 머릿속에 저장해둔 것이었는지도 모른다. 그럼에도 〈라 프렌사〉지가 독자들에게 제공하는 사진을 보며 나는 그 낙서가 빈정대는 웃음처럼 벽면을 떠다니고 있다고 확신했다. 그 글자들이 야생동물의 이빨로 바뀐 채로 말이다. 나는 사무실로 돌아가지 않았다. 나는 쓸쓸하고 높은 집들 사이를 지나 직장인들로 가득 찬 중국식 찻집들 건너 인수르헨테스 거리가 나올 때까지 계속 걸어가다, 절망적으로 거리의 양쪽을 바라보면서 오던 길을 되돌아왔다. 그러나 낙서는 사라지고 없었다.

 누군가가 그걸 지우고 그 뒤에 숨어 있는 글씨만큼이나 작고 섬세한 그림을 회색으로 그려놓았다는 것을 알아채기까지는 오랜 시간이 걸렸다.

 멀리서 자동차 바퀴가 끼이익 소리를 냈다. 한 남자가 바로 옆을 지나갔기 때문에 그의 안경알에 비친 내 모습까지도 볼 수 있었다. 결코 멈춰 설 일이 없었을 모퉁이에 서서 나는 뭔가가 영원히 빠져나가고 있다는 느낌을 받았다.

그날 밤, 지옥 같은 더위 속에서 나는 일간지의 사진을 다시 바라보았다. 세상이 그렇게 정확할 수는 없다. 그럼에도 불구하고 도시는 내게 이야기를 해주고 있다.

다음 날부터 나는 다음 줄, 다음 단락과 마주치고 싶었지만 벽에는 아무런 변화가 없었다. 나는 아나가 병원에서 말하던 것을 이해하려고 애쓰면서 시간이 흐르도록 내버려두었다. 그러나 이해하지 못했다. 이를 악문 채, 하루하루와 사물들이 세상에서 아주 빨리 사라져가고 있다고 느낄 수밖에 없었다.

나중에는 모든 것이 정상이라고 생각될 수 있는 흐름을 따랐다. 직장에서 퇴근해 일간지와 담배를 사고, 그리고 아파트로 돌아와서 거꾸로 읽어야만 글을 이해할 수 있는 아나에게 보내는 긴 편지를 썼다.

불면증은 나를 바니아의 친구로 만들었다. 나는 그녀가 무대에 나오기 직전인 새벽 한시에 테이블 댄스에 가서 그녀에게 술 한두 잔을 사길 좋아했다. 이젠 그 땅딸막한 여자가 내 테이블로 다가올 필요가 없어졌다. 바니아는 비밀스런 나신의 내부로부터 내게 미소 지었고 무대에서 내려오면 내 곁에 앉아 자신의 삶에 관한 황당한 이야기를 들려주었다. 나는 조용히 그녀의 이야기를 듣다가 때때로 질문을 하기도 했다. 일주일에 두 번 간이침대에서 여자와 자기 위해 돈을 지불하는 것보다 나았다. 비록 말하는 사람이 내가 아니라도 말이다.

그러던 중 어느 오후, 갑작스레 그 낙서의 저자가 다시 나타났다. "내 손가락이 하나씩 빠지고 있어요. 그렇지만 손가락들은 거기에 있지요. 알사테 거리의 화단에." 전과 같이 붉은색이었고, 마찬가지로 불안스런 필체였다.

나는 손가락 하나를 글 가까이로 가져가, 감전이라도 될까봐 두려워하며 글자를 만져보았다. 칠은 말라 있었다. 비가 내릴 기색이 없는 저 하늘 높은 곳에서 맹위를 떨치는 태양 때문일 수도 있겠지만, 전단이 그 전날 쓴 것이라 그럴 수도 있었다.

그 앞을 지나던 사람들은 낙서에 관심을 두지 않은 채, 거리에는 자신이 관여할 그 어떤 것도 없다는 듯 내처 가던 길을 갔다. 나는 근처에 있는 벤치에 앉아 낙서 내용이 사실인지, 누군가가 매복해 있으면서 자신이 몇 시간 후에 저지를 일을 미리 알려주고 있는 건 아닌지를 자문했다. 시계를 보았다. 얼마 후면 땅거미가 질 것이다. 알사테는 멀리 떨어진 동네의 거리였다. 나는 납득이 되지 않았다. 그래도 나는 일어서서 택시를 잡았다.

우리는 눈에 불을 켠 부지런한 벌레들처럼 길을 내려고 애쓰는 차들로 가득한 거리를 가로질렀다. 점점 더 칙칙하고 낡은 모습을 보여주고 있는 건물들 아래를 지났다. 택시가 멈췄을 때, 손이 떨리기 시작했다. 실제로 거리를 따라 화단이 일렬로 늘어서 있었다.

그리고 갑자기 나는 거기서 존재하지 않는 것을 찾고, 낯선 사람에게 일어나듯이 내게 이상한 일들이 일어나길 기다리고 있었다. 뭘 찾아내기를 기대하고 있었던 걸까? 바닥을 구르고 있는 살점 한 조각?

도시는 살아 있었다. 사람들을 끝장내려고 일을 도모하는 적(敵)이었다. 내게 필요한 것은 발륨10*이었다. 밤의 검고 깊고 넓은 못에서 갈색 머리카락의 여인이 내 곁에서 살아 숨 쉬고 있기라도 한 것 같았다.

그러나 그 여인은 없었다. 그래서 나는 집으로 돌아가 발륨10을 먹었다. 알약이 피를 타고 신의 손길처럼 순환하기 시작하는 동안 나는 침대에 몸을 뉘었다. 아나와 함께 산 날들을 기억하는 것은 쉬웠다. 삶이라는 드넓은 양탄자 아래 묻혀온 세월, 사람들, 공간들. 갑자기 나는 누군가가 나를 두들겨 팼던 학교 운동장을 떠올렸다. 거기에선 내 짝꿍 루시가 나타나주는 것만이 유일한 구원이었다. 나는 중얼거렸다. 하, 너는 기대에 별로 미치

---

* 대표적인 정신안정제인 디아제팜의 상표명.

지 못했어. 나는 잠이 들었다.

다음 날 경찰은 자루에 담긴 여자의 시신을 찾아냈고 일간지들은 거리에서 창녀들을 사냥하고 다니는 어느 살인마에 대해 떠들어댔다. 새로운 희생자에게서도 뭔가가 사라져 있었다. 손가락이 하나씩 잘려나가 있었던 것이다.

그날 밤, 새벽 한시에 바니아는 무대를 향해 나아갔다. 나는 경찰에게 전화해 내가 봤던 것을 알려줄 수도 있었다. 뭔가를 발견할 수 있을 거란 기대를 가지고 벽 주위를 서성거릴 수도 있었을 것이다. 그렇지만 나는 바니아에 대해 생각하는 것 외엔 아무것도 할 수 없었다. 그녀에게 무슨 일이 일어날까봐 겁내면서 몇 시간을 보냈다.

그때부터 나는 알바로 오브레곤 거리를 여러 번 돌아다녔다. 그러나 그 낙서는 다시 나타나지 않았다. 일간지들은 계속 그 살인마와 그가 남기고 다니는 시체들에 대해 이야기해댔다. 그렇지만 그 이야기는 이제 내게 속해 있지 않다. 아마도 다른 사람이 도시의 다른 공간에서, 그날 밤 내가 바니아 옆으로 가서 새로운 인물과 새로운 대칭을 맺도록 만든 우스꽝스런 기하학의 선들을 수집하고 돌아다닐지도 모르겠다. 또한 10그램의 발륨이 세상에 또다른 질서를 부여한 것일지도 모른다. 어찌 되었든 간에 바는 비어 있었고, 매서운 여명처럼 매우 차가워 보였다.

희미한 경계 205

이것은 바니아를 내 옆에 둘 수 있는 구실을 제공해주었다. 나는 그녀가 이렇게 말한 것을 기억한다.

"내게 첫 잔만을 사준다 해도 상관없어요. 오늘은 여기에 파리 한 마리 나타나지 않을 테니까."

나는 지폐 몇 장을 꺼내서 탁자 위에 올려놓았다.

"그럼, 당신이 이곳에서 밤을 보낼 이유가 없겠군."

거리로 나서니 간판 불빛들이 비현실적인 분위기를 자아내어 모퉁이 훨씬 저편까지 우리를 감싸 안는 보랏빛 밤을 만들어내고 있었다. 내가 아파트의 문을 열자 그녀가 책과 목각 가면을 바라보며 응접실로 걸어 들어갔다. 그때만큼 우리가 낯설었던 적도 없었다. 그녀가 옆에 앉고 내가 맥주를 따주었을 때만큼 우리가 기차 좌석에서 아무 이야기나 나누는 낯선 이들을 닮았던 적은 없었다. 그러나 나중에 내가 옷을 벗고, 어두운 방에 떠 있는 밝은 섬처럼 윤곽을 드러내고 웃는 동안 그녀가 벌거벗은 채로 그렇게 순수하게 바로 내 곁에 있다는 것에 행복을 느꼈다.

그날 밤, 바니아는 자신의 삶에 관해 이야기하곤 하던 우스꽝스런 환상들로 또다시 내 머리를 채웠다. 그녀의 삶의 드넓은 양탄자 아래 묻혀온 세월, 사람들, 공간들에 대해 이야기했다. 별안간 그녀는 한 소년이 매를 맞고 있던 그 학교 운동장에 대해 얘기했고, 거기에서 유일한 구원은 언제나 그의 짝꿍인 그녀가 나타나주는 것이었다고 말했다.

나는 어둠 속에서 담배에 불을 붙였다. 순간적인 붉은 담배 불빛 아래에서 나는 그녀의 이름을 속삭이고 싶은 유혹을 느꼈다. 그러나 포기보다 더 나은 것은 아무것도 없었다.

루시는 동틀 무렵 아파트에서 나갔다. 나는 사무실에 전화를 걸어 몸이 아프다고 알린 뒤 남은 시간을 소파에 앉아 거꾸로 읽어야 하는 긴 편지들을 쓰면서 보냈다. 나 또한 동굴 바닥에 도달했다고 느꼈다. 벽 위에다 단도를 쥔 사람의 실루엣을 그려넣고, 화살로 그 실루엣을 난폭하게 관통시켰다. 그러자 파리들이 방에 나타나, 불타는 오후 위로 거의 화려하다 싶은 왕관 같은 검은 원을 그렸다.

정오의 편지들
Cartas al medio día — 코르타사르 식으로

아라셀리 오타멘디 Araceli Otamendi (아르헨티나, 1966~)
박은영 옮김

* 코르타사르의 단편집 『뜻밖에도 *Deshoras*』에 실린 「단편을 위한 일기 *Diano para un cuento*」에 대한 헌정작이다. 코르타사르의 작품에서는 남성인 작가가 창녀인 아나벨을 위해 선원 윌리엄이 보낸 편지를 스페인어로 번역해 읽어주거나 윌리엄에게 보내는 그녀의 편지를 영어로 작성하는 일을 맡고 있지만, 이 작품에서는 여성이 화자가 되어 아나벨의 편지를 작성해주고 있다. 코르타사르의 작품이 글 작업 자체를 중심으로 전개되는 반면 오타멘디는 여성 주체의 존재를 느끼게 하는 여성주의적 태도를 취하고 있다.

부에노스아이레스, 1977

어떻게 시작할까? 처음, 마지막 아니면 중간에서? 엑토르 보를라*의 그림에서 아님 R.**들에서? 발터에서 아님 아나벨에서? 펠리니 영화에 나오는 뚱녀에서 아님 대체 누구에서? 종이는 타자기에 끼워져 있다. 그래, 시간이 됐어. 이제 자판을 두드리기 시작할 시간이 온 거지. 하나, 둘, 세 개의 스페이스를 주고. 이렇게 하니 훨씬 나은걸. 사랑하는 발터. 마음에 안 드는군. 시간은 흐르고 네가 그리워. 이건 훨씬 더 별로인데. 하지만 계속 써

---
* 아르헨티나 출신의 화가.
** 이름의 이니셜.

야지. 그녀가 정오에 올 테니. 네가 떠난 이후, 맹세컨대, 다른 남자는 사귀지 않았어. 그렇지만 정말 울고 싶어. 내가 그러고 싶다고. 나 아니면 누구겠어? 우리가 알게 된 그날 오후 네겐 뭔가 다른 점이 있다는 걸 느낄 수 있었어. 어느 누가 부에노스아이레스에 내린 한 슬픈 선원에 대해 그렇게 말해주겠어? 그리고 멋진 옷에 제비꽃 콜로뉴 향수를 뿌리고 언제나처럼 말쑥한 모습으로 R.들 중 하나가 저기 나타났군. 계속 써야겠어. 결론적으로 우리는 그 시스템을 최대한 빨리 적용할 필요가 있다고 생각합니다. 이에 본 보고서를 올리는 바입니다. 나는 멈춘다. 올립니다. 올립니다라니, 꼭 말이 공중에 뜨기라도 하는 것처럼. 하지만 상사들은 이런 걸 좋아한다고, 그렇게 배웠잖아. 좋은 아침입니다, R. 좋은 아침입니다. 보고서 한 장에 어리석은 말들을 이토록 많이 할 수 있다니. 시스템의 각 기능을 일일이 해명해야 한단 말이지, 해명할 게 없는 그 많은 일들의 해명 말이야. 사장님, 그러므로 수작업을 줄여서 현재의 50퍼센트 수준으로 비용을 경감시키기 위해서는 앞에서 언급된 시스템을 최대한 빨리 적용하는 것이 필수적입니다. 또다른 거짓말 하나가 더해지면 R.는 너무나 만족스러워져서 사인을 하고 가버리지. 이미 가버렸어. 아나벨 걸 계속 쓸까 아님 발터 걸 계속 쓸까? 너는 내 인생에서 내가 사랑한 유일한 남자야. 정말이지 누가 이걸 믿겠어? 열한시 반, 나는 타자기에서 종이를 빼내고 나간다. 보고서는 책상 위에 두었다. 거리, 아스팔트와 시멘트투성이인 도시의 거리로 나선다. 구내식당 음식은 맘에 들지 않아, 고무 같기도 하고 요리 같기도 하고, 대체 뭔지 모르겠어. 나는 구에메스 갤러리의 회랑을 가로질러 플로리다 서점으로 들어가서 영화감독 엘리아 카잔의 『사랑의 행위』를 산다. 식사 시간은 삼십 분뿐이라 빨리 걷는다. 식당 이름은 '엘 시클리스타'로 모든 간부들이 드나드는 곳이다. 거리에는 나무 한 그루 없이 모든 것이 잿빛이다. 거리에서 볼 수 있는 유일한 색은 메르세드 성당의 노란색이다. 언제나 앉는 테이블에서 언제나 먹는 음식을 시킨다. 곧 아나벨이 도착할 것이다. 나는 엘리아 카잔의 책을 연다. 사랑의 행위라, 촬영을 위한 영화 관련 서적이라고 짐작했었다. 그리스인과 결혼한 한 여자 이야기인데 변태인 시아버지가 그녀를 쫓아다녀 결국 잠자리까지 같이하게 된다. 내 주머니에는 끝내지 못한 편지가 있다. 아나벨에게 보내는 편지. R.들이 들어온다. 나는 편지에 집중한다. 우리가 알게 된 그 오후에 나는 삶을 바꾸기로 결심했어. 그러지 못할 이유도 없잖아? 손해 볼 것도 없는데 뭐. 고양이는 목숨이 일곱 개라고 하지? 나라고 한번 기회를 잡지 못할 이유도 없잖아? 네가 없는 동안엔 시간이 길어지는 것 같아. 누구라도 그렇게 생각하지, R.들만 빼고 말이야. 그들은 오르내리는 각종 시세, 달러 연동 만기확정상품 등등 뭔지 모를 갖가지 재료가 들어간 이야기의 칵테일에 빠져 있는 듯하지만, 꼭 그런 것도 아니야. 그들은 두 자리 건너편에 앉아 애를 쓰고 있지, 내가 뭘 읽고 있는지 알아내려고 말이야. 내가 의심스럽거든. 시스템과 숫자에서 벗어나려는 사람은 누구나 요주의 인물인 거지. R. 중 한 명이 손으로 황금색 뒤퐁 라이터를 만지작거리면서 내게 왜 그렇게 소설을 좋아하는 거지? 라고 물어봤을 때 당신은 안 그런가요? 라고 내가 되물었던 그날처럼 말이야. 그러자 그는 잠시 생각을 하더니 그 생선 눈깔을 반쯤 감고 시선을 정면에 있는 지긋지긋한 벽에 고정시키더니 이렇게 답했지. 그래, 그래, 물론이야, 라고. 종업원이 커피를 들고 나타났을 때는 이미 약속 시간이 거의 다 되어 있었고 아나벨은 아직 도착하기 전이었다. 제발 말해줘, 네가 함부르크 항구에서 뭘 하는지. 그 선원은 그녀에게 상크트 파울리에 그녀를 위한 일이 있다고 말했었다. 그리고 구석 쪽에 있는 문으로 아나벨이 나타났다. 그녀는 바닥까지 끌리는 가죽 코트에 아슬아슬한 미니스커트를 입고, 거미같이 긴 인조 속눈썹에 빨간 립스틱을 발라 카니발 가면처럼 짙은 화장을 하고 있었다. 그녀는 내 맞은편에 앉았다. 두 명의 R.가 쳐다봤다. 잠시 후면 질문이 날아올 것이다. 네 테이블에 있던 그 꽃뱀은 누구야? 네가 무슨 상관이냐고 대답하는 대신 이렇게 대답하겠지. 아는 애예요, 그러고는 화제를 바꾸겠지. 아나벨은 얼음을 넣은 토닉 워터를 시키고는 내게 순진하게 묻는다. 다 됐어? 오븐에 구워내면 되는 비스킷이나 파이가 아니란 말이지, 계속 써야만 하는 거라고. 나는 그녀에게 초고를 넘겼고, 내가 두번째 커피를 마시는 동안 그녀는 그걸 읽었다. 대체 이 여자는 어떻게 자기 편지에 내가 답장을 하게 만들었을까 하고 생각했다. 그날은 모든 테이블이 꽉 차는 그런 날 중 하루였다. 나는 책에 빠져 있다가, 앉아도 될까요? 라는 질문을 받고 놀랐다. 네, 물론, 앉으세요, 라고 대답했다. 그리고 거기서 이야기는 시작되었다, 선원, 편지, 나는 그녀의 옆에서 헐떡이는 선원을, 항구에서 맥주를 마시며 취한 그를, 거짓된 편지를, 그리고 마지막으론 망각을 상상했다. 그녀는 그를 계속 믿었고 그는 그녀에게 함부르크 항에서의 화려한 창녀의 일을 제안했다. 나는 소르 후아나 이네스 데 라 크루스*의 "어리석은 남자들"로 시작되는 시가 기억났다. 전날 탄 택시의 기사만 해도 그렇다. 우리는 추위, 비, 바람에 대해 이야기하고, 전날 밤 경기에 대해 언급하면서 호텔을 지나치고 있었다. 숙소의 문에는 영화 〈나는 기억한다〉에 나왔던 인물처럼 생긴 거대한 뚱녀가 서 있었다.

---

* 멕시코의 여류시인이자 학자. 일생을 학문에 바치기 위해 수녀원에 들어간 것으로 유명하다. 라틴아메리카와 스페인 바로크 문학의 정수를 보여준다.

금발 곱슬머리에 베티 붑 인형이 세월에 삭은 것 같아 보이는 얼굴에 문짝이라도 되는 것처럼 떡칠을 한 채였고, 두 개의 실린더처럼 보이는 두 다리를 거의 다 드러내고 있었다. 펠리니의 〈나는 기억한다〉에 나오는 인물의 복사판이라고나 할까. 뚱녀는 빗속에서 손님을 기다리고 있었는데 택시 기사는 내게 저 뚱녀 좀 보세요, 보여요? 누굴 낚을 수나 있겠어요? 누가 같이 자려고 하겠어요? 나라면 역겨울 것 같아요, 그래도 돈을 꽤 받겠는데요, 라고 지껄였다. 그러고는 얼마를 벌까 계산까지 해댔다. 질병은 있을까요? 그 남자는 말하고 또 말했다. 그를 거울로 봤는데, 눈이 굴속에 숨어 있는 동물처럼 빛나고 있었다. 우리는 집에 도착했다. 차에서 내려 집에 들어가기 전에 택시가 방향을 돌려 방금 뚱녀를 봤던 호텔 쪽으로 속력을 내는 것을 볼 수 있었다. 아나벨은 웃으면서 내 답장이 맘에 들었고, 발터만큼 사랑한 사람은 거의 없다고 말했다. 벌써 회사로 돌아갈 시간이었다. 두 명의 R.는 동시에 안녕, 나중에 봐, 라고 말하면서 떠났다. 몇 분 내로 우린 대면하게 될 것이다. 나는 직원으로, 그들은 간부로. 나는 아나벨과 작별 인사를 했고, 주머니엔 끝맺지 못한 편지가 있다. 사무실로 돌아가려면 오 분이 남았다. 나는 거리를 건너서 '안토니오 베르니*의 집'으로 들어간다. 일상 속의 일상은 하위 일상이라고 한다. 그렇다면 이건 내 인생의 시스템 속에 있는 정오의 하위 일상이었다. 나는 너무나 사실주의적인 엑토르 보를라의 그림들을 본다. 다시 보고서를 끝내는 일로 돌아가야 한다. 사장님, 따라서 저는 정확한 보고서를 그토록 많이 쓰는 게 지겹습니다. 회색도 지겹고, 전화도 지겹습니다. 사장님, 그러므로 저는 차라리 유화의 향을 느끼고, 보를라의 그림 옆에 있는 그림 속의 배를 타고 항해하고, 그 뒤에 있는 호랑이의 포효를 듣고 싶습니다. 모든 것이 그토록 간단한 겁니다, 사장님, 너무나 간단한 동시에 너무나 복잡한 겁니다. 리보 금리는 0.5퍼센트 정도 올랐고, 몇몇 사람의 아우성도 높아졌을 테고, 그리고 사장님, 저는 여기에 있습니다, 아나벨의 편지에 답장을 하려고 애쓰면서 말입니다.

---

* 아르헨티나 현대미술의 거장으로 소외된 계층의 고통을 그렸다. 그는 빈민가 소년 후아니토 라구나와 창녀 라모나 몬티엘이라는 캐릭터를 창조해 두 인물을 다양하게 그려냈다.

옥스퍼드

Oxford

필라르 아돈 Pilar Adón (스페인, 1971~)
임주인 옮김

1

그녀는 일거리 하나를 창조해냈다. 적어도 그렇게 믿었다. 그 일거리란 많아야 세 쌍 이내의 외국인 커플들을 대상으로 대개 관광 책자에는 나오지 않는 마드리드의 여러 장소를 영어로 안내해주는 것이었다. 외국인들이 한 번도 가보지 못한 낯선 거리에서 오래 방황하거나 그로 인해 두려움을 느끼는 일이 없도록 하기 위함이었다. 알리시아와 함께 다니면 쇼핑할 때 물건 값의 세 배가 되는 돈을 지불할 일도 없고 소매치기를 당할 위험도 줄어들었다. 이 일은 재미가 있을 뿐 아니라 수입 또한 짭짤했다. 짭짤하지 않다 해도 불평할 수는 없었다. 가격도 그녀 자신이 정했고, 카페 알림판이나 여행자용 잡지나 허락해주는 상점에 비치해두는 명함(거의 모든 상점이 허락했다. 알리시아는 욕심이 많은 것도 아니고 따지기 좋아하는 성미도 아니었기 때문에 상점에 가서 명함을 보여주고 그것을 카운터에 둬도 되는지 물어보는 정도였다. 당연히 폐가 되지 않는 장소에 두었다)을 통해 홍보하는 방법도 그녀 자신이 정한 것이기 때문이다.

알리시아는 단 한 명의 관광객과 약속을 한 토요일 아침의 향긋한 내음을 만끽하고 있다. 오전 열시 마리오와의 약속이었다. 마드리드의 역사 도심을 세 시간 동안 안내하기로 전화로 약속을 했다. "그렇지만 당신은 스페인 사람이잖아요." 그녀는 말했다. 한동안 아무 소리도 들리지 않더니 이내 전화 반대편에서 억지웃음 소리가 들려왔다. 그리고 이어서 컬컬한 목소리로 "그게 어떻다는 거죠? 스페인 사람을 싫어하시나요?"라고 반문해왔다.

그렇다. 문제는 그녀가 상대할 관광객이 마음에 들고 말고가 아니었다. 그녀에게 도움이 되느냐 안 되느냐의 문제였다. 특별히 미치광이나 괴짜들과 마주치지 않으면 되는 것이고, 너를 보러 왔으니 유적지는 집어치워, 왜 너의 방 내부의 역사적 전통을 보여주지 않는 거야, 따위의 말과 맞닥뜨리지 않으면 되는 것이었다.

지금까지는 운이 좋았다. 딸기 아이스크림처럼 발그스레한 피부의 매력적인 미국인 커플들, 수학여행중에 마드리드로 도망쳐온 소녀들, 길 잃은 부부들을 상대해왔다. 그러나 알리시아는 그 토요일 아침에 고객과 만나기로 한 장소인 그가 머물고 있는 호텔 문을 향해 걸어가면서 항시 누구에게나 첫번째라는 것은 있다는 생각이 들었다. 그날이 이상한 고객과 만나는 첫번째 경우가 될까봐 두려웠다.

싸구려 호텔이군.

그에게 선불을 받을 거야.

알리시아는 십 분 이상을 호텔 차양 아래에서 기다렸다. 그러나 마리오는 나타나지 않았다. 그녀는 로비에 들어가 앉아 있기로 했다. 앞으로 세 시간을 걸을 생각을 하니 서 있는 것이 다리에 무리가 될 것 같았다(실은 세 시간까지는 되지 않을 것이다. 기다리는 시간은 빼야 하니까). 그녀가 어두운 거리 쪽으로 난 커다란 유리창을 따라 놓인 의자들을 향해 걸어가는 동안, 카운터 직원은 눈길조차 주지 않았다. 알리시아는 앉아서 생각에 잠겼다. 만약 그가 나타나지 않으면 저 직원에게 물어봐야 할 텐데 그녀 자신도 그에 대해 알고 있는 게 많지 않았다. 기껏해야 이름 정도였다. 이 싸구려 호텔에 마리오라는 이름의 남자가 몇 명이나 묵고 있을까? 둘, 아니면 셋? 아니다. 호텔은 그다지 우아하지 않았다. 어둠침침한 거리 쪽으로 난 커다란 창문을 다 덮고 있지도 못한 채, 의자 뒤로 그냥 늘어져 있는 커튼만 봐도 알 만했다. 너무나 오래 사용해서 약간 더럽고 많이 해져 있었다. 어쩌면 그 호텔 주인은 '낡았다'와 '고풍스럽다'가 동의어이고, 닳아빠진 커튼 천이 19세기 원목 가구가 갖는 유서 깊은 고상함을 풍긴다고 생각하는 사람일지도 모른다. 알리시아는 카운터 직원의 제복을 유심히 살펴보았다. 지나치게 뻣뻣한 붉은 카펫이 깔려 있는 계단과 연결되어 있는 방들은 하루 자는 데 얼마일까?

"당신이 알리시아요?"

그녀가 옆으로 고개를 돌리니 거구의 한 남자가 와 있었다. 흉측한 목소리를 가진 그의 흉측한 얼굴을 보기 위해 한참을 올려다봐야 했다.

"네, 제가 알리시아입니다."

그녀가 속삭였다.

"호텔 문에서 만나기로 한 것 아닌가요? 그러니까 호텔 바깥에서 말이죠. 제 말이 틀리면 그렇다고 하세요. 하지만 난 우리가 그렇게 약속했다고 기억하는데. 문에서 보기로요. 밖에서 제법 기다렸어요."

알리시아가 일어섰다. 쩌렁쩌렁한 목소리와 힘의 원천으로 삼는 헝클어진 머리칼이 붙어 있는 머리를 능히 떠받치고 있는 목과 타이탄의 팔뚝을 붙이고 있는 몸뚱이는 그녀가 일어서도 여전히 거대했다. 그리고 눈. 그 눈은 고객이 약속 장소에 서 있는 동안 감히 그곳에 태연자약하게 앉아 있는 멍청하고 가이드로서 기본이 안 된 아가씨를 금방이라도 짓이겨버릴 것 같은 그런 눈이었다.

"미안합니다. 그렇지만 전 십 분도 더 기다렸어요. 당신이 오지 않기에 안으로 들어와 앉아 있기로 한 거고요. 오전 내내 선 채로 있을 수는 없잖아요."

"오전이라고? 무슨 오전이요? 그 멍청이들이 내 흰 옷을 다른 투숙객들의 색깔 있는 옷과 같이 빨아버렸거든. 어떻게 그럴 수가 있지? 이해가 가요? 이 호텔이 사람들 옷을 섞어버려서 내 흰 옷에 온통 불그스름한 물이 들었단 말이오. 그래서 늦어진 거요. 이건 당신이 납득할 만한 충분한 이유가 된다고 보는데. 그건 그렇고 오전 내내라니? 고객이 제시간에 나타나지 않는 데 익숙해져 있다는 거요?"

알리시아는 바깥을 향해 걷기 시작했다. 그녀는 나름대로 정해둔 가이드로서의 규칙에 따라 고객의 시건방진 질문에는 대꾸하지 않았다. 거리에는 차량들 소리가 가득했고, 어디론가 말없이 급하게 걸어가는 사람들이 눈에 띄었다. 익숙한 냄새가 코를 찔렀다. 알리시아는 주도권을 되찾았다고 생각했다.

"마요르 광장부터 시작해보죠……"

"그건 꿈도 꾸지 마쇼."

"뭐라고요?"

그가 농담을 했음에 틀림없다. 그 남자는 알리시아를 곯려주려 하고 있다. 언젠가 첫번째가 닥치리라는 것을 알고 있었다. "뭐라고요?"라는 말이 그들 주위를 맴도는 동안 그의 모습을 좀더 자세히 뜯어볼 수 있었다. 그저 구월의 산들바람이 불었을 뿐인데도 거센 바람이 불어닥치기라도 한 듯 그 남자의 어깨 위로 어지럽게 흩날리는 밤색 머리칼을 뚫어져라 바라보았다. 그녀를 꿰뚫어버릴 것 같은 눈빛이었다. 알리시아는 당장 그 상황을 종료하기로 결심했다.

"마요르 광장에는 가봤으니까 다른 곳을 구경하고 싶다는 거요."

"역사 도심을 보고 싶다고 했잖아요."

"그랬죠. 하지만 난 사람들이 직접 생활하고 있는 곳을 보고 싶소. 여기서는 사람들이 어떻게 살아가고 있는지 알고 싶단 말이오. 예를 들어 당신이 사는 모습 같은 것 말이죠. 어디에 살아요?"

알리시아는 웃음을 터뜨렸다. 그리 심하게 웃은 것은 아니다. 왜냐하면 웃기는 상황이 아니었기 때문이다. 그러나 알았다는 미소를 지었다. 그가 모든 일에 너무나 분명하고 직선적이라는 점이 우스웠을 뿐이다.

"우리집은 이 도시의 관광 여정에는 포함되어 있지 않은데요."

독기 서린 바람인가, 통제 불능의 에너지인가? 알리시아도 모르는 사이에 두 사람 머리 위로 일진광풍이 불어닥친 건가? 아니면 장갑차가 옆을 지나거나 비행기가 너무 낮게 난 것일까? 엄청난 파괴력을 지닌 어떤 힘이 그 남자의 머리를 잡아 획 돌려버린 것만은 분명하다. 그 힘은 상승하면서 마리오의 머리를 들어올리더니 이윽고 그의 눈에도 작용하여 급박한 하강운동을 거쳐 다시 그녀에게 시선이 얹히게 만들었다. 그는 이제 알리시아를 응시하고 있다. 단지 그녀만을. 그러나 알리시아가 깨닫지 못하는 사이에 그들을 엄습했던 그 완력, 그 엄청난 힘은 그의 입마저 열어젖혔다. 마리오는 그녀에게 소리쳤다.

"난 관광객이 아니라니깐, 이 아가씨야. 아직도 몰라?"

소리 지른 것은 아니던가? 알리시아는 자신이 방금 들은 소리가 비명 소리 같기도 하고, 단지 개 짖는 소리나 어린아이의 울음소리 아니면 좀 떨어진 데서 들리는 브레이크 신음 소리 같다고 생각했다.

"전화로 이야기한 것과 지금 말이 완전히 다르잖아요."

어쩌면 그가 소리를 지르지 않았는지도 모른다. 알리시아가 이 사내가 오늘 아침에 빗질을 했는지 안 했는지 온 신경을 곤두세우고 바라보았을 때, 조금 전 지나갔을 수도 있을 장갑차의 굉음을 진짜로 들은 것인지도 모른다. 그렇다. 그에게서 분명 바람과 독기 어린 분노가 느껴졌다. 그런 까닭으로 알리시아 역시 소리를 지르고, 그 남자의 키클롭스*의 다리통을 걷어차버리고, 비가 오지 않았고 오지 않을 게 확실한데도 싱그러운 빗방울 냄새로 동이 튼 토요일 아침의 그 일을 끝낸 셈치고 걸어서 집으로 돌아가고 싶었다.

"좋소. 그러면 지금 요구하는 대로 맞춰주시오. 나는 이곳에서는 사람들이 어떻게 사는지 보고 싶소."

세 시간 안에? 아니지, 두 시간 반 안에?

"돈부터 주세요."

알리시아는 고개를 들어 마리오가 혀로 윗니에 낀 것을 훑어내는 것을 보았다.

"당연하지. 좋았어."

그녀의 말이 당연하고 맘에 들어선지 그는 커다란 지갑에서

---

* 그리스 신화에 나오는 외눈 거인.

약속된 액수의 돈을 꺼냈다.

"시장이요? 바? 아니면 상업지역?"

"모두 다."

모두 다, 라는 말과 작은 가방에 잘 챙겨넣은 돈을 출발점으로 삼아 알리시아는 앞으로 걸어나가기 시작했다. 그들은 마드리드 시내에 있었고 비행기들은 편안한 고도를 확고히 유지했다.

2

마리오는 곧 초록색 수첩을 꺼내 알리시아가 말하는 것을 받아 적었다. 그녀는 이야기하고 그는 들었다. 그는 알리시아는 보지 않고 그녀 주변만 쳐다보면서 적었다. 그녀의 말을 한마디도 놓치지 않고 적는 것 같았다. 마리오는 이제 닥치는 대로 언행, 평소의 행동거지, 일상적인 활동을 포착하고 흡수하는 데 자신의 공격성을 사용할 기세였다. 그가 흡수한 것들은 그의 뇌 어딘가의 안전한 장소에 차곡차곡 쌓일 것이다. 그의 눈은 타인의 행동을 예의 주시하는 감시자의 눈초리로 바뀌어 있었고, 알리시아는 상점과 거리 구석구석은 물론이고 마주치는 성당과 골목까지 빠짐없이 설명해주었다.

"몇 살이오?"

아이들이 별로 없는 한 놀이터 앞을 지날 때, 그가 그녀에게 물었다.

"내 나이 따윈 기록에 남길 만큼 흥미롭지 않을 텐데요."

"나한테는 흥미로운데. 물론 당신 나이가 중요하다고. 대답해 봐. 몇 살이지?"

알리시아는 한 아이를 응시했다. 그 아이는 할아버지로 보이는 나이 지긋한 남자가 곁에서 살펴보는 가운데 놀이터 그네를 천천히 탔다.

"왜 그 수첩에 모두 적는 거죠?"

그 순간 마리오는 멈춰 섰다. 아까보다 다소 누그러진 바람이 머리 위로 불고 있었다.

"난 지금 조사중이야. 유럽을 돌아다니며 조사를 하지. 당신 몇 살이오?"

아이는 그네에 혼자 있었다. 할아버지는 벤치에 앉아서 그네를 세게 타지 말라고 주의를 주었다. 아이는 더이상 천천히 탈 수 없을 정도로 살살 타고 있다는 눈빛으로 할아버지를 바라보았다. 별로 위험하지 않다고, 그넷줄을 꽉 잡고 있다고, 떨어지지 않는다는 눈빛으로.

"서른한 살이에요."

"난 서른아홉이오. 반갑군."

바람이 멈추었다. 마리오는 오른손을 알리시아에게 뻗었고, 그녀는 별반 반가워하는 기색 없이 그 손을 잡았다.

"시간이 얼마 남지 않았네요. 특별히 보고 싶은 곳이 있나요?"

"물론이오. 아주 많지. 저 집들의 내부는 어떤지, 사람들은 거실에서 무얼 하는지, 무슨 요리를 하고, 무슨 TV 프로를 시청하는지. 아주 많지. 하지만 그런 건 다른 방법으로 알아보려고. 커피 한잔 사지. 어떻소?"

알리시아는 원하지 않았다.

"이십 분밖에 안 남았어요. 보고 싶은 게 있을 텐데요. 모시고……"

"당신하고 커피 한잔 하고 싶소. 어디로 갈지 말해요."

알리시아는 한숨을 내쉬고는 오전 내내 그녀 옆에 붙어 다니던 육중한 몸을 보기 싫어서 고개를 돌렸다. 알리시아는 손가락을 세게 비벼대고 있었지만 그는 이를 알아채지 못했다. 그게 자기 손가락일까? 지나치게 길고 가는 그 손가락이 정말 자기 손가락일까? 커피를 마시는 것도 사람들이 하는 가장 일상적인 행위 중 하나일 것이다. 그러니 특별히 고객이 요구해서 커피를 마시는 것 역시 오늘 아침에는 일의 한 부분이다. 커피를 마신다…… 해가 될 건 없다.

"근처에 괜찮은 카페가 있죠. 테라스에 앉을 수 있어요."

테라스에 앉으면 그 사내의 눈은 알리시아의 눈과 평행이 될 것이다. 함께 앉으면 빗질을 하지 않아 헝클어진 머리칼이 그의 머리 주위를 부유하는 것을 보지 않을 도리가 없을 것이다.

"이 일로 생계유지가 돼요?"

알리시아는 아이스티를, 그는 맥주를 주문했다. 커피는 아무도 마시지 않았다.

"왜 그렇게 개인적인 질문을 많이 하시는 거예요?"

그는 한 손으로 흩어져내린 머리칼을 쓸어 넘겼다. 헛수고였다. 왜냐하면 손을 놓자마자 머리칼이 다시 원위치로 돌아왔기 때문이다.

"그 점에 대해선 벌써 말한 걸로 아는데. 지금 조사중이라고 했잖소."

"제 삶을요?"

"당신의 삶은 이 도시 사람들의 삶의 일부요. 그래서지. 어떤 식으로든 말이오."

두 사람은 잔을 들어 한 모금씩 마시고는 잔을 다시 탁자 위에 놓았다. 십 분밖에 남지 않았다. 십 분이 지나면 그녀는 다시 침묵이 감도는 집으로 돌아가게 된다. 그리고 과일 주스를 만들면서 천천히 부엌을 오갈 것이다. 십 분 후면 고집스럽고 위압적인 저 목소리에서 느껴지는 투박함도 잊어버릴 것이다. 시내 가이드 역할을 하는 그녀에게 다가와 목을 꽉 쥐고는 아무런 저항도 못하고 기진하여 쓰러질 때까지 격렬하게 흔드는 목소리를.

"아니에요. 그것으로 생활이 되진 않아요. 번역도 하고 때때로 강의도 하죠."

"흥미롭군."

아마도. 아마도 그녀의 삶이 흥미로울 수도 있으리라. 알리시아는 빨리 다 마셔버리고 어서 일어나 그곳을 뜰 작정으로 다시 잔을 들이켰다. 십 분이 남았어. 이제는 구 분.

"당신을 보면 내가 전에 알았던 사람의 얼굴이 떠올라. 하지만 그게 누군지 기억나질 않아. 당신을 보면 전에 어딘가에서 만났던 것 같지만, 맹세코…… 당신이 누굴 기억나게 하는지, 아니면 당신을 어디서 보았는지 전혀 기억해낼 수가 없어."

"가끔 있는 일이죠."

그 대답 하나 하는 데 아마도 팔 분이 걸렸을 것이다. 집에 가면 간단히 뭘 먹고, 누워서 뒹굴며 비디오를 볼 것이다. 수년 전부터 세 시간짜리 테이프에 차례차례 녹화해서 간직하고 있는 영화들 중 한 편을 볼 것이다. 얼마나 여러 번 봤는지 대사까지 통째로 외워버렸지만 계속해서 다시 볼 것이다. 최고의 영감을 주는 영화들이기 때문이다. 존재의 아름다움. 좋은 시나리오와 좋은 배우들을 쓰면 예술작품을 만들 수 있다는 증거. 인간의 행동 중에서 가장 사랑스러운 면을 포착하면, 예술적인 면도 얻어진다. 완벽함, 평온함, 편안함을 보여줄 수 있는…… 그런데 두터운 입술에 머금고 있는 저 사내의 미소는 뭘까? 그는 맥주를 다 마시고 한 잔을 더 시켜놓고 계속 그녀를 쳐다보면서 쉬지 않고 흔들어대는 손 위로 내내 미소를 짓고 있었다.

"이봐요? 지금 여기 있는 거요? 아니면 미지의 행성에라도 가 있는 거요?"

알리시아는 시계를 바라보았다. 시간이 별로 흐르지 않았다. 시간이 별로. 어떻게 그럴 수 있을까? 시간이 멈추었단 말인가? 그녀는 다시 한숨을 쉬고 손을 다리 위로 가져가 문질러댔다.

"내 전화번호는 어디서 얻었죠? 상점에서 보았나요?"

"결혼했소?"

이제 그녀의 참을성은 한계에 달했다. 신중할 줄 모르고, 머리 위를 선회하는 바람과 비행기들의 분노를 빨아들이고, 커다란 손가락을 알리시아의 잔 위에 갖다대면서 그녀가 마시는 것이 괜찮은지 또 마셔봐도 되는지 묻는 사내의 입술에는 미소가 가시지 않았다.

"이제 관광은 끝난 것 같은데요."

그녀가 몸을 일으키며 말했다.

"원하신다면 남은 걸 드세요. 정말로 맛이 어떤지 알고 싶으면 한 잔 더 주문하는 게 어때요. 남은 게 얼음뿐이라."

마침내 끝났다. 이제 안녕이다. 지금까지 한 일 중 가장 어려운 일이었다. 골치 아픈 첫 고객과의 일이 비로소 끝났다. 알리시아는 테라스를 벗어나 가능한 한 빨리 지하철을 타고 집으로 가려고 했다. 모아둔 비디오 중에서 가장 아름다운 영화를 한 편 볼 작정이었다. 옥스퍼드 대학의 부유한 학생들에 관한 영화를. 치즈 샐러드도 만들고 평소에 너무나 갖고 싶어했던 강아지도 한 마리 살 것이다.

"아가씨, 그렇게 서두르지 말라고. 아직 한시가 안 됐잖아. 내 시계 좀 봐요. 오 분 이상 남았는데."

알리시아는 그가 팔을 잡아당기는 것을 느끼자 몸을 돌렸다. 그러자 걸걸한 목소리가 그녀의 얼굴로 곧장 날아들었다. 그녀는 애써 뿌리치려 했지만 불가능했다. 그저 가만히 있는 편이 낫겠다는 생각이 들었다. 이 남자가 조금만 더 힘을 주면 팔뚝이 부러질 것 같았다.

"놓아주세요."

그녀가 소곤거렸다.

"당신이 가지만 않는다면."

"다른 약속이 있어서 그래요. 가봐야 해요."

"나와의 일을 잘 마무리하면 놓아주지. 난 세 시간의 비용을 지불했고 그 세 시간을 다 채워주길 원한다고."

머리를 든 알리시아에게 예상치 못한 광경이 펼쳐졌다. 바람과 헝클어진 머리칼과 화난 얼굴 대신 그녀가 본 것은 새로운 미소와 별로 악의 없어 보이는 시선이었다. 위험은 없었다.

"그러죠. 절 놓아도 돼요."

"정말인가?"

"네."

잡고 있던 손가락의 압력이 풀리는 것이 느껴졌다. 그의 손가락에서 아주 조금씩 힘이 빠지기 시작했다. 그녀가 팔을 교묘하게 빼고 달아나기에 충분했다.

그녀는 다리가 허락하는 한 달리고 또 달렸다. 입을 벌린 채 숨을 헐떡거리며 달렸다. 계속 달려야 한다는 사실과 달리는 속도 때문에 눈이 촉촉하게 젖어왔다. 아직 그녀 곁을 떠나지 않으려는 한 남자에게서 도망가는 폼이 친구들과 술래잡기 놀이를 하는 열 살짜리 아이 같았다. 조만간 멈춰 서서 남자가 뒤쫓아 오는지 확인해야 한다. 신호등에 걸리거나 다리가 더이상 말을 듣지 않으면 뜀박질을 멈출 수밖에 없다. 그리고 그때 만일 그가 있으면 경찰에게 알리거나, 비명을 지르거나, 지나가는 친절한 커플에게 도움을 청해야 한다. 어쨌든 그녀는 지금 마드리드 한

복판에 있다. 입을 다물지 못하고 계속 달리면서 감히 뒤를 돌아보지 못하는 그 아가씨를 위해 누군가는 나서줄 것이다. 그런데 그 남자도 달리고 있는 중이라면?

만일 그가 그녀도 모르게 집까지 뒤쫓아 온다면? 자물쇠에 열쇠를 꽂고 문을 열었을 때 그가 벌써 안에 들어와 커다란 손에 아이스티를 들고 그녀를 기다리다가 두툼한 입술에 미소를 띠며, "받아. 이건 당신 거야. 맛이 좋아. 마셔보라고"라고 말한다면? 계속 그랬던 것처럼 위압적으로, 불복종의 여지를 주지 않고, 뛰쳐나갈 수 있는 가능성도 전혀 없고. 오 분밖에 남지 않고, 계약 시간이 곧 끝나 저 얼굴을 영원히 보지 않을 수 있다는 사실을 확인할 가능성도 전혀 없이. 그가 자신의 집 안에 있고 거기 사는 사람처럼 부엌에서 음식을 준비한다면? 사람들의 사적인 행동거지를 집 안 내부에서부터 연구하고 싶다고 말한다면? 그녀는 어찌해야 할까? 이미 뛰쳐나갈 수 있을 가능성도 없다. 그녀가 집 안에 들어온 후 문을 닫아버리고는, 그녀가 미혼이라는 사실을 이미 알고 있다고, 서른한 살이면 여자에게는 아주 멋지고 좋은 나이라고 말한 뒤에 편하게 있으라고 강권한다면? "내가 과일 주스를 준비하는 동안 샤워나 하지 그래?"라고 말하면서 그녀의 신발과 옷을 벗기려고 한다면? 저 거대한 팔뚝은 그녀의 침대에 들어가지도 않을 것이다. 저 커다란 몸뚱이가 그녀 위로 올라갔다가는 그녀는 죽고 말 것이다. 깔려 죽지 않으려면 그녀가 남자의 몸 위로 올라가 움직여야 할 것이다. 처음으로 눈물까지 흘리도록 그녀를 갈기갈기 찢어버릴 성기를 지닌 그 사내를 어떻게 다루어야 할지 결정해야 할 사람도 바로 그녀여야만 한다. 알리시아는 뒤도 돌아보지 않고 달리고 또 달려서 금방 지하철역에 이르렀다. 그녀는 첫번째 칸으로 뛰어들어 나이 지긋한 두 여자 사이에 앉고 나서야 기분이 조금 나아지기 시작했다. 많이는 아니었다. 단지 조금 나아졌을 뿐이다.

그의 옷을 벗기는 건 그녀일 것이다. 비록 그녀가 행동하는 동안 그는 무릎을 꿇고 있거나 소파에 가만히 앉아 있어야 하겠지만. 죽고 싶지 않으면 그 상황에서는 그녀가 주도권을 잡아야 할 것이다.

그녀가 밖으로 나왔을 때 휴대폰에서 귀에 익은 소리가 들려왔다. 휴대폰 화면을 보고서 문자가 왔다는 것을 알았다. 휴대폰을 열고 메시지를 읽었다. '모두 고마웠소. 놀라게 해서 미안하오. 마리오.'

그녀의 윗입술이 가볍게 떨리고 있었다. 심하지는 않았다. 뜀박질 때문이라는 것을 알고 있었다. 아파트에는 아무도 없었다.
그녀는 혼자 차가운 물로 샤워를 하고 오렌지와 당근을 넣어

주스를 많이 만들었다. 그리고 화초에 물을 주었다. 그녀는 이 모든 일을 아주 평온하게 했다. 누구의 옷을 벗길 필요도 없이. 죽도록 아프면 어쩌나 싶어 성기의 크기를 가늠해보지 않아도 된다. 그녀는 휴대폰에 뜬 문자 메시지를 다시 읽어보았다. '놀라게 해서 미안하오.' 밤이 지나면 아침의 상쾌함이 되돌아올 것이고, 고양이들은 저 아래, 나무가 별로 없는 도시의 좁다란 나무 틈에 줄곧 웅크리고 있을 것이다. 여인네들은 다시 부엌 의자 위에 다리를 쭉 펴고 있을 것이고, 밀폐된 집 안에 차 끓이는 냄새가 다시 퍼질 것이다. 다시 비 냄새가 날 것이고 끈 달린 잠옷 차림의 알리시아는 머리가 헝클어진 채 창가에 나타날 것이다. 향기가 되살아나고 그녀는 눈을 감을 것이다.

그러나 그것은 다음 날 아침에 일어날 일이다.

그 전에 알리시아는, 사람의 눈길이 닿지 않는 지평선 너머까지 펼쳐진 초록의 대지를 굽어보고 있는 저택을 소유한 부유한 가문 출신의 매력적이고 순결한 옥스퍼드 청년들과 오후를 보내게 될 것이다. 다음 날 아침이 되기 전에, 달콤하고 포근하기 그지없는 비현실이라는 치마폭에 휩싸여 오후를 보내게 되리라.

일본판 닭 괴사 사건
La epidemia de Traigúen

알레한드라 코스타마그나 Alejandra Costamagna(칠레, 1970~)
이은아 옮김

다들 말하길, 그 여자는 아주, 아니, 정말 아주 이상하다고 한다. 이름은 빅토리아 멜리스인데, 별 고민 없는 사람들, 혹은 조금 상심한 사람들이 그러는 것처럼, 일본에 와서 한 남자를 따라다니고 있다. 그는 트라이겐 출신의 산티아고 부에노라는 사람으로 사업차 가마쿠라에 와 있다. 양계 전문가인 그가 가마쿠라에서 하는 일은 미래의 고객들이 최상질의 닭을 위해 지갑을 열도록 설득하는 것이다. 수출용 닭은 생선으로 사육하지도, 호르몬 주사로 살찌우지도 않는다. 뭐랄까, 그다지 편히 죽도록 내버려두는 것은 아니지만 그렇다고 결코 괴상한 방식으로 죽이는 것도 아니다. 트라이겐의 닭에게만 감염되는 지역 전염병이 양계업의 상권을 시시각각 위협하고 있다. 산티아고 부에노는 '트라이겐 닭고기'의 경영자로, 이 점에 대해 각별한 주의를 기울여야 한다. 닭이 감염되면 약해지고 마르면서 꼴사나워진다. 마치 갑자기 만성 무기력증에 걸린 것처럼 말이다. 그것이 유일하게 나타나는 증상인데, 어느 날이고 간에 죽어나간다.

하지만 빅토리아와 산티아고의 일은 이전에 시작된다. 오륙 개월 전쯤. 여자는 당시 열아홉 살로 눈이 아주 크고 미간이 넓다. 그녀의 귀는 눈을 빨아들이는 소용돌이처럼 보인다. 그녀의 양 눈을 빨아들이는 소용돌이. 빅토리아는 비서인데, 그 당시까지 스스로 업무를 수행해본 적이 없다. 사실상 돈을 벌 수 있는 어떤 직업도 가져본 적이 없다. 철도 사고로 죽은 부모님의 유산 덕택에 어느 정도 편안한 생활을 유지하고 있다. 그런데 며칠 전 신문에서 어떤 광고 하나를 보고는 전화를 걸어 비서직에 대해 문의했다. 별다른 절차 없이 트라이겐 닭고기에 일자리 하나를 얻었다. 오늘, 3월 23일 화요일이 그녀의 첫 근무일인 것이다. 오늘 아침 자신의 아파트에서 나설 때, 쌍둥이용 유모차에 부딪혀서 한쪽 발을 삐었다. 그녀는 젖먹이 아기들이란 젖 빠는 일 외에는 하는 일이 없다고 생각했다. 그 동안 아기들의 엄마는 사과를 하면서 쌍둥이의 칭얼거리는 울음을 달래려고 애를 썼다. 절뚝대면서 기분이 상한 채 출근했다. 그리고 지금 그곳에 있다. 아픈 발과 복잡한 심정을 지닌 채. 이건 순식간에 생긴 일이다.

빅토리아는 산티아고 부에노를 보는 순간 그에게 사로잡힌다. 혼자서 흑담배를 피우고 있는 거친 목소리의 저 남자에게 눈이 멀었다고 말할 만하다. 빅토리아는 격정적이고 변덕스런 감정의 소유자다. 흔히들 그녀가 아주, 아니, 정말 아주 이상하다고 말한다. 게다가 그녀는 숙명적으로 사랑에 빠지는 여자, 바로 그런 여자다.

그녀는 소개를 한다. 안녕하세요, 광고를 보고 왔어요. 무슨 광고? 비서직에 관한 거요, 금요일에 말씀드렸는데, 기억나세요? 아, 예, 벨리스 양, 조금 늦게 오셨네요. 전 멜리스인데요, 벨리스가 아니고 멜리스. 아주 좋네요, 멜리스 양, 그게 당신 책상이에요. 파일 안에 오늘 일정이 들어 있어요. 그리고 다음에는 시간을 더 정확하게 지켜주세요, 됐죠? 빅토리아는 오늘 할 일을 처리한다. 스물네 명의 손님에게 전화를 하고, 서른아홉 통의 전화를 받고, 산티아고 부에노라는 매력적인 건수에 대해 생각하면서 정신을 놓고, 설탕 네 숟가락을 넣은 커피를 마시고, 오늘 일정에 따라 일하고, 여덟 명의 손님에게 전화를 하고(그중 한 명은 영어로 대답을 한다. 그녀는 즉시 끊는다), 유모차에 탔던 재수 없는 아기들을 생각하고, 세상의 모든 재수 없는 아기들을 생각하고, 엄마인 것처럼 상상해보려고 하고, 그 황당한 생각을 비웃고, 일정대로 다시 움직이고, 영어로 걸려온 전화를 받고, 헬로우, 익스큐즈 미, 잇 이즈 어 미스테이크, 미스터(여보세요, 죄송한데요, 잘못 거셨어요), 전화를 끊고, 벽 너머의 산티아고 부에노의 웃음소리를 듣고, 그를 생각하면서 정신을 놓고. 누구에게나 쉽게 반하는 그녀는 다른 것을 생각할 수가 없다. 벽 가까이 다가가 그가 기침하는 걸 듣고, 그를 상상하고, 기침하는 입을 상상하고, 환상을 품으면서, 트라이겐 닭고기의 경영자에게 집착하고, 그녀를 향해 기침하는 그를 본다. 쉰 목으로 몸을 흔들면서, 탄성 있는 기침을 뱉어내면서, 마치 잡아 먹히는 순간의 무언가를 보듯이 그녀를 쳐다보자, 그녀는 너무나 당황해한다. 일곱시경에 그 남자가 사무실을 나갈 때, 빅토리아는 이미 입가에 키스를 준비하고 있다. 회사 응접실에 둘만 남는다. 남자는 놀라지만, 그래도 역시 키스하도록 내버려둔다. 칠레 산티아고의 가을 햇빛이 내리쬐는 오후다. 사장과 비서는 레푸블리카 거리의 한 모텔에서 몇 시간을 더 보낸다.

일정의 마지막에, 즉 뒤치기, 그네타기, 펠라티오를 포함한 그녀의 능란한 성적 시범이 모두 끝난 후에 남자는 흑담배를 하나 피우면서 거친 목소리로 말한다. 빅토리아는 조용히, 매우 유심히 듣는다. 왜냐하면 남자가 자기 자신에 대해 말하는 것을 듣는 것보다 더욱 흥분되는 일은 없기 때문이다. 몬테비데오의 호텔에 들어서는데 로비에서 한 놈이 내게 다가오는 거야. 큰 목소리로 부에노는 회상한다. 분명 나를 다른 사람으로 착각한 거야. 그러고는 산티아고 부에노를 아는지 내게 물어봐, 난 농담하려고, 저는 모르겠는데요, 몰라요, 그를 알지 못해요, 라고 그에게 대답해. 그러자 그는 산티아고 부에노에 대해, 나에 대해, 말하기 시작하는 거야. 듣고 있니? 이십여 분 동안이나. 마음에 드는 건, 들어봐, 그놈은 내 닭들을 치켜세우는 게 아니고 나를 치켜세우는 거야. 얼마나 특별한지 이해하겠니? 그 여자는 뭐가 좋다는 것인지 뭐가 특별한 것인지 이해하지 못한 채, 다시 그에게 키스하려고 한다. 그러나 그는 내키지 않는 기색을 보이며 그녀가 가까이 오는 걸 막고는, 몬테비데오의 어느 오후 산티아고 부에노에 대해서, 그에게, 바로 그에게, 말을 건 그놈에 관해서 계속 이야기를 한다. 이보다 더 황당한 일이 있을까? 그의 이야기와 함께 매 순간마다 벽을 통해 스며드는 흥분한 괴성 말고는 레푸블리카 거리의 방은 매우 조용하다. 빅토리아에게는 신전처럼 보인다. 방을 비우기 전에, 산티아고 부에노는 귀에 대고 이야기를 한다. 핥아줘, 그녀에게 말한다. 빅토리아는 감정을 주체할 수 없어 정성을 다한다. 마치 월급쟁이 매춘부인 양. 그렇지만 머릿속에 아기 기린의 이미지가 스친다.

그녀는 그 순간부터 모든 것이 행복일 거라고 생각한다. 그러나 이건 심한 착각이다. 레푸블리카의 장면은 예닐곱 번 반복된다. 그리고 이 지역에서 가장 좋은 조류들 중 살찌고 육질 좋은 닭 다섯 마리, 트라이겐의 닭 다섯 마리가 죽은 어느 날 아침에, 산티아고는 빅토리아를 사무실로 불러서는 그녀를 회사에서 내보낸다. 당신은 해고됐어요, 라고 말한다. 왜요? 그녀가 묻는다. 왜냐하면 그렇게 됐으니까, 그는 단호히 말한다. 그건 이유가 아니에요, 라고 그녀가 따진다. 아직 그녀의 목소리가 애원하는 것처럼 들리지 않는다. 왜냐하면 그때까지는 농담이라고, 그녀를 놀리는 것이라고 생각했기 때문이다. 왜라고 말할 이유가 없지, 사장은 문을 연다. 그때에야 빅토리아는 힘이 빠진다. 이제 부탁하건대……, 산티아고가 중얼거린다. 문장을 다 끝내기도 전에 그녀는 이미 그를 덮친다. 이제 내게 존댓말을 쓰네요, 차고*? 그리고 이제 나를 버리겠다고요? 그런데 도대체 당신에게 무슨 일이 일어난 거예요? 내겐 아무 일도 일어나지 않았어요, 멜리스 양. 당신은 회사가 필요로 하는 사람이 아닙니다. 그게 다입니다. 문 닫고 나가주시겠습니까? 문은 무슨, 얼어 죽을 문! 이성을 잃은 그녀는 이렇게 소리를 지른다. 그러나 그는 손바닥으로 그녀의 입을 가리면서 귀에 대고 무언가를 말한다. 그녀가 겨우 입을 떼고 중얼거리는 것으로 보아 무언가 매우 듣기 거북한

---

* 산티아고의 애칭.

말이었음에 틀림없다. 너는 니미씹이야. 그러고는 떠난다.

사실 산티아고는 결코 빅토리아를 사랑하지 않았다. 정말 진실로 말하면, 산티아고는 어느 누구도 사랑한 적이 없었다. 그녀는 자신의 물건들, 즉 꽃병, 외할머니 사진, 사무용품 두어 개 등 그다지 중요하지 않은 잡동사니들을 거두고는 다시는 사무실에 가지 않는다. 한 주가 지난 후 쳐다보기조차 싫은 전화기에 다가가 트라이겐 닭고기의 번호를 두드린다. 그러자 트라이겐 닭고기입니다. 굿모닝이라는 소리가 들린다. 플루트 소리 같은 여자의 목소리다. 차고를 바꿔줘요. 빅토리아는 명령한다. 새로운 비는 그녀가 상사의 부인일 거라고 생각한다. 그렇지 않고는 예고도 없이, 스페인어로, 회사 사장에게 전화를 바꿔준 것을 설명할 길이 없다. 산티아고 사장님, 1번 선에 전화 대기중입니다. 비서가 알린다. 그가 여보세요. 하자마자 전화선 저쪽에서 빅토리아의 격렬한 외침이 들린다. 이렇게 내가 당신을 잊는다고 생각하는 척하는 거야? 칼날 같은 분노를 누르면서 말을 시작한다. 원한다면 잊으시죠. 그렇지만 더이상 전화는 하지 마세요. 하, 아주 쉽네, 여자는 외친다. 그러니까, 다 끝났어, 아주 완전히 끝났어, 그녀는 아이러니하게 들리도록 말한다. 이해하신 것 같군요, 그는 매우 건조하게 대답한다. 이해라니, 그녀는 공격한다. 이렇게 일처리하는 게 아니지. 미안하군요, 산티아고가 대답한다. 그러고는, 이제 실례지만 그만……, 그럼 최소한 너라고 호칭해야 되는 거 아냐! 그녀는 인내심을 잃는다. 불평 어린 외침이 자기도 모르게 흘러나오는 중에, 아마도 어떤 코미디 프로에서나 들었을 법한 극적인 문장들이 튀어나온다.

이런 문장들이다. 당신을 일생 동안 사랑할 거야. 아니면, 훨씬 겸허하게, 세상 끝까지 당신과 함께 갈 거야. 아니면, 더욱 비참하게, 어느 날, 하다못해 내 그림자를 필요로 한다는 사실을 깨닫게 될 거야. 산티아고 부에노는 자식들의 어처구니없는 행동 앞에서 부모들이 취하는 인내심 어린 몸짓을 하면서 머리를 젓는다. 전화기에 입을 대고는 조용하게 대답한다. 조용히 해, 미친년, 헛소리 좀 그만 해. 끊는다. 그리고 그때, 방에서 거칠고 거만한 웃음이 터져나온다. 너무 오래 보관한 병의 코르크 마개를 딸 때 들리는 소리와 비슷하다.

그 전화를 한 지 얼마 후 빅토리아는 트라이겐 닭고기가 가마쿠라에 지사를 열고 사장이 일본으로 갈 것이라는 사실을 알게 된다. 아주, 아니, 정말 아주 미친 그녀는 상처 입은 심정으로 최근 두 달간의 삶을 증명하는 물건들을 모으는 중이었고, 그 여행에 대해 알았을 때 더이상 생각하지 않는다. 그날 밤, 그녀의 할아버지로부터 물려받은 진한 커피색 가방의 지퍼를 열고 손에 잡히는 것으로 그 안을 채운다. 트라이겐 닭고기의 영수증, 흑담배 꽁초, 레푸블리카 거리의 모텔 영수증, 사무실에 산티아고가 내버려둔 넥타이, 다양한 색 바랜 연필들, 상태 좋은 빅(Bic) 상표의 푸른 펜, 유효기간이 지난 지하철 패스, 전화, 수도, 전기 영수증, 신문의 '발행인에게'라는 난에 보낸 항의편지, 연필깎이, 속눈썹을 말아 올리거나 요구르트를 떠먹을 때 쓰는 커피 숟가락, 제7번 주[*] 신문의 농산물 소식 스크랩, 운전면허증, 구석에 있던 이빨 빠진 세라믹 재떨이. 짐 꾸리기가 끝났을 때, 그녀는 마치 자신이 구부러진 나침반을 보면서 걷고 있는 것 같다는 느낌을 받는다. 마치 지난 몇 달 동안 모든 연령대를 살아왔고, 그 모든 연령대의 자신과 대화를 나누기라도 한 것 같았다. 그러나 빅토리아는 이제 열아홉 살이고 산티아고 부에노를 따라 바로 그 일본으로 갈 채비를 갖추고 있다.

그것이 정확히 그녀가 한 일이다. 빅토리아 멜리스는 지금 가마쿠라의 갈보리 교회와 매우 가까운 유이가하마 거리에 그녀의 커피색 가방과 함께 있다. 그녀의 바로 앞에 있는 광고판 하나에 '자동차 신소'라고 적혀 있다. 빅토리아는 스페인어-일본어/일본어-스페인어 기초 사전을 찾아서 번역이라는 고된 작업을 거쳐, 그 미스터리를 풀어낸다. '새로 산 자동차를 액땜하는 제사

---

[*] 칠레는 북에서 남으로 각 주에 일련번호를 붙인다.

서비스를 이곳에서 제공한다'라고 광고판에 적혀 있다. 그러자 일본어를 알거나 모르거나 마찬가지라는 생각이 떠오른다.

그녀는 외국인을 위한 직업소개소의 자료를 가지고 가마쿠라에 왔는데, 운이 좋다. 첫날 엘사 아랑기스라고 하는 아르헨티나 사람의 집에 보모로 채용된다. 주인은 미망인으로, 스페인어를 하는 가정부를 육 개월 이상 찾고 있었기에 빅토리아 멜리스가 하늘에서 떨어진 천사처럼 보인다. 어쩌면 단지 안심이 되는 것일지도 모른다. 하지만 아주 보잘것없는 현지어 실력, 팔 개월 된 아기(파우스티노 2세), 최근의 과부 생활(파우스티노 아버지의 심장마비와 사별), 확고한 인생 계획보다는 무기력에 익숙해지고 길들여진 일상, 이런 사정을 따지자면 일본에서 스페인어를 하는 가정부를 구한 일은 이미 만족할 만한 것이다. 직업소개소에서 나서는 첫 순간부터 두 사람은 일종의 우정을 맺는다. 왜 여기에 왔니? 엘사 아랑기스가 팔에 아기를 안고는 묻는다. 왜냐면 할아버지가 일본에서 태어나셨어요, 빅토리아는 거짓말을 한다. 땅에 떨어진 도자기 인형을 줍는다. 어디서 사셨어요? 화제를 바꾸면서 묻는다. 뭘? 인형이오. 아, 나라 산이야, 아르헨티나 부인이 대답한다. 나라는 예쁜가요? 아주 예뻐, 천상의 도시지. 아이를 제가 안을까요? 빅토리아는 공손히 제안한다. 아냐, 아직은…… 부인이 대답한다. 근데 동양적인 모습을 전혀 물려받지 않았네. 운이 좋아. 제가 일본 여자처럼 보이지 않으세요? 빅토리아는 대담하게 운을 뗀다. 그렇게 말하니까, 그런 것도 같네, 이번엔 아르헨티나 부인이 거짓말을 한다. 아님 단지 분위기를 부드럽게 하고, 우정의 끈을 공고히 하려는 것일 수도 있다. 엘사는 그녀가 매우 마음에 든다. 그녀를 조카나 심지어는 딸처럼 여긴다. 아이들 좋아하니? 캐묻는다. 너무 좋아해요, 사모님. 나를 그냥 엘사라고 불러줘. 엘사, 빅토리아가 반복한다. 둘은 서로 웃는다.

처음에 여자들은 하루 종일 스페인어로 말하면서 보낸다. 현지 언어는 끝없이 스트레스를 주는 가장 골치아픈 일이어서, 스페인어로 대화를 나누면서 한 쌍의 남미 여인들은 가까워진다. 엘사는 빅토리아에게 다른 일제 차들처럼 칠레에 수출되는 스즈키의 운전을 가르친다. 빅토리아는 운전에 소질이 있다. 운전하는 동안(이를테면 세번째 운전 강습 때에), 엘사가 가리키는 길에서 벗어나지 않으면서, 철도 사고로 죽은 그녀의 부모님에 대해, 가짜 일본 할아버지에 대해, 비서직을 통해 배운 일에 대해, 동양의 선조들을 알기 위해 일본으로 여행할 생각을 한 것에 대해 이야기한다. 산티아고 부에노에 대해서는 말하지 않는다. 트라이겐 닭고기의 닭에 대해서도, 사랑의 고통에 대해서도. 엘사는 팔에 아이를 안고 운전자 옆 좌석에 앉아, 동양에 오게 된 사연을 세세하게 얘기한다. 가마쿠라에서 관광회사를 차리려는 파우스티노의 집념에 대해, 파우스티노 2세의 자연분만(산모가 직각 자세를 하고 물속에서 마취 없이)에 대해, 아기 아버지의 갑작스런 죽음에 대해, 아르헨티나로 돌아갈 때 겪게 될 감정적 어려움과 아기의 특이한 성격에 대해. 특이하다니, 왜요? 빅토리아가 묻는다. 제가 보기엔 아주 정상인데요. 저는 이런 아기를 한 명 가졌으면 하는데요. 아기를 원해? 아니요, 갖게 된다면 말이죠. 뭐가 이상한데요? 말씀해주세요. 빅토리아는 사카노시타 거리의 왼쪽 차선에서 순조롭게 우회전하면서 조른다. 아니, 아니, 아주 조용하다고, 그게 다야. 그래, 그녀가 옳다. 아기를 보면 알 만한 일이다. 조용하다는 건 말이 적다는 것이다. 누구든 저 명상하는 아기가 선(禪)의 영역에 영원히 머문다고 말할 것이다.

이렇게 처음 몇 주가 지나간다. 엘사가 쇼핑을 가거나, 잠을 자거나 시야에 없을 때, 빅토리아는 이 틈을 이용해 가마쿠라에서 산티아고 부에노와 그의 닭들이 남겨놓았을지 모르는 흔적을 찾고, 어떤 기적의 표시라도 구해보려고 신문을 뒤적이고 텔레비전을 시청한다. 분명한 건 그녀의 열성이 실패로 끝난다는 것이다. 그가 컴퓨터 스크린 앞이나 신문의 광고 문구 속에, 그렇게 마뎀사 냉장고를 광고하는 사람처럼 나타날 가능성은 매우 희박하다. 그리고 나타난다 하더라도, 빅토리아는 그렇게 많은 일본 상형문자 속에서 그를 구분해낼 수 있을지 스스로에게 반문한다. 빅토리아는 때로는 매우 선명한 기억을 지닌 채 잠에서 깨어난다. 산티아고에 있는 닭 사무실, 레푸블리카 거리의 모텔, 피스코 사워*를 마시고 자신에 대해 이야기하는 남자의 건조한 너털웃음, 섹스의 마지막 순간에 요구하는 것, 그의 만성화된 열정(그녀의 만성화된 열정). 그래서 그녀는 길거리로 나아가 사람들에게 묻고 싶은 마음이 든다. 당신 산티아고 부에노를 아세요? 여기서 그를 본 적이 있나요? 칠레 남부의 닭을 먹어보셨나요? 그러나 인내하며, 자신을 억제한다. 그 억제로 인해 점점 처음의 열정과 생기를 잃는다.

엘사 아랑기스는 그녀가 이상하다는 눈치를 채기 시작한다. 너 풀이 죽어 보여, 반쯤 나간 전등처럼, 이라고 그녀에게 말한다. 그러곤 대답을 기다리지 않고 그녀의 행동이 언어에서 오는 어려움 때문이라고 생각하면서 일본어 강좌에 등록시킨다. 그러나 먼저 한 가지 결정을 내린다. 이 집에서 더이상 스페인어로 말하지 않는다, 엘사가 명한다. 그러지 않으면 우리는 결코 일본어를 배우지 못할 테니까. 빅키야, 밖으로 나가야 해, 집에 처박

---

* 페루의 대표적인 칵테일 이름.

혀서는 언어를 배우지 못해. 아니 저, 저…… 빅토리아는 웅얼 거린다. 아니, 아무것도 아냐, 나는 너를 도우려는 거야. 그리하여 일이 이렇게 해결난다. 일주일에 두 번씩 집에 오는 개인교사를 고용하고 그날부터 스페인어로 하는 대화는 최소한으로 줄인다. 그녀는 공부를 하고, 파우스티노를 돌보고, 스즈키에 그를 태워 해변에, 에노시마에, 하치만 신사에 데려가고, 공원에서 부채질을 계속해대며 공부를 하고, 조각상처럼 조용한 아이를 바라보고, 다시 공부를 하고, 가마쿠라의 태양 아래서 극도로 지루해한다. 네가 적어도 말만 한다면, 젖먹이야…… 파우스티노를 혼낸다. 난 돌아버릴 것 같아. 뭐라고 말해봐, 코흘리개야, 아기에게 애원한다. 그러나 코흘리개는 아주 선적(禪的)으로 숨을 쉬고, 잠을 자고, 일제 차에 남겨진다.

그녀는 칠레로 돌아가는 일이 급하다고 생각한다. 그러나 이 여행을 헛되게 할 수는 없다고 생각한다. 그래서 산티아고 부에노에게 편지 한 장을 쓰기로 한다. 지역신문을 통해서, 혹은 아마도 일본에 있는 국가 정보국의 수색 서비스를 통해서 도착하게 만들기로 한다. 아니다, 칠레 대사관을 통하는 것이 훨씬 나을 것이다. 어느 날 오후에 파우스티노와 함께 신사 앞 의자에 앉아 이 주일 전부터 하던 일본어 기초 공부를 하다가 수첩과 빅 상표 연필을 핸드백에서 꺼낸다. 편지를 쓰기 시작한다. 너는 줄

곧 내 생활을 망쳐놓고 나를 강탈했어, 라고 쓴다. 그건 그녀에게 떠오른 유일한 문장이다. 잠시 일본어로 쓸 생각을 하지만 그저 낭만적 문구 하나를 배웠을 뿐이고 그것도 이미 잊어버렸다. 다음과 비슷한 문구였다. 너는 내 전부야, 아니면, 네 모든 것은 내 안에 있어. 일본어로 정확한 문장을 기억한다고 할지라도 그걸 그에게 쓴다는 것은 말도 안 되는 일일 것이다. 왜냐하면 그가 그녀의 전부다, 라는 건 맞는 말이지만, 전부에는 죽음도 포함될 수 있기 때문이다. 그녀는 종이 위에 뾰족한 연필을 내려놓는다. 고국어로 신성한 영감이 떠오르길 기다리면서. 그러나 헛수고다. 어떠한 글자도 그녀를 도와주지 않는다. 아이디어를 줘, 젖먹이야, 아이에게 말을 건넨다. 그러나 아이는 언제나 선에 잠겨 있어서 아무 말도 없다.

빅토리아는 잠든 아이와 함께 차로 돌아와 아이를 일제 카시트에 앉힌다. 그때, 안전벨트를 하고 스즈키의 시동을 걸려는 찰나, 예기치 않은 일이 일어난다. 기적이야, 라고 생각할 법하다. 왜냐하면, 바로 그때, 빅토리아 앞에 산티아고 부에노의 모습이 나타났기 때문이다. 그 남자는 지금 찻집에서 나와 크게 웃어젖히며 길을 건너고 있다. 다음 신호등까지 천천히 걸어간다. 혼자가 아니다. 일본 사람으로 보이는 한 여자가 그와 함께 있다. (게이샤가 아직까지 있는지는 모르겠지만) 게이샤라고 생각한다. 이건 그녀가 감당하기 어려운 일이다. 넌 내 생활을 망쳐놓고 나를 강탈했어, 라고 혼란스런 머릿속에서 되풀이해 말하며, 급하게 아무 데나 주차를 하고, 깜빡이를 켰다 껐다 하고, 전조등을 끄고, 차에서 총알처럼 내려, 문을 꽝 닫고, 그 커플 뒤를 따라 달려간다. 조심스럽게, 한 블록 내내 그들을 쫓아간다. 진줏빛 포석이 깔린 골목으로 접어드는 그들을 본다. 그는 일본 여자의 허리에 손을 두르고 같이 비틀거리면서 걸어간다. 그들이 골목 끝에 있는 한 건물로 들어가는 것을 본다. 네온 간판에는 영어와 일본어로 야시로 호텔이라고 되어 있다. 그들이 시야에서 사라진다. 빅토리아는 호텔 문으로 다가가 기다린다. 무엇을 해야 할지 잘 모른다. 아무것도 할 수 없다. 나무 가로등에 기댄다. 그렇게, 아주 조용히. 호텔의 각 방 내부에서 일어나는 일을 상상해보려고 한다. 갑자기, 3층의 왼쪽 창문에 한 여자의 실루엣이 드러나는 것을 본다. 그녀다, 확실히 그녀다. 빅토리아는 그녀가 산티아고 곁에 있던 바로 그 일본 여자라는 것을 맹세할 수 있다. 한 남자, 그래 지금은 100퍼센트 산티아고 부에노로 확신하는 한 남자가 동양 여자에게 다가가고 갑자기 커튼을 닫는다.

  빅토리아는 불이 켜진 창문을 뚫어지게 바라본다. 하지만 그녀의 눈은 조금 멀었다고 할 수 있다. 아니, 과거에 머물러 있다.

죽기 몇 분 전에 그렇다고 하듯이, 이미지들이 천천히 그녀의 머릿속에서 부서진다. 그녀는 자신을 덮치는 것이 분노인지, 슬픔인지, 죽음의 서막인지 알 수 없다. 그녀의 머릿속에는 레푸블리카 거리의 모텔이 나타난다. 레푸블리카 모텔의 산티아고. 등을 돌리고 있는 그, 그녀 앞에 마주선 그, 그녀 위에 있는 그, 그녀 속에 있는 그를 본다. 그가 말하는 것을 듣고 그의 거친 웃음소리를 듣는다. 산티아고는 틀림없이 게이샤에게, 그 일본 창녀에게, 몬테비데오 호텔의 그놈 이야기를 들려주고 있을 것이다. 산티아고 부에노에 대해 이야기하던 그놈, 산티아고 부에노에게, 바로 산티아고 부에노에게, 산티아고 부에노 자신에 대해서 말하고 있을 것이다. 얼마나 특별한 녀석인지, 얼마나 기분 좋은 녀석인지 이해하겠니? 산티아고는 이 순간에 황색 인형의, 도자기 인형의 가슴을 만지고 있을 것임에 틀림없다. 어이, 내 그걸 핥아줘, 그걸 핥아줘. 진줏빛 포석이 깔린 길 위에서, 사랑에 쉽게 빠지는 빅토리아는 몸을 비튼다. 기다리는 네 시간 동안 호박색의 창문은 여전히 반짝인다. 반면, 그녀의 불꽃은 사그라지는 것 같다. 아무것도 할 수 있는 게 없어. 저 동양의 호텔 방에서 앞으로 얼마 동안은 아무도 나오지 않을 거야.

빅토리아는 천천히 뒷걸음친다. 그녀의 머리는 텅 비어 있다. 스페인어로도 일본어로도 은어로도 아무 말도 떠오르지 않는다.

스즈키에 돌아와서야 생각할 능력을 되찾은 것처럼 보인다. 그녀가 생각하는 것은 앞으로 일어날 일의 전주곡이다. 그때 차 안에 아기를 두었던 사실이 기억난다. 그녀는 급히 문을 열고 아기를 본다. 파우스티노의 얼굴은 저녁 이 시간의, 평소의 선적인 기색이 없다. 아이는 창백하다. 창백한 것 이상이다. 하얗게 질려서 움직이지 않고, 굳어 있다. 빅토리아는 난방을 최대로 켜놓았던 스즈키가 오븐으로 변해버린 것을 깨닫는다. 어떻게 이런 일이 일어날 수 있었는지 모르겠다. 믿을 수 없어, 사실일 리가 없어. 그녀는 자신이 저지른 일에 대해 깨닫고 경악하면서 파우스티노 2세의 희고 선(禪)적인 몸을 뒤로한 채 야시로 호텔로 달려간다.

아무도 쳐다보지 않고 들어가, 대리석 계단을 통해 3층으로 올라가, 호박색으로 빛나는 창문의 방까지 도착한다. 문을 두들기고 경계 태세를 한 채 매우 단호히 기다리면서, 나를 망쳐놓고 나를 강탈했어, 기도하듯이 말한다. 누군가 문을 연다(빅토리아는 분노로 눈이 멀어서 그녀인지 그인지 분간하지 못한다) 빅토리아는 방 안으로 거칠게 들어간다. 산티아고 부에노는 놀라서 그녀를 쳐다본다. 제정신이 아닌 빅토리아는 그를 죽이려고 한다. 그들은 후에 가마쿠라에서 말할 것이다. 가노조와 기치가이 (아주, 아니, 정말 아주 미쳤어). 아주, 아니 정말 아주 미쳤어.

그러나 일본 여자는 신참이 아니기에 바로 행동으로 옮긴다. 예기치 않은 폭력을 이용해, 그녀를 덮치고 쓰러뜨린다. 빅토리아는 방어하려고 하지만, 일본 여자는 어디선가 칼을 뽑아 칠레 여자의 배를 찌른다. 그녀는 갓 사냥당한 오리처럼 쓰러진다. 트라이겐의 전염병에 걸린 닭처럼. 그 장면은 끔찍하다. 그 일본 호텔 방에 피가 흐른다. 이제 기모노를 집어 입기 시작한 그 일본 여자가 빅토리아를 죽이려고 한 것인지 아닌지는 알지 못한다. 그러나 빅토리아가 움직이지 못한다는 것은 사실이다. 산티아고 부에노는 피범벅이 된 몸에 다가가 흔들어대면서 무언가 소리친다. 그러고는 일본 여자에게 향한다. 그녀는 그냥 평범한 게이샤가 아닌 매우 조심스러운 매춘부일지도 모른다. 그런데 도대체 무슨 미친 짓을 한 거야. 고로시타노카, 그가 말한다. 일본 여자가 고로시마시타(내가 여자를 죽였어요), 따끈한 칼을 손에 든 채 화답한다. 그녀의 말 소리가 들리지 않는다. 콘서트 중간에 줄이 풀린 고토*의 현처럼. 산티아고는 이상하게도 일본 여자의 어깨에 기대어 아이처럼 울기 시작한다.

　야시로 호텔에서 일어난 치정 범죄. 이 도시에 사건이 그렇게 퍼져나간다. 그러나 저녁 뉴스의 제목을 차지한 소식은 차량 속

---

* 가야금이나 거문고처럼 생긴 일본 악기.

에서 질식해 죽은 아이에 관한 것이다. 이상하다. 왜냐하면, 취재 도중의 실수인지, 정보가 잘못되었는지, 아니면 단순한 오자인지, 신문은 칠레 국적의 이민자인 '멜리스 빅토리아'를, 일본 가마쿠라의 한적한 거리에서, 2000년 형 파란색 스즈키 차 안에서 죽은 지 십 개월 된 아이의 어머니라고 그러는 것이다.

코끼리에 관한 우화

Apólogo con elefante

페드로 앙헬 팔로우 Pedro Ángel Palou (멕시코, 1966~)
장재준 옮김

우리는 코끼리가 지나가는 것을 그날 오후에 처음으로 봤다. 창문에서 고래고래 소릴 질러가며 수사나가 내게 그 광경을 묘사해줬다. 그녀는 호들갑을 떠느라 누구의 코끼리인지 알아보지 못했지만, 나는 알아챌 수 있었다. 코끼리들은 워낙 서로 닮았기 때문에 그들을 과연 구별할 수 있을지 없을지 난 잘 모르겠다. 다비드의 눈 아래에는 굵은 주름이 잡혀 있고, 화산처럼 오래된 태곳적 시선은 늘 자신의 신생대 제4기 조상들의 아득한 과거 속에 빠져 헤매고 있었다. 우리는 그 모든 짐을 등에 지고 괴로워하듯 느릿느릿 움직이는 그를 지켜보았다. 바로 그때 나는 그가 누구의 코끼리인지 수사나에게 알려주었다.

그날로부터 한 달 전에 작은 규모의 오래된 서커스단 하나가 마을을 찾아왔고, 아빠는 수사나와 나를 데려가주셨다. 나에게 무엇보다 인상 깊었던 두 가지는 다비드의 유순하고 아득한 눈매와, 영혼의 어둠침침한 심연을 드러내 보여주는 치열을 지닌—그렇게 나는 몽상하곤 했다—난쟁이 어릿광대 치스피타의 음침한 미소였던 걸로 기억한다. 항상 나보다 더 천진난만하던 수사나는 신이 나서 나섰고, 아빠는 그녀에게 솜사탕 하나를 사주셨다.

코끼리가 지나가는 것을 보았던 그 오후에 우리는 그 기이하고 육중한 출현을 설명해줄 수 있는 어떠한 변동 사항이나 소식에도 세심한 주의를 기울이고 있었다. 수사나와 내 나이 또래에게 어른들의 세계는 이해할 수 없고—늙은 지금도 여전히 그렇지만—신비로운 것이었지만, 하여간 우리들이 삶에 관해 귀중한 지식을 얻곤 했던 곳은 고함과 축제들의 세계 바로 그곳이었다. 밤에 불이 꺼진 뒤, 나는 수사나에게 일어난 일을 재구성해 들려주었다.

서커스단 주인은 조련사인 소략*이었는데 그는 이 마을 저 마

---

* 애니메이션 〈스페이스 고스트〉에 등장하는 캐릭터 이름이기도 하다. 파괴적이고 독설적이며 냉소적인 사마귀로 스스로를 '고독한 묵시적 메뚜기'라고 명명하기도 했다. '아포칼립스' '풍자' '냉소' 등은 페드로 앙헬 팔로우의 작품세계와 깊은 관련이 있다.

을을 떠돌아다니며 버는 얼마 안 되는 수입으로 근근이 생계를 꾸려나갔다. 곡예사 여자와 난쟁이—오늘에 와서 돌이켜보면 우스꽝스러워 보이지만—는 연인이었으며 사업을 가로챌 요량으로 소락을 살해했다. 그러고는 자취를 감춰버렸다.

그들은 이 마을을 지나가며 흥겨운 두세 차례의 오후와 조련사의 시신, 그리고 다급한 나머지 부드럽고 상냥한 수톤짜리 다비드를 남겨놓았다.

나중에 안 사실이지만 마을에서는 코끼리 처리를 둘러싸고 많은 논란이 빚어졌다. 코끼리를 도살하여 도시 사냥 전리품으로 주 청사 회의실을 장식하는 게 최선책이라고 생각한 보수당 시의원에서부터, 시의회의 다수를 점하고 있어 석방 동의안을 관철시킨 자유당원에 이르기까지. 이 정치적 결단의 결과로 마을은 다비드에 익숙해져야만 했고, 수사나와 나는 그가 매일 오후 집 앞을 지나가는 것을 보거나, 수사나가 한 개씩 뜯어주는 바나나를 먹기 위해 큰 소리를 내며 털썩 주저앉거나, 물통의 물을 벌컥벌컥 소리 나게 들이켜는 것을 보는 것에 익숙해져야만 했다.

그리하여 이색적이던 것이 습관이 되어버렸다. 새벽 다섯시에 다비드의 느릿느릿한 발걸음과 함께 깨어나고, 일요일마다 공원에 가서 그의 코에서 뿜어나오는 물을 뒤집어쓰고, 그의 보호와 그림자 아래 마을 길을 거닐었다. 그 당시에 이미 다비드를 기리는 찬란한 시들이 쓰였고, 시장(市長)의 포고문에 의해 그는 천연기념물로 지정되었고, 그를 못살게 굴거나 등에 올라타는 일은 사형에 처한다는 경고하에 금지되어 있었다고 한다.

이 작은 마을의 거대한 존재에 우리는 차츰 익숙해져갔다. 어마어마하게 큰 월계수 이파리의 숲은 작은 덤불일 뿐이었으며, 집들은 더이상 단층으로 펼쳐지지 않고 위로 4층이나 5층까지 뻗어나갔다. 아무도 다비드가 우리의 삶을 그토록 변모시키리라고는 미처 생각지 못했다.

비록 지금 많은 시간이 흘렀지만 우리들의 기억은 언제나 우리들의 다비드, 그 코끼리의 길에 남아 있다. 그가 우리 삶에 남겨놓은 흔적이 워낙 큰 것이었기에, 제아무리 놀랍고 불가사의한 일이라 해도 우리 삶에서 유일무이한 그 아름다운 사건 앞에서는 고려할 가치조차 없었다. 별안간, 그를 우리 삶의 한가운데에 데려다놓은 바로 그 우연에 의해 날카롭게 베인 상처 같은 그런 존재.

다비드와 나는 하루에 꼭 한 번은 보는 둘도 없는 좋은 벗이 되었다. 셋이서 야외로 놀러 간 그날을 나는 각별한 애정을 가지고 추억한다. 땅콩을 먹고 오르차타를 마시며 강가에서 몇 시간을 보냈다. 우리가 마을로 돌아왔을 때, 마을은 발칵 뒤집혀 있었다. 경찰은 다비드를 찾아다녔고, 정치가들은 면직을 당할까 봐 두려움에 떨고 있었다. 우리가 애들이었기에 망정이지, 그렇지 않았다면 여러 날 동안 감옥 신세를 질 뻔했다.

마을은 기억들을 꾸며내기 시작했다. 이야기는 코끼리가 있기 전과 후라는 정확한 시간적 경계를 염두에 두기 시작했다. 하지만 그 누구도 생각지도 말하지도 못했던 것은 사랑이었다. 어느 날 뜬금없이 다비드는 수사나에게 반해버렸다. 물론 그녀도 그를 좋아했고 그 유명한 코로 자신을 쓰다듬게 내버려두곤 했다. 연인관계가 얼마나 오래 지속되었는지는 모르지만 수사나와 다비드가 나무 그늘 아래에서 서로의 마음 깊은 곳을 지그시 바라보곤 하던 오후들이 기억난다. 어느 날 뜬금없이 다비드는 발정이 났고, 억제할 길 없는 삼천 킬로그램의 욕정으로 야자나무들을 넘어뜨렸으며, 그와 수사나 사이에 가로놓인 차들을 한 대 한 대 부숴나갔다. 그가 우리집에 이르렀을 때 도시는 초토화되었다. 그는 엄마가 애지중지하던 목련을 넘어뜨리며 현관 돌계단을 올랐다. 여느 때처럼 체스 놀이를 하고 있던 우리는 그 요란스런 소리에 놀이를 중단하고 그를 만류하려 했지만 이미 때는 늦었다. 응접실은 난장판이 되었고, 자기 홈세트가 빼곡히 들어찬 수납장은 모든 선조들의 꿈을 산산조각 내면서 바닥에 엎어졌다. 다비드의 어마어마한 발톱 앞에 찻잔 세트가 대체 뭘 할 수 있었으랴?

수사나는 마치 유니콘 이야기에 나오는 야수를 달랜 아가씨 같았다. 우리에게 남겨진 유일한 것이 우리가 원하던 것이 아니었음을 알면서도 우리는 순진한 공범처럼 서로를 쳐다봤다. 수사나는 다비드의 열정에 파괴된 마을을 벗어나 늪지, 우리들 놀이터가 되곤 했던 그 금단의 물가까지 그를 데려갔다. 그러고는 (일 년 전 여름에 만든 뗏목 위에 올라) 안절부절못한 채 울면서, 다비드를 진흙투성이 물속으로 끌어들였다. 빠르게, 슬프게, 속절없이 그는 가라앉았다.

그것이 코끼리를 본 마지막 오후였다. 하지만 자신을 삼킨 진흙탕에 자신의 열정을 수장시키며 부르짖던 그의 사랑의 절규는 지금도 들린다. 그렇지 않아, 수사나?

시에리타 데 산토도밍고, 마나과에서

스케이트 타는 남자의 침묵
El silencio del patinador

후안 마누엘 데 프라다 Juan Manuel de Prada (스페인, 1970~)
김상유 옮김

나는 늘 미스터리가 검은색이라고 생각했다.
오늘 나는 하얀색 미스터리와 마주쳤다.
한 사람이 그 속에 휘감겨 있었지만 전혀 개의치 않고 있었다.
—펠리스베르토 에르난데스[*]

  옷장 한구석, 뭉쳐놓은 스웨터 사이에 반쯤 가려진 채, 롤러스케이트는 단단하고 기민한 침묵 속에 있었다. 불구의 댄서가 계속 춤을 출 수 있도록 고안된 구두가 그렇듯이 그 스케이트 역시 어떤 금속으로 만들어졌는지는 알 수 없었다. 어둠 속에서 우쭐대듯 빛나고 있는 그 스케이트는 에나멜로 빛나는 자동차 외관을 연상시켰다. 딱정벌레 같은 스케이트는 꼭 시장의 좁은 통로로 서툴게 나아가다가 서로 맞닥뜨린 차들 같았다. 차를 운전하는 사람들이 기뻐할지 절망할지는 알 바 아니지만(어릴 적 나는

---

[*] 우루과이 태생의 환상문학 작가. 그의 작품 세계는 무생물도 생명력을 지닐 수 있다는 애니미즘적인 현실관에 뿌리를 두고 있으며, 대표작으로 『아무도 등불을 켜지 않았다』 『발코니』 『클레멘테 콜링의 시절』 등이 있다.

종종 얼음이 언 저수지 위에서 롤러스케이트를 탔는데 여자애들과 고의로 부딪치곤 했다. 단지 여자애들의 싱그러운 땀과 그애들이 두른 목도리의 포근함을 한없이 느끼고 싶었기 때문이다). 옷가지 사이에 숨은 스케이트는 마치 찌르기 직전의 칼처럼 급격히 경직된 채 금속으로 된 앞부분을 삐죽 내밀고 있었다. 여섯시경 날이 밝기 시작했을 때, 나는 침대에서 일어나(침대 스프링은 낙담한 정부情婦처럼 볼멘소리를 내며 내가 침대에서 떠나는 사실을 폭로했) 발뒤꿈치를 들고 옷장으로 다가갔다. 엄마는 침대 이불 속에서 불편한 듯 몸을 뒤척이고 있었다. 가랫빛 크림으로 뒤덮인 엄마의 얼굴은 말리기 위해 놓아둔 흙 가면처럼 보였다. 나는 계속 엄마와 함께 자는 것이 괴로웠지만(특히 엄마는 코를 골았다), 엄마의 지나친 열성을 조금도 타박할 수 없었다. 무엇보다도 엄마가 우울해져서 울먹거리는 나쁜 상황만은 피하고 싶었기 때문이다. 문짝이 삐걱거리는 소리를 감추기 위해 헛기침을 하며 옷장을 열었다. 그 속에 때와 녹으로 희뿌얘진 장롱 거울이 있었다. 나는 그 거울에서 탈모증을 앓고 있는 허수아비의 맥 빠진 모습을 보았다. 처음엔 어떤 침입자가 밤을 나기 위해 옷장을 은신처로 삼은 것이라 생각하고 깜짝 놀랐지만(그때 내 심장은 고통스러워하는 방울새처럼 두근거렸다), 곧이어 마음을 다잡고는 그 모습이 새벽 녘 남몰래 하는 행위와 피치 못할 굶주림으로 홀쭉해진 나 자신이라는 사실을 깨달았다. 엄마는 꿈꾸며 잠꼬대를 시작했다. 나는 최대한 소리를 작게 내려고 애쓰면서 옷장에서 롤러스케이트를 꺼낸 후(스케이트 바퀴는 새벽 녘 어슴푸레한 빛에 캐러멜처럼 맛있게 보였다), 성체를 배령하듯 떨면서 스케이트를 신었다. 스케이트를 장식하고 있는 금속은 어둠 속에서 활짝 편 주머니칼 날처럼 오싹하게 빛을 내며 내 맨발에 근엄한 선전포고를 하고 있었다. 깊은 꿈속에 빠진 엄마는 알아들을 수 없는 말을 중얼거리며 매트리스 위에 뒹굴고 있었고, 얼굴 크림이 묻은 베개는 가래 같은 녹색 덩어리로 가득했다. 뱃속에서 역겨움이 지그재그로 움직이다가 위장에 머무르는 걸 느꼈다. 나는 스케이트를 타고 최대한 비밀스럽게 방에서 나와 아직도 잠들어 있는 집 안 복도로 미끄러졌다. 존재하지 않는 시계추 소리는 고요한 집에 박물관과 같은 신화적인 권위를 부여하고 있었다. 이런 분위기 속에서 가구들은 숨을 쉬거나 하품까지 하는 사치를 누리는 것처럼 보였다. 나는 현관문 빗장을 연 후, 손잡이를 돌리고(손잡이가 성치 않아 뻑뻑한 날도 있는 반면, 오래된 친구처럼 유순하고 쉽게 움직이는 날도 있었다) 텅 빈 거리로 나갔다. 문밖에 있는 계단은 하나의 난관이었다. 왜냐하면 스케이트 바퀴들이 계단의 튀어나온 부분에 걸려서 서커스 곡예를 즉흥적으로 연출해야 했기 때문이다. 방금 전에 시청 트럭이 물을 뿌리고 지나간 거리는 아스팔트로 된 양탄자가 끝없이 깔려 있는 것처럼 보였다. 젖은 아스팔트 냄새를 들이마시고, 그 거친 표면 위로 굴러가는 스케이트 바퀴 소리를 들으며, 나는 주저 없이 열성적으로 스케이트를 타는 하루 일과를 시작했다. 맨발에 가벼운 간지럼이 느껴졌고, 그 간지럼은 종아리 위로 올라와 허벅지 사이에 머물렀다. 성적인 애무처럼 막연히 기분 좋은 느낌이었다. 단지 심심풀이로 조율하거나 건반을 두드리며 피아노를 만지작거리는 작곡가처럼 차분한 마음가짐으로, 조급함도 언짢음도 없이 스케이트를 탔다. 곧잘(나는 남들에게 멋진 동작을 뽐내는 것을 전혀 좋아하지 않았다) 나는 공중에서 몸을 비틀거나 일명 '팽이 춤'을 즐겼다. 그 춤은 한쪽 발을 축으로 해 몸을 회전시키는 동작이다. 맹렬한 회전으로 내 영혼은 취하는 듯했고, 나는 제비나 유성, 천사의 혜안을 지닌 교리 선생님이 된 듯했다. 내가 알면 얼마나 알겠는가. 내가 스케이트를 탈 때면 언제나 당혹스러워하며 지켜보는 청소부가 있었고, 때로는 일곱시 미사에 가던 나이 든 여인은 내 화려한 기술은 무시하고 잠옷 바람으로 바깥에 나왔다고 나무라기도 했다. 나는 아무런 죄책감도 느끼지 않은 채, 신호등을 무시하고 차선을 밟거나 반대편 차도를 침범하기도 하면서 교통법규를 어기며 계속 앞으로 나아갔다. 갑자기 트럭의 행렬이 시작되자 도로는 경적과 매연의 지옥으로 변했다. 나는 트럭들에게 자리를 양보해야 했다. 집으로 돌아오는 길에 이번에는 인도에서 스케이트를 탔다. 보도블록의 이음새를 지날 때마다 덜컹거리면서. 비록 그 이음새 때문에 속도를 낼 수는 없었지만 덜컹거리는 철도처럼 천천히 쾌감이 가중되었다. 나와 스케이트 사이에는 부부간의 공생이나 양성종양을 유발시키는 피치 못할 친밀한 공범관계가 맺어져 있었다. 포주 노릇을 하거나 악성종양에 걸리는 사람도 있다는 것을 아는 사람들만이 맺을 수 있는 공범관계말이다. 스케이트는 나에게 후광과 힘을 주었으며, 아무도 나에게 주지 못한 위안을 주었다. 한마디로 말해, 스케이트를 타면 내 자신의 중요한 사람이라도 된 듯한 기분이 들었고, 심지어 왠지 인간적이라고까지 여겨졌다.

나는 사람들이 일어나 활동하기 시작하는 시간에 돌아왔다. 집은 여전히 고요함에 둘러싸인 채 거리에서 들려오는 소리를 주위듣는 하나의 거대한 귀처럼 보였다. 그러고는 미리 발사 전략을 세우지 않은 대포가 마구잡이로 탄환을 쏘아대듯 그 소리들을 토해냈다. 엄마는 자는 척했지만 한쪽 눈을 떴다 감았다 하며 나를 감시하고 있었다. 그 눈은 궤짝에서 썩어가는 도미의 눈을 닮았다. 차양 틈새로 들어오는 햇빛에 반사되어 유리 같은 구체 모양이었다. 여러 가지 이유에서 엄마의 그런 시치미에 화가 났다. ① 나는 감시당하고 있다고 느끼는 게 싫었다. ② 그런 꾸밈새는 조금도 그럴듯해 보이지 않았다. ③ 나는 엄마가 조금 전에 깼다는 사실을 너무나 잘 알고 있었다. 왜냐하면 꼼꼼한 성격의 엄마는 내 침대 이불을 정돈하고자 하는 유혹을 뿌리치지 못했기 때문이다.

"이런, 벌써 일어났구나. 난 그것도 모르고 있었네."

엄마는 순진하게 말했지만 거짓말처럼 들렸다. 양철 동전처럼 약간 이율배반적으로까지 들렸다. 나는 얼버무려 대답하고는 무미건조하게 옷장에서 낡은 회색 플란넬 옷을 꺼냈다. 엄마는 잠옷으로 얼굴에 남아 있는 크림을 닦았다. 머리칼은 완전히 헝클어져 있었고, 헝클어진 머리 아래로 까만 점들이 찍혀 있는 여드름투성이의 털 많은 피부가 보였다. 그걸 보고 나는 불에 그슬린 닭 날개를 떠올렸다. 나는 역겨운 마음을 억눌러야 했다.

"다음부턴 네가 일어나면 알려주렴. 우유를 데워줄게."

나는 엄마를 죽이고픈 욕구를 간신히 억누르면서 알겠다는 표시로 고개만 끄덕였다. 엄마는 단번에 침대에서 빠져나와 부엌으로 사라졌다. 엄마는 알을 품는 암탉이 빵빵하게 튀어나온 엉덩이를 땅에 붙이기 전에 발을 허공으로 바둥거리듯이 걸어다녔다. 엄마는 언제나 침대보에 더러운 자국을 남겼다. 그것은 엄마의 열정이 만들어낸 진흙 같은 것이었으며 자신과의 싸움을 드러내는 명백한 흔적이었다. 나는 역겨움을 완화시키고픈 허황된 바람을 가지고 세면실에 들어가 쏟아지는 수돗물에 머리를 들이밀었다. 셔츠 목 부분이 물에 젖어 액체로 된 밧줄이 내 목에 생겼다. 내 목 위에서 두세 시간 동안은 사라지지 않을, 물로 된 단두대처럼. 물기를 닦은 수건에는 발효된 미역 냄새가 났고 올챙이 가족이 묵고 간 것처럼 끈끈한 검은 때가 여기저기 박혀 있었다.

"부엌으로 오렴. 날 혼자 내버려두지 마."

엄마는 냄비에 우유를 데우고 있었다. 그런 와중에 손톱에 연지색 매니큐어를 칠하고 있었다. 솔에 매니큐어를 찍어 그것을 갈라진 손톱에 바르고 있었는데, 매니큐어가 손톱 밖으로 삐져나가지 않도록 매우 조심하는 모양새였다. 낭만적인 풍경화를 그리거나 여인의 나신을 조각하는 사람처럼, 엄마는 매 순간 손을 뻗어 여러 각도에서 발린 매니큐어를 살피면서 예술적인 섬세함으로 공들여 작업하고 있었다. 매니큐어 칠을 끝마치자 엄마는 매니큐어가 잘 마르도록 손가락 사이를 벌린 채 양손을 얼굴 높이로 들어올렸다. 엄마의 표정은 마치 '누가 내 몸수색 좀 해줬으면' 하고 말하는 것 같았다. 하지만 아무리 악독하고 음탕한 경찰이라도 엄마 몸을 수색하는 번거로움을 감당하고 싶지는 않을 것이다.

"아 참, 내가 깜빡했구나. 어제 너에게 편지 한 통이 왔단다."

나는 저 아래 다리 끝에 달린 두 발이 스케이트에 대한 향수를 머금고 묵직해지는 것을 느꼈다. 엄마는 우유 냄비에 새끼손가락 끝을 넣어(내가 마셔야 할 우유에 방금 매니큐어 칠한 손톱을 담갔다는 게 맞을 것이다) 온도를 확인했다. 갓 말린 연지색 매니큐어는 수채 물감처럼 녹아서 백색 표면 위에 가녀린 자취를 남기고 있었다. 엄마가 새끼손가락을 꺼내자 매니큐어의 자취는 우유에 완전히 희석되어 약간의 장밋빛 색조만 남겼다. 엄마가 입맛 감도는 입술로 새끼손가락을 빨자, 입가는 매니큐어 자국으로 더러워졌다.

"광고 전단지인 줄 착각하고 편지를 쓰레기통에 넣을 뻔했는데, 다행스럽게도 건졌구나."

엄마는 수렵 장면이 그려진 흔해빠진 영국산 도자기 잔에 우유를 따랐다. 나는 단숨에 그것을 마셨고, 가구에 바르는 그다지 불쾌하지만은 않은 유약 맛을 느꼈다. 뱃속 내장 벽이 엄마의 매니큐어로 칠해지는 상상을 했다. 닦을 만한 냅킨이 없어서 나는 혀로 입술을 핥아야 했다. 엄마는 기름 램프 얼룩으로 더러워지고 뜯겨진 편지봉투를 내게 건넸다(엄마는 내 편지를 뜯어보지 않은 적이 없었다). 그 속에 반으로 접힌 사절지가 있었다. 편지는 녹색 펜으로 쓰여 있었다. 나는 경쾌하게 편지를 읽기 시작했다. 지난날 웃으면서 뛰어놀던, 황혼이 구릿빛으로 물들던 그때가 떠올랐다. 갑자기 이상한 기분이 들었다. 마치 별안간 내 발에서 스케이트가 솟아난 것처럼 갑작스러운 동료애를 느꼈다. 나는 고등학교 시절 나의 여자친구였던, 집시처럼 검은 머리의 소녀 실비아의 필체를 기억하고 있었다. 어느 날 그녀는 장래가 촉망되는 해양생물학자와 결혼한다는 소식을 전하며 나의 가장 진실한 소망을 무너뜨렸다. 나는 자존심과 동정심으로 뒤범벅이 된 채, 십오 년이나 흘렀음에도 불구하고 여전히 실비아가 날 기억하고 있다는 생각이 들었다. 또한 그녀의 남편은 갈수록 자크 이브 쿠스토*에게 지지 않으려는 열망을 키우면서 자주 출장을 떠난다는 것도 알게 되었다. 실비아는 흔들리는 문장과 녹색 잉크로(훌륭한 조합이다) 언제나 해양 연구에 몰두하는 남편의 부재를 이용하여 정오에(시계를 보니, 네 시간밖에 남지 않았다) 우리가 젊은 시절 자주 들르던 바에서 만나자고 제안했다. 실비아는 결핵을 앓고 있는 여류시인처럼 알아보기 힘든 필체로 서명했다. 나는 회상에 잠겨 느긋하게 숨을 내쉬었지만, 그 한숨은 매니큐어가 갓 칠해진 아주 연약한 연구개에 걸렸다. 엄마도 지난날 내 감정의 지대, 즉 단념과 순결함의 지대로 잠입하고자 낡

---

* 프랑스의 해양학자이자 발명가. 영화 제작자로도 활동했다.

은 시샘을 하듯 나를 바라보고 있었다.

"당연히 넌 그 약속에 안 갈 거야. 참 헤픈 년이지. 진저리나는 실비아 말이야."

매니큐어는 내 뱃속에서 용기와 반항심으로 날 무장시킨 후, 이제는 아예 잃어버렸다고 생각했던 청춘의 열망을 되찾게 해주었다. 나는 가족애의 흔적을 말끔히 지워버리고 엄마 면전에서 비웃었다. 더 나아가 나는 턱이 아플 때까지 웃어젖히면서 화를 냈다. 비록 신발 속에 감금되어 있기는 했지만, 내 두 발은 양성을 모두 소유한 영혼을 가진 우아한 몸짓의 백조처럼 자유롭게 움직이고 있었다. 내 두 발, 친애하는 내 두 발은 고귀한 임무를 띠고 태어났다.

"엄마가 틀렸어. 난 당연히 만나러 갈 거야."

오전 열한시 반, 나는 이미 우리가 만날 바의 테라스에 자리를 잡고 있었다. 가장자리에 흠집이 난 대리석 테이블에는 팔꿈치를 괴고픈 마음이 생기지 않았다. 중력 법칙이 적용되지 않는 행성계처럼 점착성의 둥근 원들이 하얀 표면 위에 흩뿌려져 있어서, 이곳이 얼마 전까지 넘치는 술잔이나 병이 있었던 자리임을 알 수 있었다. 정신없이 반복되는 음악이 바 내부에서 흘러나오

---

* 스페인의 2인조 음악그룹으로 1958년부터 현재까지 활동하고 있다.

고 있었는데, 젊은 날 즐겨 듣던 두오 디나미코*였다. 호들갑스럽고 사치스러운 여자 하나가 멍하니 나를 바라보고 있었다. 나는 어색해서 자리를 고쳐 앉으며 그녀에게 등을 돌렸다.

"이젠 날 알아보지도 못하네! 내가 그렇게 많이 바뀌었어?"

재미난 이야기를 듣고도 그 의미를 파악하지 못하는 사람들이 취하는 얼빠진 방법으로 나는 어렴풋이 미소 지었다. 나는 성큼성큼 다가오는 그녀의 가슴과 튼실한 허리와 풍만하고 거대한 엉덩이를 보았다. 그녀가 내 볼에 입맞춤하려 허리를 굽히자 그녀의 머리칼이 마치 큰 새의 날개처럼 내 시야를 가렸다. 그녀는 아주 꽉 끼는 옷을 입고 있어서 겨드랑이 털과 흐르는 땀이 그대로 보였다.

너무도 완벽히 자연스럽게 실비아를 대신한, 그 낯선 여자의 뻔뻔스러움에 나는 감탄했다. 나는 빈정거리며 말했다.

"당연히 알지. 네겐 세월도 비켜가는구나."

변신한 실비아는 안색도 변하지 않는 것 같았다. 그녀는 내 옆에 앉았고, 순교하는 성녀 아가타*처럼 자신의 풍만한 가슴을 대리석 테이블 위에 올렸다. 나는 지난날 병적으로 말라서 날씬하던 실비아에 대한 기억과는 완전히 상충되는 그녀의 풍만한

---

* 3세기 시칠리아에서 활동한 성녀이자 순교자. 유방이 잘리는 잔인한 고문을 당했다고 한다.

스케이트 타는 남자의 침묵

몸을 관찰했다. 내가 그토록 향수에 젖어 회상했던 여인을 사칭하는 고도의 사기꾼 같은 지금의 실비아는 재빠르게 다리를 꼬면서, 겨드랑이보다 털이 훨씬 많은 음부의 일부를 순간적으로 드러냈다. 그것은 가장 기본적인 부끄러움도 없는 행동이었다. 내가 당혹스러워하는 틈을 타, 여자 사기꾼이 숨 쉴 틈도 주지 않고 말을 쏟아내며 날 압도하는 바람에 어지러울 지경이었다. 창백한 외모의 웨이터가 그녀의 수다를 중단시켰다.

"나는 진한 커피를 마실 건데, 너는?"

나는 탄산수를 가져오라고 더듬거리며 주문했다. 웨이터는 젖은 행주로 테이블 표면을 닦았다. 행주질이 너무나 무성의해 둥근 술 자국은 없어지지 않았다. 여자 사기꾼은 자신의 독백을 재개했다. 그녀의 치아는 클라비코드의 건반처럼 너무나 깨끗했다. 고깃덩이처럼 육질이 풍부한 농염한 입술은 수다스러운 혀를 감싸고 식탐을 은밀히 감추고 있는 치아를 지탱하고 있었다. 실비아, 그 가짜 실비아는 찌는 듯한 여름 날씨로 인해 아주 좋은 향기를 풍기고 있었다(나는 모두 다 털어놓겠다). 그 향기는 입김으로 퍼졌고 나는 콧구멍과 흉곽 같은 훌륭한 기관으로 숨을 깊이 들이마셨다. 발정난 암고양이 냄새.

"왜 그래? 비염이라도 걸렸어?" 그녀가 말했다. 놀리려는 의도에서였는지는 모르지만, 어쨌든 자신의 냄새가 내 몸에 일으키는 변화를 의식하고 있었다.

  웨이터가 커피 한 잔과 탄산수 한 컵을 가져왔다. 여자 사기꾼은 세계지도 모양의 두 젖가슴을 좁게 트인 앞가슴에 모았다. 그녀는 팬티를 입지 않은 여성이나 서커스 곡예사들만이 할 수 있을 정도로 민첩하게 두 다리를 꼬았다가 풀었다. 날 비웃고 있기라도 한 듯이. 그렇다. 의심의 여지가 없었다. 여자 사기꾼은 눈을 게슴츠레 뜨고는 엄지손가락을 깨물기 시작했다. 그녀는 형편없이 낡아빠진 내 바지의 가랑이 사이를 주시하고 있었다. 그녀는 내 회색 플란넬 바지에 대해 비웃고 있었다. 바짓가랑이는 꿰매어 수선했고, 아랫단은 닳아빠졌고, 무릎께는 거의 속이 비칠 지경이었다. 하지만 내게 그것 말고는 다른 바지가 없었다. 그것이 내 가난함을 드러낸다는 걸 알고 있었지만, 파국의 한 형태인 자살과 희롱하며 시시덕거리고 싶지 않다면, 가난은 계급적인 자존심과 차별성으로 극복해야 하는 것이다. 실비아는 계속해서 자신의 엄지손가락을 가지고 놀았고, 저 깊숙이 보이는 털이 난 신체 부위를 가지고 교묘한 다리 놀림으로 장난을 치고 있었다. 갑자기 내가 돌이킬 수 없이 촌스럽게 느껴졌다. 사회 속에 동화될 가망이 없는 고립된 존재로서 말이다. 그녀가 숨겨진 목적을 가지고 나를 괴롭히려 했다는 것을 알고 있었다. 내가 입은 옷을 보고 나를 경멸했던 이전의 다른 여자들과 마찬가지로 그녀가 날 경멸하고 있었다는 것도. 하지만 나를 계속 놀리도록 가만히 놔두지는 않을 작정이었다. 여자들의 의도적인 잔인함에는 또다른 방식의 잔인함으로 응해야만 했다. 촌스런 놈을 무시하지 말라고 말이다.

"다른 데는 볼 게 없어? 내 물건이 그렇게 좋아?"

실비아는 자신의 커피잔으로 눈길을 돌리더니 커피잔에 각설탕을 마구 집어넣기 시작했다. 하나, 둘, 셋, 그렇게 여섯 개까지. 단번에 커피는 죽같이 변했다. 그녀가 각설탕을 던져넣을 때, 커피 몇 방울이 받침 접시 위에 떨어져 잔 주변에 자그마한 웅덩이가 생겼다. 실비아는 새끼손가락을 구부리며(그녀 역시 엄마와 마찬가지로 손톱에 연지색 매니큐어를 칠했다) 커피잔 손잡이를 잡고 입술로 가져갔다. 이전에 아랫부분을 감싸고 있던 접시의 자그마한 갈색 웅덩이는 하얀색 도자기 접시 위에 기괴한 형상을 만들며 흐르는 마그마처럼 퍼져나갔다. 나는 불과한 만족감으로, 잉크 얼룩에서 신화적인 동물을 찾아내던 아득한 유년 시절의 놀이를 떠올렸다. 풍만한 가슴을 가진 실비아의 몸과 내 몸 사이에는 차가운 침묵의 간극이 열려 있었기에, 나는 구더기들에게 괴롭힘을 당하는 큐피드의 시체를 상상하는 데 열중했다. 약간 화가 난 실비아의 가슴이 흔들리고 있었고, 그녀는 곧 울음을 터뜨릴 것 같았다. 왜 울음을 터뜨리지 않는 걸까?

"가슴 커진 것 좀 봐. 설마 실리콘을 넣은 건 아니겠지?"

공기 중에는 실비아에게서 나는 냄새에 더해서, 채찍질로 오전 시간을 물들이고 있던 절박하고 헤픈 사랑의 봄 냄새가 감돌고 있었다. 실비아가 잔을 입에서 떼었을 때(커피를 좋아하는 사람들이 흔히 그러하듯이 흐뭇하게 그 맛을 음미했다), 그녀의 입가에 묻은 설탕, 반쯤 녹은 설탕 자국을 보았다. 그것이 말라붙자 입술은 더욱 끈적끈적해 보였다. 실비아의(내가 실비아라고 했던가?) 얼굴은 마치 올리브 열매로 문지른 것처럼(엄마처럼 크림을 바르고 잔 것일 수도 있다) 까무잡잡했다. 급격히 침묵이 감돌고 이제 막 사라지기 시작하는 내 탄산수의 가스 소리만이 들렸다. 나는 공기 거품으로 변해서 터진 후(혹은 꺼진 후) 빛의 원자들로 분해되는 게 더 나을 성싶었다. 나는 스케이트를 신고 싶었다. 그 아찔함과 쾌락의 낙원이 그리웠다. 나는 이상한 상황을 만들고픈 욕망을 주체할 수 없었다.

"왜 대답을 안 하는 거야? 실리콘으로 부풀린 거지, 그렇지?"
그후 나는 촌스러움의 극치에 다다르며 덧붙였다. "그리고 겨드랑이 털은 왜 안 깎은 거야? 대답하라구, 젠장. 게다가 팬티 안 입고 다니는 건 뭣 때문이야? 언제부터 네 속살에 바람을 쐬고픈 마음이 생겼어?"

실비아는 당돌하게 쏟아지는 질문에 적응하지 못한 채 돌처럼 굳어 있었다. 그녀는 더이상 다리를 꼬거나 풀지 않았고 집게 접는 소리를 내며 오므렸다. 맥 빠지는 듯하던 그녀는 이내 기력을 회복하곤 이글거리는 시선으로 나를 쳐다보았다. 입술에 눌어붙은 설탕 자국으로 인해 모욕당한 여인의 분노는 더 증폭되었다.

"넌 역겨운 놈이야." 그녀는 날 모욕했다.

그녀는 의자와 테이블과 부딪치고, 손님 사이로 음료수를 나르던 웨이터와도 부딪치면서 돈도 내지 않고 가버렸다(언제나 여자들은 등쳐먹을 구실을 찾아낸다). 나는 멍하니 실비아의 커피에 손가락을 적셨다. 그것은 걸쭉한 진흙 같았다. 손가락을 닦을 만한 냅킨이 없어서 나는 바지 엉덩이에 손을 문질렀다.

"여러분, 길에서 비키세요. 인도로 올라서세요."

도시의 휘장과 찬양하는 플래카드, 깃발을 든 사람들 주변에 주렁주렁 매달려 열광하는 충동적인 군중들을 제어하려 애쓰며, 경찰 두 명이 팔꿈치로 길을 열고 있었다. 오늘이 시장으로 당선된 후보가 자신의 승리를 기념하기 위해 음악 밴드와 마차 퍼레이드를 하는 날이란 게 떠올랐다. 나는 실비아와의(내가 실비아라고 했던가?) 만남으로 내게서 이미 사라졌다고 생각했던 음란함에 눈뜨게 되었다. 혼란스러운 군중을 틈타, 나는 떠밀리는 척하면서 절박한 내 욕구를 충족시키기에 적합하다고 생각한 불룩

한 덩어리들 위로 쓰러졌다(비밀스런 행동은 선택의 여지를 많이 가지고 있지 않았다). 길거리는 시끄러운 트럼펫 소리로 가득 찼고, 색종이와 종이테이프는 어린 시절 빛나던 분위기를 떠올리게 했다. 동방박사들의 기마행렬을 진짜인 줄 알고 지켜보던 그 시절을. 당선자는 가볍게 옷을 입은 아가씨들에게 둘러싸여 힘센 서커스 장사들이 들고 있는 가마를 타고 행진했다. 제정신을 잃고 기절하기 일보 직전의 군중이 보도에 빼곡히 있었고, 당선자와 스쳐보기라도 하려는 듯 쓸데없이 팔을 뻗고 있었다. 마치 그와의 단순한 접촉만으로도 메시아적인 힘이나 치유력을 얻을 수 있다는 듯이. 호위하는 아가씨들에게 단단히 에워싸여 당선자는 교황이 방문하는 것을 재치 있게 모방하며 인사하고 있었다. 그 퍼레이드를 더욱 빛나게 하기 위해, 파리에서 퍼레이드 여성들을 데려왔다. 주름진 미니스커트(이따금 부주의로 인해 짙은 보랏빛 팬티 일부가 드러나기도 했다)와 금실 견장과 장식이 달린 붉은색 연미복을 입고 요염하면서도 절도 있게 걷고 있는 퍼레이드 여성들을 보고는 수천의 목청에서 거의 동물적인 음란한 외침이 쏟아졌다. 모든 퍼레이드 여성들이 롤러스케이트화를 신고 대열에 맞춰 행진하고 있는 것을 확인했을 때, 나는 시민으로서의 자부심을 느꼈다(시민의식은 늦든 이르든 우리를 덮치는 병이기 때문이다). 그 요정들의 행렬을 맞이하려는 열망으로 아스팔트와 색종이로 된 혀가 그들의 발치에까지 늘어져 있었다. '하느님은 천국에 우리 모두의 자리를 마련해두셨다'라는 말이 실현된 것처럼 퍼레이드 여성들은 스케이트 속도를 부드럽게 줄여서 내 앞에 도열했다. 이런 북받친 감정으로 인해, 내 젊은 날 형언할 수 없을 정도의 갈망의 대상이었던 그 여자 사기꾼, 실비아와의 불운한 사건은 이미 잊어버리고 있었다. 이날 오전은 일요일 같은 냄새를 지니고 있었다. 승리로 인해 모든 사람들이 도취되어 있었다. 자신과 다른 사람들로 인해 도취된 당선자는 광신적인 축하의 혼잡 속에 저 멀리 사라지고 있었다. 퍼레이드가 끝난 후, 거리는 색종이들로 더러웠고 잠자는 도시처럼 고요했다.

당선자가 대로를 휩쓸고 지나가는 소란을 피해서, 나는 자주 다니지 않는 길을 지나 집으로 돌아왔다. 집이 가까워지면서 엄마가 날 어떻게 받아들일지에 대한 두려움은 커져만 갔다. 나는 가장 날카로운 조롱이나 가장 잔인한 농담이나 내 이상주의에 대한 가장 완고한 비난을 참기 위해 마음을 다잡았다. 엄마는 대화를 하다가 언제나 그런 비난들을 들먹이곤 했다. 하지만 아침마다 대로를 달리는 대가로, 매일 롤러스케이트를 타는 아찔하고 현란한 일과에 대한 대가로 그런 학대와 훈계를 참는 것은 가치가 있지 않을까? 결정적으로, 기운을 북돋워주는 스케이트를 타는 즐거움의 대가로, 잠에 빠진 도시를 은밀히 돌아다니는 것에 대한 대가로 굴욕적이기까지 한 모욕을 감내하는 것은 그만한 가치가 있지 않을까? 그런 신비한 황홀경은 평범함의 수렁 속에 항상 빠지는 우리에게 훨씬 더 많은 보상을 하지 않을까? 당연히 그렇다. 나는 불경에 대한 죗값을 치르고자 마음먹고 돌아온 탕아의 겸손함으로 조심스럽게 초인종을 눌렀다. 나는 엄마가 예술적인 걸음걸이로 현관문에 다가오는 소리를, 밖을 보는 자그마한 문구멍 덮개를 여는 소리를, 유리로 된 문구멍을 통해 밖을 엿보는 소리를 들었다. 엄마는 백내장을 앓고 있어서 날 알아보는 데 시간이 걸렸다.

"문 열어, 엄마. 나야."

엄마의 목소리는 동굴이나 파충류 뱃속에서 나는 소리처럼 저음이었다.

"가세요. 난 아무것도 사고 싶지 않다고 했잖아요."

엄마가 집에 물건 팔러 찾아오는 사람들에게 말하는 경고에 나는 측은함을 느꼈다. 그 문구멍은 엄마의 괴물 같은 눈, 유리를 통해 비율이 과장되고 고통스러워하는 도미의 눈에 계속 가려져 있었다. 갑자기 혈육에 대한 정이 생겨났다. 엄마의 백내장 수술을 위해 은행에서 대출을 받아야겠다는 생각이 들었다. 불쌍한 엄마는 그것을 소리치며 요구하고 있었다.

"엄마, 제대로 봐. 난 물건 파는 사람이 아니야. 이제 돌아왔어. 실비아는 예전의 실비아가 아니었다고. 이야기가 긴데, 엄마에게 말해줄게."

내 음성은 애원 조로 변했다. 문 안쪽에서 엄마의 숨소리가 들렸다. 엄마의 눈동자는 송풍구나 배수구 같은 문구멍 유리에 계속 붙어 있었다.

"엄마 괜찮은 거야? 아픈 건 아니지?"

내 두려움 속으로 기이한 형태의 공포가 스며들었다. 만약 엄마가 문을 열어주지 않는다면, 누가 내게 스케이트를 되돌려줄 것인가? 나는 혀가 타는 듯한 통증을 느꼈다. 엄마의 대답은 그런 느낌을 완화시키지 않았다.

"난 아주 건강해. 이 허섭스레기 같은 작자야. 내가 자식도 없고 미혼이긴 하지만, 그렇다고 당신이 내 아들이 될 수는 없어. 이제, 가요. 그러지 않으면 경찰을 부를 거요."

길거리 고양이가 내 발(아마도 이제 영원히 스케이트가 부재할 그 발)을 핥기 시작했다. 정오의 햇살은 잔인할 정도로 흰 납빛을 띠고 있었고 용광로나 지옥처럼 뜨거웠다. 나는 뭔가를 말하려 어떤 변명거리를 내세우려 했지만 당혹스러움으로 두 입술이 붙어버린 듯했다. 옷장에서 누군가 꺼내어 산책시켜줄 것을 헛되이 기다리고 있을 스케이트가 안쓰러웠다. 스케이트는 점차

산화되어, 녹 가루가 되어 산산이 부서질 것이다. 내가 발길질을 하자, 고양이는 도로를 향해 달아났다(비단처럼 부드러운 감촉을 지니고 있었다). 나는 쉬기 위해 현관 계단에 앉았다. 나는 저 먼 어린 시절을 회상하며 향수에 잠겼다. 단지 여자애들의 싱그러운 땀과 그애들이 두른 목도리의 포근함을 한없이 느끼고 싶어서, 얼음이 언 저수지 위에서 롤러스케이트를 타며 여자애들과 고의로 부딪치곤 하던 그때를. 나도 모르게 울기 시작한 것 같았다. 어떤 두 명의 아가씨가 인도에 멈춰서 나에게 괜찮냐고 물어봤다. 그녀들은 여호와의 증인이거나 어느 자선단체의 창립자들일 거라는 생각이 들었다. 우연하게도 그 두 여자는 연지색 매니큐어가 칠해진 손톱(발톱을 제외하고 총 스무 개의 손톱)을 지니고 있었고, 입맛을 다시고 있었으며, 탄력 있게 솟은 가슴으로 나를 위협하고 있었다. 내키지는 않았지만, 나는 그녀들의 호의를 받아들였다.

엮은이의 말
금기를 깨뜨리는 대담함과 용기

　새천년은 내게 예기치 않은 놀라움을 예약해두고 있었다. 대학원의 좋은 동료였던 한국인과 결혼하면서, 그가 자기 나라로 가자고 할까봐 걱정이 되던 시절이 있었다. 하지만 거의 십 년간 결혼생활을 하면서 멕시코 땅에서 세 아이가 태어나자 나는 체스 시합에서 이겼다고 생각했다. 그러나 삶이 '체크메이트'를 외치는 순간 우리 가족은 2001년 지구 반대편으로 날아오게 되었다. 한국에서의 삶은 근사한 경험이었다. 치안 걱정 없이 안심하고 살 수 있는 곳인데다가 적절한 교육 시스템 덕분에 세 아이를 둔 어머니 입장에서 아이들이 집에 무사히 돌아오리라는 신뢰를 가지고 일을 할 수 있었다. 고추의 감칠맛은 멕시코 음식과 비슷한 맛이 났고, 개방적이고 진솔한 사람들은 한국에 온 지 얼마 안 된 우리를 정말로 살갑게 맞아주었다. 또한 바쁘고 바쁜 한국의 삶에 특효약인 검도의 즐거움도 계속 누릴 수 있었다.

학교에서는 더할나위없이 뜨겁게 남편과 나를 맞아주었다. 서울대학교 서어서문학과의 훌륭한 구성원들 덕분에 이내 학교 생활에 녹아들 수 있었다. 그래서 한국에서 라틴아메리카 문학을 가르쳐야 하는 엄청난 큰 도전 이외에는 별로 신경 쓸 일이 없었다. 한국 학생들로서는 어느 작가가 어느 특정 문학 전통에 속해 있는지, 그렇지 않은지 알기란 쉽지 않다. 한국에 덜 알려진 작가들 작품을 별로 읽어보지 못한데다가, 라틴아메리카가 다양한 문화적·문학적 전통을 지닌 대륙임에도 불구하고 마치 하나의 나라이겠거니 하는 선입관 때문에 특정 문학 전통을 본 모습 그대로 받아들이지 못하기 때문이다.

채워넣어야 할 커다란 공백들은 미래의 강의계획서가 되었다. 한국에서 마치 라틴아메리카 문학 전체를 대표하고 있는 듯 여겨져온 네루다, 보르헤스, 그리고 소위 '붐' 문학의 가르시아 마르케스나 '포스트 붐'의 이사벨 아옌데처럼 서너 명의 쟁쟁한 이름들이 독점하다시피 한 길을 조금씩 다른 작가들로 채워넣기 위함이었다. 학생들과의 노력은 결실을 보고 있고, 덕분에 한국 독자들이 지금 손에 들고 있는 이 단편선을 통해 스페인어권 새로운 작가들의 작품을 음미할 수 있게 되었다. 이 단편선에는 라틴아메리카 여러 국가의 대표적인 젊은 작가들의 작품이 실려 있다. 세계적으로 인정받고 있는 이 신선한 목소리들은 참신한 문학에 굶주린 독자들의 기대를 채울 수 있을 것이다.

이 단편선을 기획하는 데 인터넷이 결정적인 역할을 해주었다. 친분이 있는 작가들과 콜레히오 데 메히코 박사과정 시절의 동료들 도움으로 스페인어권 9개국 작가들에게 작품 수록 의사를 타진하는 메일을 보냈다. 이런 방식으로 열다섯 명의 작가를 선정하면서 우리는 현재 가장 인정받고 있는 문학 경향이나 문학 운동을 포괄하고자 했다. 크락 그룹에서는 이그나시오 파디야, 페드로 앙헬 팔로우, 리카르도 차베스 카스타녜다를, 마콘도 세대에서는 에드문도 파스 솔단, 페르난도 이와사키, 크리스티나 리베라 가르사를 선정했다. 그리고 로베르토 볼라뇨가 죽기 얼마 전 그를 중심으로 뭉친 세비야 그룹의 작가들을 포함시키고,* 라티노 작가 중에서는 실바나 파테르노스트로를 선정했다.

---

* 크락 그룹과 마콘도 그룹은 라틴아메리카 문학의 세계화를 위해 1996년에 결성되어 오늘날까지 문단을 주도하고 있다. 이 그룹들은 각각 멕시코와 칠레, 즉 1990년대 세계화 바람이 가장 거세게 불었던 라틴아메리카 국가들의 작가들에 의해 주도되었다는 점이 흥미롭다. 크락 그룹 작가들은 '크락 세대'라고 자칭하면서 멕시코 선배 작가들을 비판하고, 소위 '붐' 소설의 뿌리로 되돌아가려는 경향을 보이지만 마술적 사실주의와는 거리를 두고 있다. 마술적 사실주의를 직접적으로 비판한 마콘도 그룹은 크락 세대에 비해 실체가 뚜렷하지는 않지만 팝문화, 대중매체, 세계화, 다양한 문화 등을 추구한다는 점에서 공통점을

알레한드라 코스타마그나, 아라셀리 오타멘디, 실비아 아길라르 셀레니는 국경을 넘나드는 작가들이라는 점을 고려했다. 엑토르 데 마울레온과 필라르 아돈을 단편선에 올린 이유는 대도시를 배경으로 하는 단편을 쓴 대표적인 작가들이기 때문이다. 후안 마누엘 데 프라다는 스페인어권 문학의 신성이라 할 수 있다. 카리브 지역에서는 푸에르토리코의 마이라 산토스 페브레스와 쿠바의 앙헬 산티에스테반 프라츠를 포함시켰다. 이 단편선에 수록된 작가들은 1960, 70년대 출생으로 모두 국제적으로 권위 있는 출판사에서 작품이 발간되고 번역되었으며 세계적인 문학상을 받았다.

단편선에 포함시킬 작가와 작품을 고르고, 번역 지원 작업을 하고, 2008년 1학기 대학원 수업을 하면서 처음에는 결코 예상하지 못한 유사성들이 선정된 단편들 사이에 존재하고 있다는 것을 발견했다. 그 유사성은 '죽음을 향한 질주'라고 부를 만하

지니고 있다.

　세비야 그룹은 2003년 스페인 세비야에서 열린 '제1회 라틴아메리카 작가 대회'를 계기로 모인 열 명 남짓의 1960년대 출생 작가들의 모임을 지칭한다. 쿠바 소설가 기예르모 카브레라 인판테와 칠레 소설가 로베르토 볼라뇨도 이 대회에 참석했는데, 이를 계기로 볼라뇨는 세비야 그룹의 멘토로서 공식화되었다. 1960년대 출생 작가들 중에는 크락 세대와 마콘도 그룹의 일부 작가들과 페르난도 이와사키가 포함되어 있다.

다. 주제와 서사 기법에서도 금기를 깨뜨리는 대담함과 용기를 보여주는데, 패러디와 아이러니를 공통적인 무기로 사용하면서 선배 작가들의 작품세계를 파괴하고 있다.

이 단편선의 매력은 무엇보다도, 이미 한국어로 번역된 스페인어권 고전들과는 다른 새로운 글쓰기를 독자들이 향유할 수 있다는 점에 있다. 독자들은 주제와 언어 구사에서 일련의 공통점을 발견할 수 있는데, 이는 공동 작업의 결과라기보다는 우리 시대의 역사적·사회적 상황에 대응하는 공통의 감수성 때문이라고 할 수 있다. 여러 공통점 중에서도 시간에 대한 실험, 담화 전략, 현실과 허구의 경계에서의 유희, 현실과 글쓰기의 갈등, 작품 무대나 지시 대상으로 아시아권이 등장하기도 한다는 점, 아이러니, 새로운 인간관계 및 에로티시즘에 대한 다양하고 새로운 관점 등을 들 수 있다.

마이라 산토스 페브레스의 단편 「아우렐리아를 위한 묘약」은 자연의 풍요로움과 화려한 색조는 물론 선조들의 지혜를 기리고 있다. 소설 속에서 선조들의 지혜는 푸에르토리코 문화의 도도한 물줄기를 다른 곳으로 돌리려는 강압 속에서도 꿋꿋하게 살아남아 새로운 역사를 창출하고 있다. 제사(題辭)를 통해 구술성을 상기시키는 이 단편에서 화자는, 자부심을 가지고 소외된 자들을 대변하는 주인공 루카스 옆에 늘 충실하게 머물고 있다.

반면 국가나 힘 있는 자들의 역사는 서술의 주변부를 맴돈다. 작품 안에서 정의가 실현되고 있는 것이다. 전설 속에서나 볼 수 있을 법한 진정한 영웅인 루카스는 독자들이 상상조차 못할 영역까지 생명을 불어넣을 수 있는 손을 가진 인물이다.

에드문도 파스 솔단의 「원격 사랑」은 1996년 칠레에서 발간된 유명한 단편집 『마콘도』에 실린 작품으로 그중에서도 가장 뛰어난 작품으로 평가받았다. 편지와 단편을 결합시킨 구조와 현실과 허구의 경계가 불분명한 메타픽션의 유희 속에 화자인 주인공의 이중인격이 드러난다. 이 작품에는 프라도 가의 살타식 엠파나다, 토레스 소퍼 빌딩, 화합의 그리스도 상 등 작가의 고향인 코차밤바에 대한 묘사가 등장한다. 이들의 문화적·이념적 가치가 미국의 한 볼리비아 유학생의 시각과 대립각을 이루면서 현실에서 허구적인 유희의 세계로 독자를 이끌고 있다. 파스 솔단은 "작품이 혼란스럽다면 나쁘지 않은 일이다. 이는 독자가 내 허구 세계에 빠져들어 허구를 진실처럼 받아들였다는 것을 뜻하기 때문이다"라고 말한 바 있다.

페르난도 이와사키는 여러 시대의 각종 신화를 패러디한 단편들을 모은 자신의 단편선의 표제작이었던 작품을 보내주었다. 「트로이로, 엘레나여」에서 화자는 자신의 이야기를 독자에게 들려주면서 스스로를 되돌아본다. 외부적 시선으로 자신을 바라보고 비웃는 작품으로, 유머를 이용해 그리스 문학 전통을 기발하게 패러디하고 있다. 트로이의 헬레네 이야기를 해체하여 바람난 부인을 둔 남편의 시각으로 불륜을 우리 시대의 희극으로 만들어버린다.

실바나 파테르노스트로의 「미국의 숙녀들」은 유명한 단편선 『스페인어 합니다: 미국의 라티노 목소리』(2000)에 수록된 것이다. 가브리엘 가르시아 마르케스가 언론인의 자질이 있다고 극찬한 파테르노스트로는 이미 익히 알려진 그녀의 저널리즘적인 문체로 처녀성을 잃은 여인들을 원상 복귀시켜주는 성형외과를 고발한다. 이야기는 화자인 주인공이 이끌어나간다. 그녀는 자신을 상담해주는 의사 조수를 독자 앞에서 사정없이 깔아뭉개며 즐긴다. 그러나 주인공이, 현실의 또다른 측면을 보게 해준 다른 여성과 마주하면서 이야기는 반대 방향으로 선회한다. 이 작품에서는 노벨문학상 수상자인 옥타비오 파스를 과감하게 비판하는 대목도 있는데, 냉철하고 실용적이고 진정성 있는 어조로 독자들을 설득한다.

2006년 카사 데 라스 아메리카스* 단편문학상 수상자인 앙헬 산티에스테반 프라츠는 쿠바의 한 감옥 죄수들에 대한 스물다섯

---

* 쿠바 혁명 이후, 라틴아메리카 지성사를 풍미한 문화기관. 소설 등 다섯 개 분야의 상으로 유명함.

편의 단편으로 구성된 단편집의 마지막 작품 「짧은 작별」을 우리에게 보내주었다. 이 단편집에 나타난 현실은 1세기 이상 전에 쿠바의 문인이자 독립운동가 호세 마르티가 쓴 이야기들과 조응한다. 첫 문장부터 단숨에 독자를 빨아들이는 이 작품은 아이러니 기법으로 마지막 순간 드라마틱한 반전을 제공한다. 질곡의 역사를 지닌 국가의 국민으로서 짊어져야 하는 고통으로 점철된 주인공의 현실을 생생하게 듣고 느낄 수 있다.

실비아 아길라르 셀레니는 이 단편선에서 가장 젊은 작가이다. 그녀의 단편 「알렙 이야기」는 동일한 제목을 지닌 보르헤스의 유명한 단편에 대한 경의를 표하고 있다. 그녀는 이 단편에서 새로운 형식으로, 문학적 모티프가 될 수 있는 보통 사람들에 대해, 보통 사람들처럼 이야기하고 있다. 멕시코 작가인 실비아 아길라르 셀레니는 미국과의 국경 지역에 살고 있으며, 그녀의 주요 관심사는 지리적 경계는 물론 문화적 경계, 심지어 세대간 경계를 넘나드는 사람들의 정체성이다. 이야기는 북부 국경 지대 젊은이들 특유의 일상 언어로 얼터너티브 록의 리듬으로 전개된다.

리카르도 차베스 카스타녜다는 크락 그룹에 속하지만 독자적인 행보를 걸어왔다. 「아이들 도둑」은 빼어난 작품으로, 작가는 출판이 아직 안 된 귀중한 원고를 우리에게 먼저 보내주었다. 작품의 첫 순간부터 독자들은 정신이 나가 있는 주인공과 조우한다. 소설가로 나오는 이 인물은 자신의 이름이 찍혀 있는 책이 자기 작품인지 의심한다. 독자들은 주인공의 예전 상태('정상' 상태)에 대해서는 알 수 없다. 문제의 책 제목과 눈을 헝겊으로 동여맨 아이가 있는 책표지만이 유일한 단서이다. 이 두 가지 요소가 플롯의 주요 얼개를 이루고 있고, 시간이 제공하는 여러 가지 선택 사항들과 유희를 벌이는 일련의 이야기들이 발생 가능한 사건으로 전개된다. 독자들의 임무는 우리가 도대체 어떤 세계에 있는지 파악하고 또한 사태의 책임자를 찾아내는 것이다.

크락 그룹에 속하는 이그나시오 파디야의 「고비사막의 에든버러」는 2001년 작이다. 우아한 바로크 문체를 유려하게 전개시키는 그의 문장력은 놀라울 뿐이다. 작품은 두 개의 공간이 하나의 플롯으로 중첩되는 구조를 지니고 있으며, 이야기가 서술되는 장소가 어디인지 결코 알려주지 않는다. 파디야는 이 작품에서 새로운 신화를 만들어낸다. 이를 위해 고비사막을 헤매고 다니는 한 영국인 탐험가의 환상을 이용한다. 이 탐험가는 종파를 하나 만들고, 이 종파는 새로운 약속의 땅을 찾아 방랑의 길을 떠난다.

크리스티나 리베라 가르사 역시 고맙게도 아직 발표되지 않은 원고를 우리에게 먼저 보내주었다. 「마지막 기호」는 오직 두 명의 등장인물에게만 이름이 있다. 한 사람은 기묘하게 실종되는 시안이고 또 한 사람은 중국에서 여성들만 사용하는 언어인 누슈를 알고 있던 마지막 여인 양 후아니이다. 다른 등장인물들은 진짜 이름이 아니라 행동이나 역할에 따라 명명될 뿐이다. 비밀의 소유자들이 여성인 이 세계에서 남성들은 모호하게 설정되어 있다. 가령, 시안을 사랑한 남자는 함께 있는 사랑의 즐거움을 발견했다는 확신을 갖지만, 이야기의 중심은 시안의 소재를 둘러싼 수수께끼이다.

이 단편선에는 대도시의 내면을 들여다보는 작품도 두 편 있다. 엑토르 데 마울레온은 「희미한 경계」에서 자살의 푸가와 오른쪽에서 왼쪽으로 글씨를 거꾸로 읽는 방법을 통해 기원으로의 회귀를 이야기하고 있다. 거꾸로 읽기는 일종의 거울처럼 작용하며 화자와 등장인물들의 정신분열을 상징한다. 「희미한 경계」 속의 도시는 눈에 잘 띄지 않는 낙서를 통해 의사소통을 하는 살아 있는 생명체이다. 독자들은 화자의 광기를 통해 명백히 드러나는 정신분열의 증인이 된다. 화자는 텍스트를 혼돈 속으로 밀어넣고, 등장인물들은 거대한 멕시코시티를 무대로 하는 그 혼돈 속에서 용해된다.

아라셀리 오타멘디의 「정오의 편지들 — 코르타사르 식으로」 또한 아르헨티나 작가 훌리오 코르타사르가 말년에 쓴 단편집

『뜻밖에도』의 마지막 단편에 대한 경의의 표시이다. 코르타사르의 것이기도 하고 등장인물의 것이기도 한 번민, 즉 아나벨에 대해 그리고 아나벨을 위한 글을 쓰지 못하는 무능력에 대한 번민이 오타멘디의 단편에 차용되고 있다. 오타멘디는 코르타사르 단편의 주요 인물들을 자기 단편에 등장시키고 위대한 아르헨티나 작가의 문체를 패러디하면서 세 가지 담화를 융합시킨다. 그것도 몇 쪽 안 되는 짧은 분량의 단편에 응축시켰다. 자신의 정체성을 다른 목소리들과 차별화시키는 데 성공한 화자를 내세움으로써, 전통적으로 화자의 목소리가 이야기에 행사하던 통제가 오히려 그 목소리들에 의해 허물어지게 만든다.

필라르 아돈의 「옥스퍼드」에서는 한 인물의 내면의 변화 과정을 살펴볼 수 있다. 이 변화는 여주인공의 상상으로 일어난다. 그녀는 일어날지도 모를 일에 대한 두려움과, 만일 그 일이 일어났다면 역설적으로 그것은 자신이 원했던 것인지도 모른다는 갈망을 결합시킨다. 이야기의 리듬은 글쓰기의 리듬에 맞춰 전개되고 여주인공이 뜀박질로 달아나는 순간 클라이맥스에 이른다. 「옥스퍼드」에서는 마울레온의 단편과 마찬가지로 대도시의 예기치 않은 사건이 독자들에게 수수께끼로 제시된다.

칠레 작가 알레한드라 코스타마그나의 「일본판 닭 괴사 사건」은 『마지막 불』이라는 제목의 빼어난 단편집에서 선정한 단편으로, 지구 반대편에 있는 두 공간을 오가는 작품이다. 여주인공은 상처만 주고 자신을 버린 남자를 쫓아 칠레에서 상상의 도시 가마쿠라로 간다. 어린 나이에도 불구하고 대담하기 이를 데 없고 성 경험이 많은 여주인공은 전통적인 남녀 관계 모델을 깨뜨린다. 그녀는 일본처럼 머나먼 나라, 그렇지만 칠레와 너무나도 유사한 나라에서 상상조차 하지 못한 현실과 만나게 된다.

크락 그룹의 작가인 페드로 앙헬 팔로우의 「코끼리에 관한 우화」는 아름다운 소녀를 사랑하는 커다란 코끼리를 통해 불가능한 사랑을 다루는 매력적인 우화이다. 주제는 언뜻 단순해 보이지만, 저자는 커다란 코끼리 때문에 변해가는 마을에 유니콘 신화를 투영시키고 있다. 작가 자신의 말처럼 이 우화는 '환멸 속의 사랑과 욕망'을 다루는 알레고리이다. 그러나 사랑의 환멸을 넘어 사회를 비판하는 이념적 환멸의 알레고리이기도 하다.

후안 마누엘 데 프라다는 질식할 것만 같은 세계에 둘러싸여 과거 사춘기 시절로 도피하는 내용을 담은 「스케이트 타는 남자의 침묵」을 보내주었다. 환상문학으로 유명한 우루과이의 소설가 펠리스베르토 에르난데스를 인용한 제사(題辭)에 언급된 미스터리는 작품 내내 유지되는 아이러니의 숨은 메시지를 발견함으로써 독자 스스로 풀어야만 한다. 이 작품에서 프라다의 글쓰기는 대담하고 불경스럽다. 모든 등장인물, 심지어 자신의 존재적 역설에 희생당하는 주인공까지도 그로테스크하게 그려진다.

마지막으로, 이 단편선의 열다섯 명의 작가들 모두 작품을 통해 각자의 국경을 넘어서는 경험을 공유하고 있다는 점을 이야기하고 싶다. 또한 금기시되던 주제를 용감하게 다룸으로써 새로운 삶의 양식과 사유에 대한 이해의 폭을 넓혀주고 있다는 점도 강조하고 싶다. 쿠바 작가인 알레호 카르펜티에르는 "새로운 세계는 설명하기 이전에 먼저 살아보아야 한다"라는 아주 유명한 말을 한 적이 있다. 카르펜티에르의 말을 인용하면서 글을 맺는 이유는 한국의 독자들이 이 단편선 속의 새로운 세상들을 논리적으로 납득하려 하기 이전에 읽고 즐겼으면 하는 마음에서다.

2008년 10월,
클라우디아 마시아스

옮긴이의 말

　이 단편선의 기원은 2006년 서울대학교 서어서문학과 주최로 열렸던 국제 콜로키움으로 거슬러 올라간다. 그 콜로키움은 이 단편선을 엮은 클라우디아 마시아스 교수님이 멕시코 문단에서 중견의 자리를 굳힌 여성 작가 크리스티나 리베라 가르사가 중국에 간다는 사실을 알아내고 그녀의 발길을 잠시 한국으로 돌리는 데 성공하면서 열린 학술행사였다. 그 행사에서 내가 가장 인상 깊었던 점은 크리스티나 리베라 가르사를 비롯한 스페인어권 작가들이 블로그를 통해서 서로 활발히 교류한다는 것이었다.
　세계화 시대의 라틴아메리카 문학의 진로를 모색하는 과정에서, 마술적 사실주의가 라틴아메리카 문학의 전부가 아니라고 선언하면서 가르시아 마르케스까지 걸고넘어진 서문으로 유명해진 단편집 『마콘도』(1996)가 출간된 지 꼭 십 년이 지난 시점이었다. 그 서문을 쓴 알베르토 푸겟과 세르히오 고메스가 견해를 같이하는 작가들을 모으기 위해 이메일을 주요 수단으로 사용했다는 이야기가 크리스티나 리베라 가르사의 발표를 들으면서 떠올랐다. 이메일에서 진화된 커뮤니케이션 수단인 블로그가 스페인어권 문인들의 창작과 교류에 상당한 기여를 하고 있다니, 정말 시대가 변했다는 것을 느낄 수 있었다.

잠시 국내 현실을 되돌아보았다. 학계 바깥에서는 소위 '붐' 소설과 '포스트 붐' 소설이 아직도 라틴아메리카 문학의 대표주자로 인식되고 있는 상황이다. 따라서 포스트 붐 이후의 세대를 소개하는 것이 일종의 사명처럼 느껴졌다. 먼저 단편선을 통해 많은 작가들을 소개하는 것이 좋겠다고 생각했다. 그래서 클라우디아 마시아스 교수님에게 소신껏 작품 선정을 해달라고 의뢰했다. 외국 작가들과의 연줄도 나에 비할 바 없이 더 많을 것이고 한국에서 라틴아메리카 문학을 가르치느라 사이버 공간도 부지런히 뒤졌으니 마시아스 교수님은 이 일에 적임자 중의 적임자였다. 또한 평소 번역중의 의문이나 스페인어로 작성하는 공문서 감수 등 '관료적'인 일로 너무 폐를 많이 끼치던 터라, 뭔가 창의적인 일을 하실 수 있는 기회를 드려 조금이나마 그 신세를 갚고자 하는 마음도 있었다.

클라우디아 마시아스 교수님에게 작가와 작품 선정을 전적으로 맡긴 일은 최고의 선택이었다. 작품을 줄까 싶은 유명한 작가들도 완성도 높은 작품을 선뜻 보내주고, 일부 해외 에이전시의 까다로운 조건을 작가들을 통해 무마시키며, 먼저 선정된 작가들이나 그들의 블로그 혹은 친분 있는 외국의 동료 연구자들을 통해 새로운 작가들을 발굴하는 수완을 발휘하셨다. 심지어 우정의 표시로 국내에서 먼저 발간해도 좋다면서 미발표 원고를 보내준 작가들까지 있을 정도였다.

선정이 끝나고 번역 작업을 시작하면서 미처 속속들이 알지 못했던 클라우디아 마시아스 교수님의 열정에 새삼 놀랐다. 부탁을 따로 드리지도 않았는데 원문의 난해한 표현들에 주석을 달아주는 작업을 자원하신 데 대해서 감사하게 생각하던 차, 작업하신 파일들을 열어보았을 때는 절로 고개가 숙여졌다. 문제가 될 만한 대목을 꼼꼼하게 표시하고 그에 대한 상세한 설명을 단 것은 물론이고 그림 파일까지 캡처해서 이해를 도왔다. 어떤 단편은 너무도 설명이 자세하고 이미지 파일도 많이 들어 있어서 수십 쪽 분량에 이르렀을 정도였다. 그 파일들을 다 합치면 어쩌면 번역된 작품 본문만큼이나 쪽수가 많을지도 모르겠다.

때로는 막일처럼 느껴지는 번역 작업을 하면서 그런 사치스런 지원을 받을 날이 있을 줄은 꿈에도 생각지 못했다. 하지만 그 때문에 발간을 앞두고 마음이 아주 무겁다. 그 뜨거운 열정과

전폭적인 지원에도 불구하고 오역이 생기거나 충분히 뉘앙스를 살리지 못한 구절이 뒤늦게라도 발견되면 쥐구멍이라도 찾고 싶은 심정일 것이다.

2008년 10월,
우석균

작가 소개

마이라 산토스 페브레스(Mayra Santos Febres, 푸에르토리코)

푸에르토리코의 여성 작가 마이라 산토스 페브레스는 카리브 문학 특유의 감각적이고 관능적인 문체와 도발적인 소재로 일찍부터 주목받았다. 1966년 푸에르토리코 카롤리나에서 태어난, 스페인어를 사용하는 가난한 유색인 여성이라는 사중의 사회적 소수자라는 점이 그녀의 끊임없는 도발의 원천이 되었다. 시집 「아나무와 마니구아」(1990)로 작가 생활을 시작했으며, 1994년 단편집 『유리 물고기』를 내고, 1996년에는 『백곰』으로 스페인어권에서 권위 있는 신인 작가 등용문인 후안 룰포 상을 받았다. 출세작은 『고통의 옷을 입은 인어 셀레나』(2001)로 십대 동성애자의 삶을 들여다본 소설이다. 이 밖에도 『도망친 질서』(1991) 『유리 물고기와 다른 단편들』(1994) 『올바른 육체』(1996) 『도시의 신탁』(1997) 『토요일마다 난 너의 것』(2004) 『살갗과 종이 위에』(2005) 『보트피플』(2005) 『한밤의 성모』(2006)

등의 소설집과 에세이집이 있다. 제3세계 문학 혹은 아프리카 기원에만 집착하지 않는다는 점에서 카리브 문학의 새로운 지평을 열었다는 평가를 받고, 흑인이지만 스페인어를 사용하고 카리브 해의 정서를 바탕으로 한다는 점에서 전통적인 미국 흑인 문학 작가와 대비되는 작가로 평가받고 있다. 이러한 특수성 때문에 미국 대학 교양이나 전공 문학 강좌에서 선호되는 작가가 되었고, 그녀의 작품은 이미 주요 언어로 번역되었다. 1991년 코넬 대학에서 문학박사 학위를 받고 여러 대학에서 강의를 했으며 현재는 푸에르토리코 대학 리오피에드라스 캠퍼스에 재직중이다. 문학 비평에서도 인종, 종족성, 여성, 소수자 등에 관심을 기울이는 행보를 걸어왔다.

에드문도 파스 솔단(Edmundo Paz-Soldán, 볼리비아)

이야기꾼으로서의 천부적인 자질과 대중문화적 감성으로 일찍부터 성공가도를 걸은 작가이다. 볼리비아 최초의 국제적인 소설가로 1967년 코차밤바에서 태어났다. 부에노스아이레스 유학 시절 본격적으로 글을 쓰기 시작했으며 보르헤스, 코르타사르 등에 경도되었다. 라틴아메리카 문학에서 코스모폴리터니즘의 아이콘이라 할 수 있는 부에노스아이레스, 보르헤스, 코르타사르와의 친연성이 파스 솔단을 세계화에 민감한 작가로 만들었다. 바르가스 요사 같은 이야기꾼으로서의 소설가를 대단히 좋아하면서도 정작 가르시아 마르케스에게 비판적이었던 것은 파스 솔단이 마콘도 그룹이나 멕시코의 크락 그룹과 마찬가지로 『백년 동안의 고독』의 무대인 마콘도를 폐쇄적이고 배타적인 민족주의의 상징으로 여겼기 때문이다. 본격적인 창작활동을 하면서부터 칠레의 로베르토 볼라뇨를 우상으로 삼게 된 것도 같은 맥락에서였다. 파스 솔단은 가르시아 마르케스의 마콘도나 룰포의 코말라처럼 라틴아메리카 전체를 상징하는 소우주인 '리오 푸히티보'라는 가상의 공간을 만들어냈지만 이 공간은 기존의 상징적 공간들과는 달리 세계화, 신자유주의, 초국가적 대중문화, 정보통신 등이 일상의 영역에 깊숙이 침투한 공간이다. 단편집 『무無의 가면들』(1990)을 낸 이래, 『종이로 된 나날들』(1992) 『리오 푸히티보』(1998) 『불완전한 사랑』(1998) 『시뮬라크르』(1999) 『디지털 꿈』(2000) 『욕망의 재료』(2001) 『튜링의 착란』(2003) 등 수많은 소설을 발표했으며, 1997년 후안 룰포 상과 2002년 볼리비아 소설상 등을 수상했다. 버클리 대학에서 문학박사 학위를 따고 코넬 대학에 재직중이며 『라틴아메리카 문학과 대중매체』(2000)와 『스페인어 합니다: 미국의 라티노 목소리』(2000)의 편찬자로도 유명하다.

페르난도 이와사키(Fernando Iwasaki, 페루)

과거와 현재, 유럽과 라틴아메리카, 현실과 비현실, 역사와 문학, 유머와 비극과 공포를 자유자재로 넘나드는 이와사키는 전형적인 유목민이다. 1961년 페루 리마에서 출생했으며 조부가 일본인이다. 페루 가톨릭대학에서 공부하고 1985년부터 1989년까지 역사학을 가르친 뒤, 스페인 세비야 대학에서 박사 학위를 취득했다. 박사논문을 쓰면서 식민시대 라틴아메리카 경영의 중심지였던 세비야의 문서고 〈인디아스 아카이브〉를 조사해본 경험과 1989년에 세비야에 정착하면서 생활을 위해 여러 신문과 잡지에 글을 써온 경력이 그의 문학 세계에 커다란 영향을 남겼다. 좌절된 사랑의 이야기를 쓰다가도 역사에서 영감을 얻은 이야기를 손쉽게 넘나드는 점이나 빠르고 아이러니하고 통렬한 이야기 전개 방식으로 단번에 독자들의 주목을 끌 줄 안다는 점 등이 그 흔적이다. 주요 작품집으로는 『삼 일 밤을 넥타이를 매고』(1987) 『트로이로, 엘레나여』(1993) 『페루의 종교재판』(1997) 『장례 용품』(2004) 등의 단편집과 소설로 『나쁜 사랑에 대한 책』(2001) 『충치』(2005) 등의 장편소설이 있다. 또한 역사서 『16세기의 극동과 페루』(1992)와 문학 에세이 『스페인의 발견』(1996)을 썼다. 세비야 산텔모 재단 문화원장을 지냈으며 문학잡지 〈르네상스〉를 이끄는 등 매우 다양한 분야에서 왕성한 활동을 해왔다.

실바나 파테르노스트로(Silvana Paternostro, 콜롬비아)

1999년 CNN과 〈타임〉지가 새천년을 이끌어갈 라틴아메리카 인물 50인으로 선정한 언론인이다. 1961년 콜롬비아 바랑키야 시의 유복한 집에서 태어나 15세부터 미국에서 교육을 받았으며 현재도 뉴욕에 거주하고 있다. 〈뉴욕 타임스〉 〈타임〉 〈뉴스위크〉 〈마이애미 헤럴드〉 〈파리 리뷰〉 등에 글을 기고하면서 언론인으로 화려한 경력을 쌓아나갔다. 1990년 니카라과에 뛰어들어 산디니스타 정권의 패배를 직접 목격하고, 여성 에이즈 감염 문제에 관심을 기울였으며, 쿠바 취재로 1997년에는 폴 테일러-도로테아 상을 수상했다. 이러한 경력에서 알 수 있듯이 대단히 활동적이고 사회문제에 관심이 많다. 1998년 라틴아메리카의 여성과 남성 권력 문제를 날카로우면서도 절절하게 다룬 에세이집 『신과 남성의 땅: 우리의 성 문화에 맞서』가 크게 주목을 받았다. 2000년에는 가르시아 마르케스의 삶을 그의 지인들을 통해 재구성하고자 콜롬비아로 가서 석 달 동안 가르시아 마르케스가 살았던 곳을 돌아다니는 기획 취재를 했다. 2007년에는 『나의 콜롬비아 전쟁: 내가 두고 온 나라로의 여행』을 통해 마약, 무장 반군, 납치 등으로 얼룩진 콜롬비아 현대사의 아픔을 재조명했다.

앙헬 산티에스테반 프라츠(Ángel Santiesteban Prats, 쿠바)

쿠바에도 회색지대가 존재할 수 있다는 것을 보여준 새로운 쿠바 문학 세대의 대표주자이다. 1966년 아바나에서 출생한 프라츠는 노골적인 반체제 인사라고는 할 수 없지만, 그렇다고 혁명 이념을 고수하는 쿠바 정부의 담론에 동조하지도 않는다. 가령, 단편집 『어느 여름날의 꿈』은 쿠바의 앙골라 내전 파병이 정치적 선동이요, 불합리한 결정이었음을 시사하면서 파병 군사들의 좌절감을 그리고 있다. 이 단편집은 원래 1992년에 『남위 13도』라는 제목으로 쿠바 및 라틴아메리카 지성사에 굵직한 획을 그은 카사 데 라스 아메리카스 문학상

출품작이었으나 최종 후보작에 오르는 데 그치자, 1995년 제목을 바꾸어 쿠바작가예술가동맹에 출품하여 문학상을 수상했다. 그러나 민감한 내용 때문에 1998년에야 겨우 출간될 수 있었다. 그러나 프라츠는 그후에도 구소련의 몰락이 쿠바에 야기한 경제적·사회적 충격, 이를 극복하는 과정에서 일어난 쿠바 사회의 변화에 대한 비판 등을 담은 작품을 계속 썼고, 2006년 단편집 『우는 사람들은 행복하다』로 카사 데 라스 아메리카스 단편문학상을 수상함으로써 혁명 지지자가 아니면 쿠바에서는 숨조차 쉴 수 없다는 반쿠바주의자들의 담론도 반드시 진실은 아니라는 사실을 보여주었다. 프라츠의 다른 작품으로는 알레호 카르펜티에르 상을 받은 단편집 『아무도 원하지 않았던 자식들』(2001)이 있다.

실비아 아길라르 셀레니(Sylvia Aguilar Zéleny, 멕시코)

실비아 아길라르 셀레니의 작품은 미국과 멕시코, 제1세계와 제3세계, 세계화와 지역주의, 수도와 지방, 스페인어와 영어 사이의 불확정성 내지 경계(境界)의식이 커다란 매력이다. 이는 그녀의 고향인 소노라 주의 특이한 상황이 투영된 결과이다. 멕시코 중심부로부터 멀리 떨어져 있고, 사막, 바다, 강으로 둘러싸여 있어서 멕시코 내에서 일종의 오지로 여겨지는 소노라 주민들은 멕시코 중심부보다는 대체로 국경을 맞대고 있는 미국을 의식하고 살고 있다. 하지만 그렇다고 미국에 편입되는 것도 원하지 않기 때문에 독특한 의식이 형성된 것이다. 1973년 소노라 주 에르모시요에서 출생한 실비아 아길라르 셀레니스는 소노라에 계속 거주하면서 소설과 에세이 창작을 병행하고 있다. 소노라 대학에서 히스패닉 문학을 전공했으며, 등단을 하고 여러 차례 문학상을 수상한 곳도 소노라였다. 하지만 그녀 역시 영어로 시를 쓰기도 하는 등 경계인의 삶을 걷고 있다. 티후아나-샌디에이고 국경작가회 동인을 결성하고 활동하고 있다는 점이 좋은 사례이다. 그녀의 첫 단편집은 『작은 사람들』(1999)이며, 이후 단편집 『사람이 다 똑같을 수는 없지』(2004), 소설 『여자는 이 이야기는 하지 않는다』(2007)를 출간하였다. 현재 『목소리의 바다: 소노라와 여성 작가들의 소설』이라는 문학 평론집을 집필중이다.

리카르도 차베스 카스타녜다(Ricardo Chávez Castañeda, 멕시코)

1990년대 새로운 문학을 표방하며 멕시코 문단을 강타한 크락 그룹의 일원이라는 점이나, 2007년 보르헤스 단편문학상, 2002년 아레스티 단편문학상, 1994년 라틴아메리카 단편문학상 등을 수상한 경력으로 짐작할 수 있듯이 리카르도 차베스 카스타녜다는 이미 스페인어권에서는 역량을 인정받은 작가다. 다만 아동문학과 청소년문학 부문에서 멕시코는 물론 국제적으로도 더 큰 상을 받았다는 점이 기타 언어권에 그의 또다른 작품세계가 알려지는 데 오히려 걸림돌이 되었을 뿐이다. 1961년 멕시코시티에서 출생했으며, 희망, 덕, 진리와 같은 근본적인 가치를 추구하는 것이 문학이라고 생각한다. 그러나 이는 세계에 대한 낙관적인 전망의 산물이 아니다. 오히려 그는 자신의 문학 세대를 이념, 근대성, 전통적인 가치들이 균열을 일으킨 20세기 말의 카오스 상태에서 개인주의와 고독에 찌들 수밖에 없었던 작가들로 규정하고 있다. 결국 리카르도 차베스 카스타녜다의 작품들은 희망, 덕, 진리 같은 가치가 상실된 세계를 그리는 대단히 염세주의적인 특징을 지니고 있다. 그는 문단 권력에 대한 신랄한 비판자로도 유명하다. 셀소 산타홀리아나와 공동 집필한『매장인埋葬人 세대』(2000)는 1940~1950년대에 태어난 작가들이 미학적 관심보다 문단 권력 장악에 몰두했다고 비판하며 자신이 속한 문학 세대의 사명은 그들을 파묻어버리는 것이라고 주장하는 책이다.『정원의 소인들의 전쟁』(1993)『빈손으로 살아남기. 이 세상 모든 종말에 대한 이야기』(2001) 등의 단편집과『영화 속 흑인 여성 피해자의 진화를 위해』(1994)『구름의 끝』(2001)『포르노의 끝』(2005)『침묵의 책』(2006) 등의 장편소설이 있다.

이그나시오 파디야(Ignacio Padilla, 멕시코)

크락 그룹의 일원으로, 1968년 멕시코시티에서 출생했다. 1994년 아동문학상, 문학평론상, 후안 룰포 상을 동시에 받으면서 일약 멕시코 문단의 기대주로 떠올랐으며, 2000년『암피트리온』으로 스페인 에스파사 칼페 출판사가 수여하는 프리마베라 상을 받으면서 그 기대를 충족시켰다. 이미 열다섯 개 이상의 언어로 번역된 국제적인 작가로 『암피트리온』은 한국에도 소개된 바 있다. 에든버러에서 영국 문학을 공부하고 영국 주재 멕시코 문화담당관으로 근무했으며, 스페인 살라망카 대학에서 세르반테스 연구로 박사학위를 취득하고, 스위스에서도 이 년을 보냈다. 이렇듯 파디야는 그전 세대 라틴아메리카 작가들과는 달리 시공간적으로 라틴아메리카를 초월하고자 하는 강력한 의지를 보여준다. 파디야의 이런 태도는 그가 처음 문학에 심취했을 때부터 인간의 보편성에 관심을 두었고, 사회 문제보다는 완벽한 언어와 정교한 작품 구성을 대단히 중요하게 생각하고, 역사소설이나 추리소설 경향의 작품 창작에 점점 몰두하게 되었던 점에서 영향을 받은 것이다. 단편집 『지하세계』(1990)로 작품 활동을 시작한 이래 『갇힌 고양이가 되었던 해』(1994) 『폐하들이 돌아오면』(1996) 『알카라반의 장례식』(1999) 『나선 포신』(2003) 『토스카나의 동굴』(2006) 등의 소설을 발표했다.

크리스티나 리베라 가르사(Cristina Rivera Garza, 멕시코)

크리스티나 리베라 가르사는 1964년 멕시코 북부의 국경 지대인 마타모로스에서 태어났다. 멕시코국립자치대학교 사회학과를 졸업하고 미국 휴스턴 대학에서 라틴아메리카 역사를 전공했다. 멕시코와 미국 유수의 대학 강단에 섰으며 현재 몬테레이텍의 톨루카 캠퍼스 인문대학장으로 재직중이다. 작가로서 리베라 가르사는 등단과 함께 화려한 수상 경력을 자랑한다. 첫 단편집인 『전쟁은 중요치 않다』(1991)는 단편 부문에서, 첫 장편소설 『누구도 내 눈물을 보지 못하리』(1999)는 장편 부문에서 각각 멕시코 문학상을 수상했다. 작가 자신이 역사학자로서 자료 조사중에 발견한 마틸다라는 한 여성의 사진과 그녀의 정신과 진료기록에서 시작된 『누구도 내 눈물을 보지 못하리』는 20세기 초 멕시코 혁명을 전후한 역사의 한가운데에 놓인 한 인간의 삶을 탁월하게 포착하고 있다. 2001년에는 라틴아메리카 최고의 여성 작가에게 주어지는 소르 후아나 이네스 데 라 크루스 상을 수상하면서 문단에서 중견작가로서 입지를 굳혔다. 현존하는 멕시코의 대문호 카를로스 푸엔테스 역시 그녀의 작품세계에 대한 칭찬을 아끼지 않는다. 최근에는 연작 시집인 『일인칭 텍스트』를 발표하고 라틴아메리카의 젊은 작가들과 함께 『아메리카의 말』『소설가들이 본 소설』 등 에세이집 출간에도 참여하는 등 활발한 문학 활동을 보여주고 있다. 또한 멕시코와 미국의 국경 지대를 중심으로 논의가 활발한 경계문학은 물론 다양한 문화 활동에도 지속적으로 참여하고 있다. 자신의 블로그를 통해 사이버 공간의 문학적 가능성과 텍스트의 실험에 꾸준히 도전하는 작가이기도 한 크리스티나 리베라 가르사는 이처럼 다방면에서 새로운 글쓰기에 대한 욕구를 펼쳐가고 있다.

엑토르 데 마울레온(Héctor de Mauleón, 멕시코)

1963년 멕시코시티에서 태어났다. 1993년에서 1994년까지 멕시코작가센터 장학금을, 1995년에서 1996년까지는 국립문화예술기금 장학금을 받는 등 문학적 재능을 인정받았지만, 1999년에야 첫 단편집 『완벽한 나선』을 발표했다. 두번째 단편집 『세상에 없는』 역시 오랜 침묵 끝에 2006년에 빛을 본다. 그 대신 마울레온은 최근 십여 년 동안 멕시코에서 가장 주목받는 칼럼니스트로 명성을 얻었다. 문학 작품과 칼럼에서 일관된 그의 관심은 멕시코시티라는 도시, 특히 근대화 과정에서 사라지고 주변화되는 도시민과 공간이다. 다만 멕시코시티의 변화 양상에 대한 사회적 비판을 직설적으로 던지지는 않는다. 급격하게 진행된 근대화와 세계화에 적응하지 못하는 군상들을 안타까워할 뿐이다. 그래서 그의 작품에는 향수와 우수가 진하게 배어 있다. 또한 급격한 변화를 현실로 받아들이지 못하는 비현실적 인물들이 현실과 비현실의 경계를 넘나든다. 이로 인해 마울레온의 단편들은 환상적인 분위기를 자아내고, 현실과 비현실의 경계가 무너지는 원인을 추적하는 추리소설적인 기법이 흔히 동원된다. 마울레온의 경력 중에서 또다른 특기할 만한 점은 〈인데펜디엔테〉지와 〈우니베르살〉지의 문학 섹션을 담당하면서 문단에 커다란 영향을 끼치고 있다는 점이다.

아라셀리 오타멘디 (Araceli Otamendi, 아르헨티나)

1966년 부에노스아이레스 주 킬메스 시에서 태어나, 부에노스아이레스 국립기술대학에서 시스템분석학과를 졸업했다. 1994년 『살 속의 새들과 맥주』라는 추리소설로 부에노스아이레스에서 열린 국제 도서전에서 도서 재단이 수여하는 도서 재단-에데노르 상을 수상했고, 2002년부터 2003년까지 아르헨티나 작가협회의 전국 문학창작 교실을 이끌었다. 그녀는 보르헤스와 코르타사르 등 세계적인 단편 작가를 낳은 아르헨티나의 문학 전통의 충실한 계승자로 환상적이고 추리소설적인 작품을 주로 쓴다. 여기에 여성에 대한 사회적 억압과 여성 스스로의 자기 검열을 많이 다루고 있다. 이 단편선에 수록된 「정오의 편지들—코르타사르 식으로」는 2007년 각색되어 부에노스아이레스에서 연극으로 상연되기도 했다. 오타멘디는 또한 문학에 국한되지 않는 다양한 활동으로 주목을 받고 있다. 잡지와 라디오 등 다양한 미디어에서 활동중이고, 시와 그림 창작을 병행하고 있으며, 자신이 창간한 문학 웹진 〈아르치보스 델 수르〉와 어린이용 웹진 〈종이배〉에 심혈을 기울이고 있다. 특히 〈아르치보스 델 수르〉를 통해 아르헨티나의 문학 동향을 국내외에 소개하고, 스페인어권의 신인과 중견 작가들을 잇는 연결고리 역할을 하고 있다. 이 단편선에 수록된 상당수 작가들도 이 책이 기획, 번역되는 과정에서 이미 아르치보스 델 수르를 통해 소개된 바 있다.

필라르 아돈(Pilar Adón, 스페인)

1971년 마드리드에서 출생했다. 장편소설로는 『등진 남자』(1999)와 『사라의 딸들』(2007), 단편집으로 『순수한 여행들』(2005)이 있다. 그는 작품을 발표할 때마다 상을 받는 행운이 뒤따랐다. 특히 『순수한 여행들』은 '비판적 눈 소설상'을 받는 영광을 누렸다. 이 단편선에서 여행은 중요한 모티프이다. 현실에 만족하지 못하는 인물들이 실제 길을 떠나기도 하고 내면으로 여행을 떠나기도 한다. 그 여행들은 해결책을 찾아 나서는 여행이라기보다는 대부분 일상의 진부함을 깨뜨리는 강렬한 감정을 찾아 나서는 것이다. 작가 자신이 다양한 문학과 문화적 체험을 통해 영감과 카타르시스를 얻고자 영국, 독일, 아르헨티나 문학 등을 부단히 기웃거리는 것처럼 말이다. 이처럼 끊임없이 세계를 탐색하고 있다는 점에서 아돈은 아직도 무궁무진한 변화가 예정되어 있는 작가라고 할 수 있다. 「구름과 동물과 유령과 함께」(2006)를 통해 본격적으로 시의 세계를 기웃거린 것도 그런 징후이다. 이미 2001년에 시집 「먹을거리」를 낸 경력이 있지만, 늘 소설을 우선시하던 그녀였기에 2006년의 시집은 화제를 몰고 왔다. 또한 아돈은 헨리 제임스, 크리스티나 로제티, 이디스 워튼 등 영어권 작품을 스페인어로 옮기는 일도 꾸준히 하고 있다.

알레한드라 코스타마그나(Alejandra Costamagna, 칠레)

1970년 칠레 산티아고에서 출생한 소설가이자 언론인이다. 군부독재를 둘러싼 과거와 기억이라는 칠레 현대 문학의 오랜 소재를 일상 속에서 미세하게 풀어냄으로써 이전 세대 작가들과는 다른 참신한 시도를 꾀하는 작가라는 평을 듣는다. 작품으로는 『낮은 목소리로』(1996) 『은퇴한 시민』(1998) 『이미 햇빛에 질린』(2002) 『내가 없다고 그에게 말해』(2007) 등 네 편의 장편과 『나쁜 밤』(2000) 『마지막 불』(2005) 등 두 권의 단편집이 있다. 첫 소설 『낮은 목소리로』를 비롯해 여러 작품이 칠레의 각종 문학상을 휩쓸었고 일부 단편들은 각색되어 연극으로 상연되기도 했다. 이탈리아와 아르헨티나, 우루과이에도 널리 알려진 작가로, 2003년에는 미국 아이오와 대학교의 창작프로그램에서 장학금을 획득했고, '2006 서울, 젊은 작가들'에 초대되어 내한하기도 했다. 코스타마그나는 언론인으로서 여러 신문과 잡지에 글을 썼으며, 문화 잡지 〈로시난테〉와 온라인 신문 〈페리오디스타〉의 편집인으로 활동한 바 있다. 현재 칠레 대학교 신문방송학부 교수로 재직 중이며, 여전히 각종 신문과 잡지에 활발히 글을 쓰면서 작품 창작과 저널리스트로서의 일을 병행하고 있다.

페드로 앙헬 팔로우(Pedro Ángel Palou, 멕시코)

크락 그룹을 대표하는 소설가. 멕시코 문화 권력의 심장부인 멕시코시티에 진입하지 않고 지방에 거주하며 창작 활동을 하고 있다. 문화, 저널리즘, 교육, 요식업, 스포츠 분야 등 여러 분야를 오가는 독특한 행보를 보이기도 했다. 1966년에 멕시코 푸에블라 시에서 태어났다. 고향의 정치, 문화, 문학사, 미시사 등은 페드로 앙헬 팔로우 소설과 에세이의 주요 무대와 내용으로 변주되곤 한다. 그는 작가인 아버지의 문학적인 가르침 아래에서 유년기를 보냈으며, 푸에블라 자치 대학에서 문학을 전공했다. 이후 동 대학에서 언어과학 석사학위를 받았고, 1997년에 콜레히오 데 미초아칸에서 사회학 박사학위를 취득했다. 메디오 시글로 세대*를 계승한 작가로 평가받고 있는데, 그의 문학적 열망은 후안 가르시아 폰세와 살바도르 엘리손도의 작품세계와 친연성이 높다. 환멸, 무정, 기억, 고통, 유머가 그의 문학적 상상력을 구성하는 5원소로, 이 요소들이 밑바닥 인생의 패배의 미학을 구축한다. 우화적인 기법을 원용하여 쓴 단편집 『거대한 사랑』으로 문단의 호평을 받으며 1991년 이바르구엔고이티아 상을 수상했다. 권투선수의 애환과 비참함 그리고 숙명적 패배를 그린 『죽음을 주먹에 쥐고』로 2003년 하비에르 비야우루티아 상을 거머쥐었다. 그 밖의 대표작으로는 니카라과 내전중에 부상당해 체포된 산디니스타

---

* Generacion de Medio Siglo. 20세기 중반 세대.

혁명군 지도자를 다루고 있는 『피를 몽땅 뽑히는 사람처럼』(1991), 축구에 관한 소설인 『마지막 세계 챔피언』(1997), 제2차 세계대전중 독일군에 의해 점령된 영국의 한 섬을 배경으로 나치주의자에 의해 촉발된 심각한 정체성 혼란 문제를 다룬 『중상자들』(2003), 그리고 작가가 되고자 열망했고 세상을 바꾸고자 희망했지만 좌절한 문화인들의 자화상인 『그림자를 말하는 자』(2005) 등이 있다.

후안 마누엘 데 프라다(Juan Manuel de Prada, 스페인)

1970년 스페인 바라칼도에서 출생한 그는 사모라에서 유년기와 청소년 시절을 보냈다. 그후 살라망카 대학교에서 법학을 전공했으며, 작품 활동을 하면서 칼럼니스트로도 꾸준히 활동하고 있다. 그의 초기 작품은 미묘한 아이러니를 구사하는 특징을 지니고 있다는 점에서 스페인 전위주의 작가인 라몬 고메스 데 라 세르나의 문체적인 특성과 밀접한 연관성을 보인다. 많은 사람들이 그를 통상적인 젊은 작가군 안에 포함시켜 다루고자 하지만, 후안 마누엘 데 프라다는 자기 스스로를 '고뇌하는, 비장한, 바로크적인' 작가로 정의하면서 그런 분류와 거리를 두고 있다. 시각적 묘사에 탁월한 프라다는 자신의 첫 단편집 『음부』(1995)에서 적나라한 상상력과 현란한 언어 구사를 보여주고 있다. 이듬해 그는 열두 편의 단편을 묶은 『스케이트 타는 남자의 침묵』을 발간했는데, 이 책에 실린 모든 단편은 일인칭 시점과 바로크적 문체를 사용하고 있다. 바로 이점에서 같은 세대의 작가들과 차별성을 보인다. 그의 첫 소설『영웅의 가면』(1996)은 20세기 초부터 스페인 내전까지의 시간을 배경으로 스페인 문인 페드로 루이스 데 갈베스의 보헤미안적 삶을 그리고 있다. 후안 마누엘 데 프라다는 추리소설적 경향을 지닌 작품『폭풍』(1997)으로 플라네타 상을 수상하였다. 소설『하늘의 모퉁이』(2000)에서 주인공은 스페인 운동선수이자 작가인 아나 마리아 마르티네스 사히의 궤적을 추적하고 있으며, 에세이집『철면피와 괴짜』(2001)에서는 또다시 문인들의 보헤미안적 삶을 그리고 있다. 그는 소설『보이지 않는 삶』(2003)으로 프리마베라 상과 국가문학상을 수상하였고, 최근에 출간된 소설『일곱번째 베일』(2007)로 간이도서관상을 수상하였다.

옮긴이 소개

우석균
서울대학교 서어서문학과를 졸업하고, 페루 가톨릭대학교 석사 학위를, 스페인 마드리드 콤플루텐세 대학교에서 문학박사 학위를 받았다. 현재 서울대학교 라틴아메리카연구소 책임연구원으로 일하고 있다. 저서로『라틴아메리카를 찾아서』(공저)『바람의 노래 혁명의 노래』『잉카 in 안데스』등이 있으며, 역서로는『마술적 사실주의』(공역)『네루다의 우편배달부』등이 있다.

김상유
서울대학교 서어서문학과와 동 대학원을 졸업했다. 스페인 알칼라 대학교 문학박사 학위를 받았으며 현재 서울대학교 BK연수연구원으로 재직중이다. 저서로『차이를 넘어 공존으로』(공저)『세계 속의 한국문학』(공저)『EBS 입에서 톡 스페인어』등이 있고, 역서로『이데아의 동굴』이 있다.

박은영
한국외국어대학교 스페인어과를 졸업하고, 서울대학교 서어서문과 대학원 석사와 동 대학원 박사 학위를 받았다. 현재 서울대학교 강사로 일하고 있다. 역서로『마술적 사실주의』(공역)가 있다.

이은아
서울대학교 서어서문학과와 동 대학원을 졸업했다. 코넬 대학교 문학박사 학위를 받았다. 현재 서울대학교 강사로 일하고 있다. 저서로『차이를 넘어 공존으로』(공저)가 있다.

임주인
한국외국어대학교 스페인어과를 졸업했다. 서울대학교 서어서문과 대학원 석사와 동 대학원 박사 학위를 받았다. 현재 부산외국어대학교 지중해지역원 HK 연구원과 서울대학교 강사로 일하고 있다. 저서로 『차이를 넘어 공존으로』(공저) 『인간적인 1분 문법책』이 있으며, 역서로 『맨해튼의 고깔모자 소녀』가 있다.

장재준
서울대학교 서어서문학과를 졸업하고 코넬 대학교 대학원 석사와 동 대학원 박사 학위를 받았다. 현재 서울대학교 강사로 일하고 있다.

홍정의
서울대학교 서어서문학과와 동 대학원을 졸업했으며, 동 대학원 박사과정에 있다. 저서로 『Palabras que esperan ser dialogos』(공저)가 있다.

엮은이 **클라우디아 마시아스** Claudia Macías
1961년 멕시코 과달라하라에서 태어나 콜레히오 데 메히코에서 라틴아메리카 문학으로 박사학위를 받았다. 1994년부터 멕시코 과달라하라대학 문학과 교수, 인문사회과학대 대학원 처장, 태평양연구학과 학과장 등을 역임했다. 2001년부터 서울대학교 서어서문학과 외국인 교수로 재직하면서, 저명한 라틴아메리카 작가들을 초청한 서울 라틴아메리카 문학 국제콜로키움을 개최하고, 한용운, 유치환, 기형도의 시집 및 유교 도서 등을 스페인어로 번역하는 등 한국 문학과 라틴아메리카 문학의 활발한 교류를 위해 힘쓰고 있다. 저서로는 한국과 멕시코의 비교 연구 논문 『상이한 두 세계, 유사한 시각: 20세기 멕시코와 한국 단편소설』(2007)이 있다.

문학동네 세계문학

침실로 올라오세요, 창문을 통해

초판인쇄 2008년 10월 24일 | 초판발행 2008년 11월 1일

지은이 마이라 산토스 페브레스 외 | 옮긴이 우석균 외 | 펴낸이 강병선
책임편집 김진경 오영나 이현자 | 디자인 윤종윤 이경란 이원경
마케팅 장으뜸 방미연 정민호 신정민 | 제작 안정숙 차동현 김정후

펴낸곳 (주)문학동네 | 출판등록 1993년 10월 22일 제406-2003-000045호
주소 413-756 경기도 파주시 교하읍 문발리 파주출판도시 513-8
전자우편 editor@munhak.com | 전화번호 031) 955-8888 | 팩스 031) 955-8855

ISBN 978-89-546-0681-3 03870

www.munhak.com